百部红色经典

山雨

王统照 著

北京联合出版公司
Beijing United Publishing Co.,Ltd.

图书在版编目（CIP）数据

山雨 / 王统照著 . -- 北京：北京联合出版公司，
2021.3（2023.11 重印）

（百部红色经典）

ISBN 978-7-5596-4848-8

Ⅰ . ①山⋯ Ⅱ . ①王⋯ Ⅲ . ①长篇小说—中国—当代
Ⅳ . ① I247.5

中国版本图书馆 CIP 数据核字 (2020) 第 254865 号

山雨

作　　者：王统照
出 品 人：赵红仕
责任编辑：高霁月
封面设计：吴黛君

北京联合出版公司出版
（北京市西城区德外大街83号楼9层 100088）
北京新华先锋出版科技有限公司发行
小森印刷霸州有限公司印刷　新华书店经销
字数215千字　787毫米×1092毫米　1/16　16印张
2021年3月第1版　2023年11月第4次印刷
ISBN 978-7-5596-4848-8
定价：49.00元

出版前言

为庆祝中国共产党成立 100 周年，全面展现中国共产党成立以来中华民族辉煌的发展历程、取得的伟大成就和宝贵经验，集中体现中华民族的文化创造力和生命力，北京联合出版公司策划了"百部红色经典"系列丛书，希望以文学的形式唱响礼赞新中国、奋斗新时代的昂扬旋律。

本套丛书收录了近一百年来，描绘我国人民在中国共产党的领导下艰苦奋斗、开拓创新、改革开放的壮美画卷，充分展现我国社会全方位变革、反映社会现实和人民主体地位、弘扬社会主义核心价值观、讴歌中华民族伟大复兴中国梦的 100 部文学经典力作。

本套丛书汇集了知侠、梁晓声、老舍、李心田、李广田、王愿坚、马烽、赵树理、孙犁、冯志、杨朔、刘白羽、浩然、李劼人、高云览、邱勋、靳以、韩少功、周梅森、石钟山等近百位具有代表性的中国现当代著名作家。入选作品中，有国民革命时期探索革命道路的《革命的信仰》《中国向何处去》，有描写抗日战争的《铁道游击队》《敌后武工队》《风云初记》《苦菜花》，有描绘解放战争历史画卷的《红嫂》《走向胜利》《新儿女英雄续传》，有展现新中国建设历程的《三里湾》《沸腾的群山》《激情燃烧的岁月》，有寻找和重建民族文化自信的《四面八方》，也有改革开放后反映中国社会现状、探索中国道路的《中国制造》，同时还收录了展现革命英雄人物光辉事迹的《刘胡兰传》《焦裕禄》《雷锋日记》等。

本套丛书讲述了丰富多样的中国故事，塑造了一大批深入人心的中国形象，奏响了昂扬奋进的中国旋律。这些经历了时间检验的文学作品，在艺术表现形式、文学叙述方式和创作技巧等方面都具有开拓性和创造性，作品的质量、品位、风格、内涵等方面都具有很高的水准，都是有筋骨、有道德、有温度的优秀作品，很多作家的作品都曾荣获"五个一工程奖""茅盾文学奖""鲁迅文学奖""国家图书奖"等奖项。

为将该套丛书打造成为集思想性、艺术性、时代性为一体，展现新时代文学艺术发展新风貌的精品图书，北京联合出版公司成立了由出版界、文学艺术界的资深专家和学者组成的编辑委员会。他们从文学作品的历史价值、文学价值、学术价值、现实意义等维度对作品进行了深入细致的研读和筛选，吸收并借鉴了广大读者的意见与建议，对入选作品进行深入细致的分析与综合评定，努力将"百部红色经典"系列丛书打造成为政治性、思想性和艺术性和谐统一的优秀读物，向伟大的中国共产党成立 100 周年这一光荣的日子献礼！

一

冰冷清朗的月光下，从土墙围成的小巷里闪出一个人影。臃肿的衣服长到膝部，一双白鞋下的毛窝在月光中分外清显。他沿着巷外的石子街道，穿过一带残破的篱笆，向村子的东头走去。

修长的怪影映在薄有雪痕的地上，大耳的皮鞋，不整齐的衣服，还有斜插在腰带间的长旱烟袋——他身上的一切反映成一幅古趣的画图。

路往下去，愈走愈低，他在一个地窖的天门前立定——说是天门，却是土窟的穴口。在地上不过三尺高，人是要弯着身子向里走的。一扇破了缝的单门透出地下面微弱的灯光。

照例地用手掌拍门之后，下面有人从破缝中向外张望了一会儿，即时将木门移动，这突来的人影随即在月光下消没了。

室内的沉郁的空气与浓密的烟使这新到的客人打了一个喷嚏。原来这不满一丈长八尺宽的地下室中却有十几个农人在内工作，闲谈。

"哟！陈大爷，快过来暖和暖和，看你的下胡都冻了。"一个五十岁的编席的人半哈着腰儿说。

"嗷哈！今儿个的天够一份！夜来的一场雪使了劲，天晴了却也冷起来。我——不用说了！这样的天气大早上还跑到镇上去，弄到天快黑才得回来。是啊，人老了什么都不中用。回家喝过几杯烧酒还觉得发冷……"下来的老人一边说一边向腰里掏出烟管，在油腻的荷包中装烟。

"什么？你老人家的事就多。快近年了，又有什么事还得你跑来跑去？怕不是去催讨利钱？"另一个穿着粗蓝布短袄的中年编席的农人笑着说。

"罢呀！老二，你净说得好听。不差，这两年放钱真有利，四五分钱都有人使。你倒是个伶俐鬼，可惜我没钱放了！年还不晓得如何过去，你听着！"他将拿烟管的一只粗手的五指全放开，"赊的猪肉，找人家垫的粮钱，娶媳妇的债务，下半年摊纳的买枪费，我再算一遍：六十吊，一百二十吊，又二十吊，三十多吊，合起来怕不得八十块洋钱。好！放给人家自然又得一笔外财！咳！可是如今反了个了！"

他那有皱纹的瘦削的长脸骤然添了一层红晕，接着在咳嗽声中他已将旱烟装好，向北墙上的没有玻璃罩的煤油灯焰上吸着。

一向躺在草荐上没有起来的赌鬼宋大傻这时却坐起来，搔搔乱长的头发道："对！陈庄长，你家的事我全知道。从前你家老大曾同我说过不是一回，这种年代正是一家不知道一家！上去五年，不，得说十年吧，左近村庄谁不知道本村的陈家好体面的庄稼日子，自己又当着差事。现在说句不大中听的话，陈大爷，你就是剩得下一个官差……"宋大傻虽然是这里著名的赌鬼，但他并不真是傻头傻脑，他有一份公平热烈的心肠，所以他都是想起什么便说什么的。

"大傻，你倒是公平人。不过老大还常常同你一堆儿玩，你就是这一份脾气改不了，老大更不成东西，近来也学会玩牌……"老人虽这么直说，口气并不严厉。

"算了吧，陈大爷，冬天闲下来玩几次牌算得什么，又是一个铜子一和，我这穷光蛋能玩得起，你家老大还怕输光了家地？他的心里不好过，你老人家不大知道，可是我也犯不上替他告诉，儿子大了还是不管的好……"

即时一屋子里腾起了快活的笑声，先前说话的编席的人咧着嘴道："你真不害臊，快三十了还是光棍子，却打起老太爷的口气来。我看你赶快先找个媳妇来是正经——有好的也许改了你这份坏脾气。"

"咦！奚二叔，你别净跟我不对头。我是替古人担忧啊！有了大孩子的人应该知道怎么对付孩子。像我找个媳妇也许不难，不过谁能喂她；再一说什么好脾气坏脾气，我看透了，这样的世界！你脾气好，一年好容易集留了一百八十，啊呀！等着吧！难道敢保定就是你自己的？"

一根纸烟的青烟在这位怪头脑的少年的口边浮起，这是在这地窖中最特别的事。

新来的老人坐在木凳上伸了个懒腰，叹口气道："大傻的话不大中听，是啊，他何尝说得不对？你大家不大到镇上去，终年又不进一次城，不比我，跑腿，知道得多。好容易集得下几个钱……话说回来了，今天我到镇上去，没有别的，为的是要预征啊！"

这是一个惊奇的新闻，满屋子的农人都大张着眼睛没有话说。因为陈大爷的术语在他们单纯的思想中还听不懂，还是宋大傻有点明白。

"预征就是先收钱粮吧？"

"对呀。现在要预收下年的钱粮！你们听见过这种事？从前有过没有？"

"这算什么事！"五十岁的编席子的奚二叔放下手中的秫秸篾片道，"真新鲜，我活了五十岁还没听见说过呢！"

"然而我比你还大十二岁！"陈大爷冷冷地答复。

"到底是预——征多少啊？"角落的黑影中发出了一个质问的口音。

陈大爷撩抹着不多的苍白相间的胡子慢慢地道："一份整年的钱粮！不是吗？秋天里大家才凑付过去，我不是说过借的债还没还，现在又来了！没有别的，上头派委员到县；县里先向各练上借；练上的头目便要各庄的庄长去开会……"

"大鱼吃小鱼；小鱼吃虾，虾呢？"宋大傻的不完全的比喻。

"什么开会？"陈大爷接着说，"简直就是分派哪一个庄子出多少，限期不过十天，预征还先垫借……还一律要银洋。铜圆不用提，票子也不要，可也怪，镇上的银洋行市马上涨了一码。"

"那么还是那些做生意的会发财。"奚二叔愣愣地说。

"人家也有人家的苦处。货物税、落地税、过兵的招待费，这一些多要在他们身上往外拔。遇见这时候他们自然得要捞摸几个。"

"可不是！"宋大傻将纸烟尾巴踏在足底下，"头几天我到镇上裕丰酒坊里去赊酒，好，小掌柜的对我说了半天话。酒税是多么重，他家这一年卖了不少的酒，听说还得赔账。他们不想做了，报歇业却不成，烟酒税局不承认。这不更怪？世界上有这样的官！"他兴奋得立了起来，却忘记这地窖子是太低了，额角恰巧撞在横搁的木梁上，他本能地低下腰来，额角上已是青了一块。

他抚摩着这新的伤痕，皱皱眉头却没说什么——在平时他这冒失的举动一定要惹得大家大笑，现在只有几个年轻的人咧着嘴儿向着他。

"有这样的官！"宋大傻虽是忘不了碰伤的痛楚，却还是要申叙他的议论，"不是官是民之父母吗？现在的狗官，抽筋剥皮的鬼！"

奚二叔瞪了他一眼，因为他觉得这年轻的赌鬼说话太没分寸了，在这地窖子中是露不了风，可是像他这些有天无日的话若是到外面去乱讲，也许连累了这个风俗纯正的村子。同时，一段不快的情绪在这位安分的老农人身上跳动。

宋大傻也明白了这一眼的寓意，他"扑哧"笑了一声。"奚二叔，不用那么胆小，屋子又透不了风，我大傻无挂无碍，我怕什么？不似人家有地有人口，大不成地往后说一句话，还得犯法！我就是好说痛快话，其实我是一个一无所靠的光棍儿，这些事与我什么相关？酒税也好，预征也好，反正打不到我身上来！可是我看见不平一样要打，一个人一辈子能喝风不管别人的事，那就是畜类也做不到！"

奚二叔被这年轻人的气盛的话突得将喉中的字音咽了下去。

陈大爷坐在木凳上提了提家中自做的白棉袜，点点头道："话是可以这么说，事可不是能这么办的！这几年的乡间已经够过的了，好好地休息下都有点来不及，何况是一层一层又一层地逼！谁叫咱是靠天吃饭，实在是靠地吃饭啊！有地你就得打主意，吃的、穿的、用的、向上头献的，统统都得从土里出！现在什么东西都贵了，说也难信，一年比一年涨得快。譬如说自从银圆通用开以后，镇上的东西比前几年价高得多，地里的出产——收成就是粮粒落价，不收成又得花高价钱向人家买粮粒，怪！怎么也没有好！不知怎的，鬼推磨，谁家不是一样？除非自己一指大小的地都没得，哪样捐税少得下？从这四五年来又添上防匪、看门、出夫、出枪、联庄会，弄得年轻人没有多少工夫去做活，还得卖力气，格外掏腰包。年头是这样的刁狡，可是能够不过吗？做不起买卖，改不了行，还得受！只盼望一年收成就算大家的运气——今年就不行，一阵蚂蚱，秋天又多落了两场雨，秋收便减了五成……"

"减了五成，你们自己有地的无非是肚子里不用口里挪。我们这些全种人家的地的呢？他们还管你年成好不好？管你地里出的够不够种子，是按老例子催要，不上，给你一个退佃（这是善良的），到明年春天什么都完了！种地的老是种地，乡下人容易揽得来几亩佃地……"角落里坐着的那个三十岁左右的痨病鬼萧达子轻轻地说出他的愤感。

奚二叔本来早已放下了两手的编插工作，要说话，不想被冒失的宋大傻阻住了，这时他再也忍不住，便用右手拍着膝盖道：

"大家说来说去埋怨谁？尽管你说，当不了什么！陈大哥，说点老话，这些年轻人记不得了！上去三十年，六七十吊钱的一亩地，二十文一尺棉花线布。轻易连个拦抢的案子也没有，除非是在大年底下。陈大哥，你记得我推着车子送你去考，那时候，我们到趟府城才用两吊大钱……自然这是做梦了！陈大哥，到底是怎么的？你还识字，难道也说不明白为什么？这二十年来东西的价钱都同飞涨一般，乡间不论是收成不收成总不及以前宽裕，还有上头要钱要得又急又凶，为什么呢？"

这种严重的问题迫压得全地窖中的人都茫然了。连颇为晓得外事的宋大傻也说不出来。陈大爷又装上了一袋烟，向石油灯焰上去吸，一点灵敏的回忆骤然使他的脑力活泼起来。

"噢！想起了，这些事都是让外国鬼子作弄的……"不错，这是个新鲜的解答。把这十几个人的思力能引到更远更大的事情上。在他们坦白的心中，这句话仿佛是一支利箭射中了他们的旧伤，免不得同时有一个"对"字表示他们的赞许，虽然有的还没有说出口来。

尤其是奚二叔，他从经验中对陈老人的简单答语十分赞同，觉得这是几十年来作弄坏他们的美好生活的魔鬼。在一瞬中，他记起了他与那时的青年农民抗拒德国人修铁路的一幕悲壮的影剧。接连而来的八卦教，"扶清灭洋"的举动；以后是铁路，奇怪的机关车，凸肚皮大手指的外国人，田野中的电线杆，枪，小黑丸的威力；再往下接演下去的是大水灾，日本人攻T岛的炮声，土匪，血，无尽的灰色兵的来往。于是什么早都有了：纸烟，精巧的洋油炉，反常的宰杀耕牛，玻璃的器具，学生，白衣服……零乱的一切东西随着当初他们抵抗不成的铁道都来了！于是他觉得他们快乐的地方便因此渐渐堕坏下去。渐渐地失去了古旧的安稳，渐渐地添加上不少令人愤懑像铁道似的魔鬼的东西。自然，这洋油，洋油灯，便是其中的一件，然而怎么办呢？二十年来不仅是他的村庄找不出一盏烧瓦做成的清油灯，就是更小点的乡村每间茅屋中到晚上都闪摇着这熏人欲呕的黑焰小灯。洋油一桶桶地从远处运到县城，到各大镇市，即时如血流般灌满了许许多多乡村的脉管。啊！他从这句有力量的话里引起了纷乱的回忆与难言的愤感。在略为静默之后，他用右手又拍了一下大腿道：

"是啊，这都是外国鬼子作弄的！可也怪，咱们的官老是学他们，不知道他们有什么手法会迷惑了大家！"

"这就是国家的运气了！"另一个在编席子的农人慨叹着。

"你小时念过几句书就会发这些又酸又臭的议论。"宋大傻若有新发见似的又弯起腰来。"什么运气！这些年鬼子作弄了人，当官的，当兵官的，却更比从前会搂了。难道这坏运气就只是咱们当老百姓的应分吃亏？"

陈大爷用力吸了两口青烟，又从鼻孔里喷出，他沉着说："你老是好说摸不着头脑的怪话，真是'一攮枪'，只图口快。当官的会搂钱，是呀！现在的玩意儿太多，左一个办法，右一个告示，大洋钱便从各处都被吞了下去。但为什么这些官儿有这么多的主意？难道说现在的人都聪明了，都坏了？"

宋大傻瞪了瞪他那双带着红血丝的大眼，嘴唇方在翕动，陈大爷赶快接着说去："谁不明白这里头是什么玄虚，谁就得糊涂到底！"

这又是一个关子，全地窖子中的听众又没得插问的力量了。陈大爷向斜对面的赌鬼眨一眨眼睛，爽性直说下去："人总是一样的人，怎么这些年坏人多？不用提土匪了，管干什么的再没有以前的忠厚样儿，耍滑，取巧，求小便宜，打人家的闷棍。国家的运气坏了，国家的运气坏了，到底也有个根苗！告诉你们一句吧，这全是由鬼子传过来的洋教堂、学堂教坏了的！"

在这群质朴的农民中，经过多少事情的陈庄长算得善于言谈，他懂得说话时的筋络，应分的快利与引动人去喝彩的迟缓，他是很自然地蛮有把握。因为他与县官、练长、镇董、会长、校长以及各种的小官吏谈话的时候多，虽然人还老实，却也学会了一些说话取巧的诀窍。

于是他又截住了自己的语锋。

首先赞同这话的是奚二叔，他觉得陈老头在平常往往与自己说话不很合得来，独有对于这些大事他是有高明见解的。"陈大爷，你这算一针见血！鬼子修铁路，办教堂，是一回事，对于咱们从根就没安好心。办学堂也是跟他们一模一样地学，好好的书不念，先生不请，教书的还犯法。可是打鼓、吹号、戴眼镜、念外国书——譬如镇上，自从光绪二十几年安下根办学堂，现在更多了。识字，谁还不赞成？不过为什么非改学堂不可？本来就不是好规矩；学堂是教员站着，学生却老是坐着，这就是使小孩子学着目无大人的坏法子。所以啦，那些学生到底出来干什么？从前念过书的当当先生也不行了。这些孩子不愿扛锄抬筐，更不能当铺店的小伙，吃还罢了，穿得也要讲究些。不就拿着家里的钱向外跑，又有几个是跑得起的？"

他这一套"感慨系之"的话一时说不清楚，积存在胸中的话他恨不得一口气说完，然而在墙脚的那个黄病的佃农却轻轻地道：

"奚二叔，话不要尽从一面讲，学堂也发福了一些人家呢。北村的李家现在不是在那里？那里是关东呢，做官！他家的大少爷若不是从宣统年间到省去上学堂，虽然是秀才，怕轮不到官位给他……还有镇上吴家的少爷们，有一些能够在外面耀武扬威，人家不是得了办学堂与上学堂的光吗？"

宋大傻从鼻孔里哼了哼道："原来啊，达子哥你净瞧得见人家的好处，却也一样要破工本。即使学生能学会做官，可也不是咱这里小学堂出身便办得到！"

萧达子从没想过这里，确实使他窘于回答。他呆呆地将黄色的眼球对着土墙上的灯影直瞧，仿佛要更往深处去想，好驳覆对方送来的拦路话。

"还是傻子有点鬼滑头。奚二哥的话不免太过分了。人要随时，你一味家想八辈子以前的事，还好干甚？宣统皇帝都撵下了龙庭，如今是大翻覆的时代！看事不可太死板了。闷在肚子里动气，白费！我就不这样。小孩子到了年纪愿意上学堂，随他去吧。私学又不准开，只要来得及，也许混点前程。不过随时严加教训，不可尽着他无法无天地闹。说也可怜，一切的事都被外国人搅坏了，到头来还是得跟他们学样！这怪谁？总不是咱们的本心眼儿。然而你不从也得受。李家、吴家的少爷们都是什么人家，做官为宦，一辈子一辈子地熬到现在，他们也只有从这里找出身。你待怎么说？所以傻子的话有他的理。没有钱你能入学堂才怪！像咱们更不必想了。能教小孩子上几年算几年，谁还管得了再一辈的事！"陈老人迟缓沉重的口音，显露出他内心的感慨是在重重的压伏之下。他对于将来的事是轻易不想的了。过去的郁闷虽然曾给予他不少的激发，但暮年的心力却阻止他没有什么强有力的表示了。得过且过，对付下去，一份自尊心，还留下一点好好干的希望之外，便什么都消沉下去。所以他对于这乡村中的二十年间的变化虽然都是亲身经历过，也能约略地说出那些似是而非的种种事变的关系，然而他是那样的老了，每每闻到足底下的土香，他便对一切事都感到淡漠。

他们无端绪的谈话到此似乎提起了大家的心事，都有点接续不下去。他们原来只能谈到这一步，更深的理解谁也无从想起。洋灯、学堂出身、收成，这些事虽然重要，虽然在几个健谈的口中述说着，其实在他们的心底早被预征的消息占据。然而相同的是大家似是有意规避这最近的现实问题不谈，却扯到那些更浮泛的话上去。

在沉默中，四五个人的编席工作又重新拾起。白的、朱红的秸片在他们粗笨的手指中间很灵活地穿插成古拙的图案花纹。虽然是外国的商品从铁道上分运到这些乡村中来，打消了不少他们原来的手工业，可是还有几项东西居然没曾变化过来。席子便是几项手工业的一种。生火炕的北方到处都需用这样的土货，不管上面是铺了花绒、棉绒或者是羊毛花毯，下面却一定要铺花席。穷点的人家没有那些柔软温暖的东西，土炕上粗席子总有一张。因此这一带的农人到田野都成一片清旷的时候，他们有些人便干着这样的副业。

每个农村在这夜长昼短的期间，地窖子便成了公共的俱乐部。不管是一家或是几家合开的窖子，晚上谁都可以进去谈话、睡觉，无限制也无规例，更用不到虚伪的客气。甚至有几个赌友玩玩印着好汉的纸牌也不会令人讨厌。窖子中有的是谷秸，可以随意取用。地下的暖气能够避却地面上的寒威，又是群聚着说故事编新闻的所在，所以，凡是有地窖的地方晚间是不愁寂寞的。

陈老人方想要回去，已将烟管插在腰带上，突然由地平线上传过来一阵轰轰的声音。因为在地下面，听上去不很真切，但练习出来的听觉，使他们都瞪大了眼睛，晓得这是什么声音。好在还远，仿佛隔着有七八里路的距离。陈老人更不迟疑，走上门口的土阶道：

"听！又是哪里在放土炮！"

奚二叔放下了手中的一片未完工的花席，弯腰起来。"我也出去看看。你听，这是从东南来的响声。"接着向他的同伙说："我回家去一趟，说不定今晚上不再回来。大家小心点！"他又向墙上的暗影中挂的几杆火枪指了一指，即从陈老人的身后走出。

微缺的月轮照得皑皑的地上另有一份光彩。空气冰冷，然而十分清新，一点风都没有。隔着结冰的河向东南望去，除却一片落尽了叶子的疏林什么都没有。

仍然听得到轰轰的土炮余音，由平旷的地面上传来。一星火光也看不见。时而夹杂着一两响的快枪子弹尖锐的响声，似乎远处在夜战。

两位老人一前一后急遽地向庄子中走去。他们现在不交谈了，却也不觉得十分惊异与恐怖。当他们走到一家菜圃的篱笆前面，从村子中跳出几只大狗向天上发狂般地乱叫。同时也听见巡夜的锣声喤喤地由村子西头传来。

二

因为夜里听了好久的枪声，奚二叔比每天晚醒了两小时。虽是冬日，他照例要在刚刚天亮的时候钻出暖烘烘的被窝，这早上他一觉醒来看见纸糊的木棂窗上满罩着太阳的光辉。他即时把破羊皮短袄披在肩上，一边爬下炕来趿蒲鞋。

"爹，洗脸水早弄好了，在锅上面盖着。"外间墙角上正在摊饼的儿媳妇向他说。

"你看，睡糊涂了，什么时候才起来！吃亏了夜来不知哪个村子与土匪打仗，累得我没早睡。"

挟了一抱豆秸从门外刚进来的孙子小聂子搀上说："爷爷耳朵真灵精，我一点都没听见。"说着将枯黄的豆秸与焦叶全推到他母亲的身旁。圆鏊子底下的火光很平静温柔地燃着。这中年的女人有她的久惯的手法，一手用木勺把瓦盆的小米磨浆挑起来，不能多也不能少，向灼热平滑的鏊子上倾下。那一双手迅疾地使一片木板将米浆摊平，恰巧合乎鏊子的大小。不过一分钟，摊浆，揭饼，马上一个金黄色的煎饼叠在身左旁秫秸制成的圆盘上面。她更时时注意添加鏊子下的燃料，使火不急也不太缓，这样才不至于干焦与不熟。她自从在娘家时学会这种农妇的第一件手艺，现在快三十年了，这几乎是每天早上刻板的功课。她必须替大家来做好这一日的饭食。她当天色还没黎明时就起来赶着驴子推磨，把一升米磨成白浆，然后她可以释放了驴子使它休息，自己单独工作。这些事有三小时足能完了。因为是冬天，家中没有雇短工，田野里用不到人，春与夏她是要工作整个上午的。奚二叔的家中现在只有她是个女人，一个妹子嫁了，婆婆死去了许多年，所以这"中馈"的重任便完全落到她的两条胳膊上面。幸而有一个孩子能替她分担一些。

奚二叔就锅台旁边的风箱上擦着脸，却记起心事似的向女人问："大有卖菜还没来？"

媳妇正盛了一勺的米浆向瓦盆中倾倒："天放亮他去的，每天这时候也快回来了。听说他今儿回来得要晚点，到镇上去还要买点东西呢。"

"啊啊！记起来了。不错，夜来我告诉过他的，偏偏自己忘了。"

十二岁的孩子坐在门槛上听见说爹到镇上买东西去便跳起来，向他爷爷道：

"买什么？有好吃的没有？"

"你这小人儿只图口馋，多大了，还跟奶孩子似的。你爹是去买纸，买作料和酒，有什么可吃？高兴也许带点豆腐乳与酱牛肉回来。"

"我吃，吃，爷爷一定给我吃！"小孩子在老人身前分外撒娇。

"滚出去！多大小了，只知吃的容易。"女人啐了孩子一句，他便不再作声，转身退往门外去。

奚二叔还是记念着昨夜的事，想到外边探问探问邻家的消息。他刚走到土垣墙的外面，陡然被一个孩子对胸窝撞了一下，虽是穿了棉衣还撞得胸骨生痛。他方要发作，一看却是陈庄长的大孙子，正在镇上小学堂念书的钟成。他已经十五岁了，身个儿却不小，穿着青布的学校制服，跑得满头汗，帽子也没戴。虽是误撞着年老的长辈，他并不道歉一句，便喘吁吁地道：

"二叔……我专为从镇上跑回来送信。因为我今早上去上学，刚刚走到镇上，就听人说你家大有哥出了乱子被镇上的驻兵抓了去……抓，我是没有看见，他们要我回来向爷爷说……爷爷又叫来找你到我家去，快！我也要回学堂上班去，去晚了便误班……"他说完便预备着要转身走。

奚二叔耳朵里轰了一声，如同被尖针刺了一下全身都有些麻木。本来被这孩子一撞心头已经是突突乱跳，这凭空的闷雷更使他没了主意。他将稀疏的眉毛皱了几皱，迸出几个字来："为……什么……"

"谁知道！许是与兵大爷动了口角……我哪说得清。"伶俐的小学生一把拖了奚二叔的腰带往前跑去，隔他家的门口不多远，他一松手反身向北跑去。

"大有就是任性，牛得紧。到镇上去那样子还有好亏成……"陈老人说，一边在瓦罐中的木炭火上用小锡壶炖着烧酒，对面的旧木椅上却坐了那个头上微见汗珠的奚二叔。原来他正求陈老头想法子。自己对于镇上太生疏了，除掉认得几家小杂货店的伙计之外，一个穿长衫的朋友也没有。儿子出了乱子，只好来找庄长了。

"真是时运不济！你看昨天从镇上刚跑回来，预征的事还没来得及办，又紧接上这一出！一夜没好生睡觉，天又这么冷。"陈老大似抱怨似感叹地说着。同时他从窗台的小木匣中取出了两个粗磁酒杯，还有一盘子白煮肉。他首先喝了一杯，再倒一杯让奚二叔喝。

"说不了，你的事同我的事一样。人已经抓去了，横竖一把抓不回来。你先喝杯酒挡挡寒气，吃点东西，咱好一同去。"

奚二叔本是害饿了，这时却被惊怖塞满，酒还喝得下，也是老瘾，便端起杯子呷了一口，颤颤地道："求求人能今天出来才好……"

"奚二……别把事情看得太容易了！自然，你家老大左不过是为了卖菜与老总们动了口角，可是现在那一连队伍却不比先前驻扎的。多半是新兵，营规又不讲究，常常出来闹事，头目听说也是招安过来的。他们恨不得终天找事，拣有肉的吃。这一来你等着吧。弹也打了，鸟也飞了，即算赶快出来也得掏掏腰……"接着他又掀着胡子满饮了一杯。

"怎么……还得花钱？"奚二叔大睁着无神的惨淡的老眼问，"赔赔不是不行？"

"你还装糊涂吗？那些老总要的是这一手。给他磕十个响头满瞧不见，只要弄得到钱，什么都好办！哼！老二，你今冬的席子大约得白编了……"

奚二叔一句话也不置辩，只将微颤的手指去端酒杯。

及至他们冒着冷风向村子外走的时候，街道上菜圃的风帐下已经蹲满了晒太阳的邻人。他们正在瞎说这早上的新闻，结论多是埋怨奚大有的口头不老实；更有许多人怀着过分的忧虑，唯恐那些蛮横的灰衣人借此到村子中找事，那便谁家也要遭殃。所以一看见陈庄长领了这被难者的爹向镇上去，他们的心安稳下来。究竟陈老头是出头露面的老头目，只要他到镇上去，终有法子可想。镇上的老爷们他能找得到，说得上话，如此一来，这惊人的事大约不久就容易平息下去。许多呆呆的目光送这两位老人转出村外，却都不肯急着追问。

他们沿着干硬的田地、崖头，走到镇上，进了有岗位的圩门，先到大街上的酒坊兼着南货店的裕庆店中。店经理是陈老头的老朋友，又是镇上商会的评议员，在这镇上的商界中颇能说话。正当八点半钟，这条土石杂铺的大街上有不少的行人，各商店的小伙都站在柜台后面等买卖，沿街叫买的扁担负贩也都上市了，兵士们的灰影有时穿过各样的行人当中显出威武的身份。有些一早上出去遛鸟儿的闲人在温和的太阳光下提着笼子回家里吃早饭。

当他们与王老板开始谈判——就是求着打主意的时候，王老板用手抚了抚棉绸羊皮袍没作声。一会儿叫了一个小伙过来，嘱咐他快去请吴练长。小伙方要走出,他却添上一句道:"练长还没起来,务必同他的管家说:起来就快禀报,说我在店里等候,有事商量。"

裕庆店的确是一个内地镇市商店的模型。油光可鉴的大柜台,朱红色的格子货架,三合土的地,扫除得十分光洁,四五个大酒瓮都盖了木盖横列在柜台的左边。木格上的货物很复杂:江西的瓷器、天津北京的新式呢缎鞋子、各样的洋油灯、线袜、时式的卫生衣、日本制的小孩玩具、太古糖、外国酒、茶叶、应用品与奢华品,掺杂着陈列得很美观。账案上兼做银钱的兑换买卖,常常有两个年轻学徒,一位先生不住地拨动算盘,在大青石板上敲试银洋的响声。向里去,穿过一个月洞门,上面有隶字写着"聚珍"两个大字的纸匾额;向右去,一间光线并不充足的小屋是店中经理的办事处与起居室,有熟的朋友便在这里会谈。至于招应军界的长官与本地绅董,是在后院的大屋子中。这边宜于办点秘密事,正如同屋子中的表象一样。因为靠街的东墙上有个很高的小窗子,两扇玻璃门可以推动,外面却用粗铁丝网罩住。一个木炕,一只小巧的长抽屉桌,两个铁质的钱柜,可以当座椅用。以外便是几沓账簿、印色盒、烧泥的大砚台,全是很规则地摆在长桌子上。墙上的两三幅名人字画,色彩并不鲜明,不十分靠近却分不出款识上的字迹。总之,从阳光的外面走进这小屋子中自然使人有一种阴森幽沉的感觉,同时使你说话也得十分小心与加意提防,万不会有高谈阔论的兴趣。

王经理一见陈庄长领了这位乡下老头来,他早已明白为了什么,所以赶快将他们让到这黑暗的屋里。经陈庄长几句说明之后,他便派人去请练长,这等手续他是十分熟习,并用不到踌躇与考虑。

"事情是这样……"王经理呼呼地吸了两口水烟,捻着纸煤儿道,"我知道得最早。大有每天来卖菜,我很认得过来,真是庄稼牛!他太不会随机应变了,这是什么时候,咱这常卖在街头的对待那些老总还得小心伺候,一不高兴,他管你是什么,轻是耳刮子,重是皮带。你不得认晦气?偏偏他——大有,挑来的白菜卖得快,只剩了三棵了,钱都收起。他在议事局的巷口上尽着叫，其实回去也就罢了。偏有人来买，少给他十文一棵，不卖。好，一个从议事局来的老总——不是他们都驻在局子里——看出窍来，叫他挑到局子门口，情愿添上十文全留下这三棵。一切都好了，及至给钱时少了八个铜板，他争执着要……不用再说了，那个老总居心吃他，像是个营混子。骂大有，还骂祖宗，说他骗人。本来，谁吃得下？后来连门岗也说他闯闹营口，一顿皮带，押了进去。那时街上的水火炉子已经卖水了，见的人很多。陈庄长，你是明白人，这要埋怨谁？"一口稠痰从他的喉咙中呛出，话没说完，便大大地咳吐起来。

"就为这个，王老板，你得救救奚老二。往后我做主，得担保不许大有早上再来卖菜，现在咱们应当躲避当弟兄们的，少给大家惹点是非，便是地方上的福气！"

"对！若不这么想，你还想同穿老虎皮的打架，那不是瞪着眼找亏吃？"

他两个人义正词严的问答中间，满脸忧恐的奚二叔坐在冰冷的铁柜上什么话都不敢说，因为他明白自己不会说话，又在这些穿长袍的旁边，他一句话也说不出。而且他仿佛看见藤条与杠子的刑具都摆在自己的面前，儿子坚实的皮肉一样也会渗出打压的血痕。他忐忑着这最快的将来，不知道破了皮肉的儿子能否赶快救出，把他关到媳妇房间去。同时，蓬松了头髻的儿媳与傻头傻脑的聂子，现在他们知道这不幸的消息是怎样的难过……

一阵脚步声从外间中向里跑，骤然打断了这老实人的幻想，原来那个出去请练长的小伙跑回来向经理回复：

"练长的门上出来说，练长刚刚在吃点心，说有什么事请过去讲，听说还吩咐厨上给老板预备午饭。"他报告完了，整整衣襟很规矩地退出去。

即刻王经理脱下毡鞋，换上宽头的厚棉鞋，同陈庄长走出去。剩下恐惶的奚二叔兀坐在柜台前面的木凳上听回信。

三

过午以后，狂烈的北风吹遍了郊野，枯蓬与未收拾的高粱根子在坚硬的土地上翻滚。阴沉的厚云在空中飞逐，合散，是又要落雪的预兆。比早上分外冷了。大有拖着吃力的两条腿跟着他父亲在回家的道上慢慢地走。他像一个打了败仗的鸟儿由鹰鹞的铁爪下逃生回来，虽然不过用绳缚了整个上午，然而皮鞭的威力在他那两条腿上留下了难忘的伤痕。蓝布棉裤有一边已露出不洁净的棉絮，冷风从漏孔中尖厉地刮透他的肌肉。宽广的上额青肿了一片，破青毡帽斜盖在上面。他不知是怎么出来的，只记得被几个高个子兵官在桌子后面向他喊呵了一阵，除却几句难忘的恶骂之外，那些话他不甚明白，随时忘了。于是几个兄弟做好做歹地把他松了绑，从局子门口推出来。不是防备得早，差些撞到局门口的下马石上。以后便是奚二叔与陈老头领他到吴练长的堂皇的客厅中磕过头，回头又到裕庆店里给他敷上了些刀伤药，然后由陈老头与王经理在小屋子中商量了半天什么事，把自己的爸叫进去。又过了多时，他才得离开那里。

始终没对自己说一句话的父亲，从似融含着泪珠的老眼中已可看出他的难过！原来是黄瘦与深叠皱纹的面目，仿佛更见苍老，这一天的异常的生活与万难料到的打击，使得这老农人忘记了饥渴。自己的儿子受屈——也的确是自己的耻辱，自己生活上的难关一齐拣这邪恶的日子来临！还有打点费四十元，送吴宅上的管家十元，王经理的人情还没说到如何报答。这些数目幸得有陈老头给办着，先从裕庆店里借上。"有钱使得鬼推磨"，怎么啦，带兵官拿了白花花的银圆去，连练长与王老板都得白看。只好埋怨自己的儿子，不应该老虎头上动土，闯上这场乱子，受了屈打，还得还债！

奚二叔只痛儿子，什么都不关心，只望他逃出那些老总的手掌。到底儿子出来了，虽不是十分活跳，却也不至于残废，三两天便可复原，像是伤在皮肉上，没伤到心。一转念，他看见五十元的银洋在自己的眼前跳舞了。在王经理手中自然是看不起眼儿，算一元钱一斗的粮粒，一斗一元，十斗一石，五十元五石，算法不错，五石，差不多是他地里一年的出产！然而现在连同预备过年的存粮算在内，也只有天井的囤角里几斗黄谷，一斗红麦，不足半石的高粱。

　　在这久已是被生活压榨得十分老成的农人的心中，这突来的忧愁将他整个的精神弄乱了。裕庆店的垫款不过年底，人家凭着陈老头的情面已经是格外通融了，但自己拿什么还人？原来的计划，到这天全盘推翻。一冬的编席与秋间的积蓄，本来预备着再过一年便好给聂子聘一个媳妇来，现在的时价，说是彩礼，大约不过一百元，三年之后也许快抱重孙了。他为儿子想尽法子种地，为孙子娶媳妇，更是他时刻不忘的大事，也是他努力在土壤上一辈子的志愿。他永远记得创业艰难，守成更属不易的古训。自小时听见老人常常说起，使他记在脑子中不会忘却。经过几次的大动乱——在他看来那已是不常见的真重大的乱事了——他还得保持住他的田地，而且从十年前又买进一片小小的树林地带，在祖传的旧房子上添筑上三间茅屋。他常是对着邻人与亲戚夸说，不是过分的满足，却使他感到俯仰无愧的趣味。但这个坏的日子太坏了，只为了八个铜板的小事——他现在想是小事了。他望着失去了把握的未来的暗影，仿佛有条沉重的铁链拴住他的灵魂。

　　父与子仍然在一条大道上走，然而各人另怀着一份心事与异样的感动。大有现在三十岁了，虽然笨，却从来没吃过乡下人的暗亏。他从十六七岁时学过乡下教师传授的拳脚，身体壮，来得及，轻易不肯被人欺侮。在田地中工作，他每每讥笑许多与自己年纪相仿的青年，说"他们只是饭桶"。不错，他的筋肉坚实的两条臂膊与宽广的肩背，无论是扛起锄头，还是推动车子，总比别人要多干多少活计。因此有人替他起个诨名，不叫大有，叫"大力"。他凭着这份身体与种植的田地相拼，只要不是"天爷不睁眼"，还怕收成得比别家少？他甚至连一袋旱烟还不会吸，有时喝点酒还有数儿，别的恶习他连看也不看。他从前也出过兵差，这太平常了。来来往往不知去向，更不明白为了什么，老是有军队调动。抓夫出差，乡间有壮丁的谁家都不能免，还是力大的便宜。他推得动，走得了，人又老实，所以他虽然眼见有不少的邻人受老总们的脚踢，打皮鞭，自己幸而没有尝过这等滋味。他单纯的心中感到异常庆幸，往往对别人谈起，多少带点骄傲。然而这一天他无意中真尝着灰色人的鞭子滋味了！皮开肉肿的痛楚自然不好过，比起他向来自负的高傲那是更难堪的打击。那些凶横的面目、大声叱呼的话、轻蔑的眼光与自己磕头的心情，当时只有蓄在心中的愤愤。现在是彳亍在冷风的旷野中，他感到凄然欲哭的难过，精神上的羞辱比身体上的痛苦重得多！他虽是受惯了迫压生活的乡间人，不过他还年轻，他又富有冲决的力量，偶然遇到这等委屈，像一个火球投掷在他的沸热的心中，要烧尽一切。

他有他爹的遗传性，向来是拙于说话，尤其是与人争执是非的时候更讷讷地说不出。况且他也知道被人拴缚起来，还要置辩那等于白费力，经验告诉他：老总们的皮鞭之下顶好是不作声，争理不对，讨饶也是不行。何况大有原来也是个硬汉，咬住口不肯哀求乞怜，所以这突来的打击他只是将愤怒藏在火热的胸中，不曾有丝毫悲哀的念头使他感到绝望。及至被那些枪手推出门外，又去给那位本地的老爷磕头的那一时，一股莫名的悲感从心头上涌到鼻端。在铺了方砖的地上，轻细的微尘黏合了他的可贵的两滴热泪。他现在纷乱地记起这些事，他开始对于他从没计算过的将来觉得栗然！

离开那五千多家的大镇约近二里地了。因为北风吹得太起劲，空阔的大道上没遇见一个行人。奚二叔老是垂着头走在前面，大有拖着腿上的破棉絮跟在后头。他们彼此的心事或者都能明白，究竟没说一个字。沉默在狂吼的晚风中，走到一个路口。向东去一条小径是去陶村的，他们应分往南去，恰好奚二叔的脚步刚刚挪过横道，正与一辆自行车碰个对面。

一个穿着短青衣裤、戴着绒打鸟帽的少年轻俏地从车上跳下。

"啊啊！二叔，哪里去？唉！大有，你怎么弄得像是同谁打过架？"少年很有礼貌地扶住半旧的车把。

"可不是，同人打架！原来是你，杜老大，你回来多少天了？"奚二叔一眼看明他是陶村的杜烈，他是终年跑外的，奚二叔认为是不正干的孩子，然而既然遇到不能不打招呼。

"快过年了，我放了工，前天才从外边跑回来，哪里都没去。一年回来一次……怪巧，想不到大风天碰得见！"他没说出下面的话，然而看到大有的狼狈神气，又是从镇上来，他明白其中一定有岔子。听着奚二叔的口吻便不再追问。

原来没打算说什么话的奚二叔，对于这终年在外浪荡不好好务农的杜烈更不高兴谈闲话，然而屈抑的情感却不受他的理性的指挥，一遇到这个机会，沉默了差不多终日的老人的口舌再也忍不住。于是在向晚的冷风中，站在刚刚露出麦苗的土埂上，便将大有与自己经过的事变讲了出来。

时间本来晚了，这一场谈话后四野已经朦胧了，太阳藏在厚云里，连一点残光也没有。只听见呼呼的风声吹动道旁树上的干枝喊喊作响。杜烈很专注地听这段新闻，到末后，他无意识地将绒帽取下来在左手里扇动，一头短发被风吹开来，像是表示他的同情的愤怒。

"好！二叔，动气干吗？我看，大有哥真是太受委屈了！你老人家跑了半天，你回去吧。把大有交给我，你看风多有劲，他的裤子都撕破了。我家里有从 T 岛带来的药品——外国药，止痛，养血……本想到镇上去一趟，没要紧，不去了。到我家去上药，我同他谈谈开开郁，还有好酒。二叔，你回去同家里人说，明天早上送回大有哥去……走！"

这年轻的工人说话简洁爽利，又十分诚恳，奚二叔本怕自己的孩子回去难过，况且自己也不好说，不忍得说什么。

这时奚二叔心中微微觉到从前自己对待杜家这孩子太冷淡了，没想到他却是个热心肠的小伙子。

大有恰好不愿即时回家，他觉得十分丢人，这一来他毫不推辞。

于是他们分路而去。

旷野中黑暗渐渐展扩开了。

四

"现在应分好些了，全是鬼子药，也就是东洋药。还痛吗？到明天你带回这一小瓶去。"杜烈在满是烟呛的里间炕上对躺着的奚大有问。

"好得多。原不怎么痛，咱的皮肉不值钱，揍几下觉不出大不得了……我说，杜大哥，我到现在就是肚子里压住一股闷气！"

大有药敷过了，也吃过一顿精美的大饼，葱根炒肉的晚饭，酒喝得不少，盛二斤的粗扁瓶中的酒去了一半。也幸而得了这强烈的酒力的兴奋，他高兴说话了。肉体上的苦痛渐渐忘却，现时不觉怎样，只是一股愤气借着酒力又涌上来，对于那胆小忧苦的爹与勤劳的妻，小孩子，现在他都记不起来，他只念念着那几个巨大狞黑的面孔，与吴练长的瘪瘦的腮颊，还有拿着皮鞭的粗手。似是没有方法能把塞进胸腔中去的闷气发泄出来，他没想到怎样发泄，不过却感到抑迫得不安。

杜烈这时脱了鞋子，蹲在一段狗皮褥上，慢腾腾地吸着"爱国"牌的香烟。屋子里还没点灯，借着窗上的油纸还约略看得见一些东西的轮廓。他的广额上乱发如狮子的鬣毛似的披散着，大嘴边的斜纹因为深思，所以更向腮帮插去，显得更深宽些。他的大而有点威力的眼睛，在暗中他努力向对方看去，像是要从这黑暗中寻求到他所要的东西。他不急着答复大有的话，将香烟上的余烬向炕前弹了一下。

"嗳！看爹的意思是十分不高兴，我却说不出来。自然这乱子是我闯的，论理一人干一人当。现在连他也牵累到那个样儿，谁没有良心，咱这做小的不难过？"大有从闷气的抑压感到忏悔般的凄凉，像是有气无力地说出这几句话。

"别扯天拉地地想了,大有哥,你真是老实人,人愈老实愈容易吃亏……还不是家常饭!我终年在外替人家弄机器,打嘛,冤嘛,何曾没受过,话要这般说,外人的气不好吃,自家的气更令人受不住。不过你东想西想干什么?我先问你——"

"什么?"大有也抚着屁股强坐起来。

"头一件你还得种地不?"

"唉!靠天吃饭,咱们不种地去喝风?"

"对!还有第二件,能去当兵?"杜烈深深地吸了一口纸烟。

"当兵?还能种地?那不是咱干的事!"

"一要种地,二不当兵,我的哥,你尽想着出闷气,难道你也能去入伙,去拿自来得?"

"你说是当土匪,别吓人了!怎么啦,越说越不对题了。"大有起初还郑重地听,末后这一问他简直觉得老杜有点跟自己开玩笑。

"不忙,还没找到题目呢。头两样不能不干,不能去干!第三样,不敢下水,你再想想,还是小心躲避人家的耳刮子、皮鞋尖、鞭子是正经!唉声叹气当得玩意儿吗?早哩,兵大爷几下打,日后还不是小事,你还用大惊小怪?仿佛被人强奸了的新媳妇,见不得人,做不得事,憋坏了肚子,连孩子也生不成一个,那才怪!"

大有在暗影中也笑了,"老杜在外面净混出嘴头子来,玩贫嘴却是好手。话倒是真个……咱什么没的干,还得攥犁耙,扛锄头,生气情知是白搭!"

"不是那么说,反过来说,谁吃得住人家的欺负?你还不知道,老杜年小的时候终年同人家开仗,全是为了不肯吃亏。这些年来,你道是在外边就容易一帆风顺?咳!什么亏什么寒碜没受过?连鬼子的火腿、枪托子都尝过滋味!大有哥,人是好混的?吃碗饭好容易!一个不顺眼,一个同你开开玩笑,吃不了兜着走!人心不一定全是肉做的!说不了,不到时候你还是忍耐点性子!如今在乡里更不好过。我偶然回来看看，回去之后足有十天的不痛快！哪一样儿叫人称心？钱花多了，地荒多了，苦头吃得更大。终天终夜地与土匪作对，受有钱有地的摆弄，一个来不及便是烧、杀、打，整个村子的洗劫。大家出钱养兵，白搭，真是白搭！更添上吃人的老虎了……我仍然还是回来，老娘眼也花了，上牙差不多全落了，一个劲儿地催我娶房媳妇，我说非等着妹妹出嫁后不行，尽着老人去嘟囔，我不应口！好在我手头拿的钱还够应付，新近请了一位大娘在家里做活，下年我打算将妹妹带出去。"

"唉！你还把大妹妹带出去干吗？"大有颇引为惊异了。

"你不懂。现今女人在外边一样做活，工厂里女工一天多似一天，不过咱这边去的人少些。不只做工，我还想叫她学着识字，入补习夜校。"

后面这四个字在大有的理解中不很清晰。

"就是晚上开的学堂。那些姑娘媳妇白天做工晚上还可以去认字，日后不认得字简直不好办，不比以前怎么都可以混日子……"

"那么，你不怕她学坏？外面的坏人更多。"大有直率地追问。

"那可不敢说。从那一面看，也许格外学好。你说女孩子在乡下有什么干的，一切都变了，用不到纺棉花，养蚕养不起；绣花，现在镇上也没多少人家定做，还不像你家可以帮着种地，看边。我家里一共一亩二分下泊地，我不在家早把粮粒典给人家，每年分一点。她干什么？还不如跟着出去开开眼。"

对于大有，这个提议是过于新奇了。他几乎不能判别其中的是非。外边，外边，他永远不明白大家所说的外边是什么景象。不错，这些年来向外边跑的人一年比一年多，下关东，上欧洲做工，闯 T 岛，有的一去便没了消息，有的过个十年八年忽地怪模怪样地回来了，回来又重新出去。往近处的外边也有一两年回家一次的，可是他向来觉得与那些"不安本分"的人谈不到一处。陈庄长不是也看不起那些小伙子？所以自己不常听见有人说外边是什么世界，也不知他们去干什么活。有人说也是种地，辟菜园子；有的却说是耍手艺，他根本上与手艺的世界隔得太远。春天撒种，秋天收获，大热天光了膀背在高粱地里锄土块和杂草，这是庄稼人的本分，与手艺不同。他意识中总觉得凡是手艺人就不大规矩，穿得要整齐，说话也漂亮，用不到老大的力气却会拿到钱，这与他家传的事业不是一行。例如编席子，编蒲鞋，这类手工他从没想到也是手艺，何况并不是他家的正业。所以他这时对于老杜说的外边仍然没有一个概念。他总想即使任管如何拿钱，那不是本分，他并不欣羡，反而觉得老杜要连他的小妹妹带去，不免有些荒唐。

他沉在茫昧的寻思中时，杜烈早已到外间去将有玻璃罩的洋油灯点着，拿到里间的土窗台上。异常明丽的光映着两扇木门上的两张五色纸，上面文武财神的印象十分威武。外间灶上的余火这时捅到炕洞里，屋子中充满了暖气。

大有觉得坐处的下面席子上的热力渐渐增加，被打的创伤颇有些痒。倒头躺下，靠近纸窗，窗外的风声小得多，有时吹得窗外的槐树枝微微响动。

"天有不测风云……唉！取笑取笑。你也可说是旦夕的祸福了。多快，一会儿地皮上满盖了一层雪，风也熬住，说不定要落一夜……"杜烈将青布小袄脱下来放在空悬的竹竿上，露出里面的一身棉绒卫生衣，紧贴住他的上身。

"啊呀！明天还落雪，走路太费事，再不回去爹又许来找……"大有皱着粗黑的眉毛说。

"你又不是十岁八岁的孩子，怕什么？老是离不开家。我还打算一半年中领你到T岛去玩玩，这一说可不好闹玩，你八成是不敢无缘无故地出门。"杜烈半带着讥笑的口吻。

"怎么没离开家过？秋天上站推煤炭，春天有时往南海推鲜鱼，不是三五天的在外边过？"

"你自己呢？"

这是句有力的质问，推煤炭，推鲜鱼，是与邻舍的人往往十几辆二把手车子一同来回的。一个人出门，在自己以前的生活史上的确找不出一个例子来，大有傻笑着没作声。

杜烈又吸着他的纸烟笑了起来。"你简直是大姑娘，不出三门四户，你太有福气了！有奚二叔，你再大还像小孩子，说来可叹！像我，即使在外头坐了监，谁还去瞧一瞧？我今年二十四了，从十七那年在济南纱厂里学苦工，整整的七个年头，管你愿意不愿意，有胆力没有胆力，尽着乱闯。为了吃饭什么也讲不得！从前说：'吃尽苦中苦，方为人上人。'杜二哥，如今晚咱们苦头尽管吃，能够在人前头像个人这已经是求之不得的，'人上人'，还得那些有钱有势的干！那不是中听的话，咱根本都不想……"

"照你这个说法，我那村子里的陈老头也可算得是'人上人'了。"一个模糊的观念在这头脑简单的青年农人的思想里闪电似的闪过来一点微光，他觉得庄长也有点像官，一样的话他说得出比别人有力量，办得到，于是有了"人上人"的断定。

"哈哈！老哥哥，他仍然是在人家的足底下哩！陈老头，我听见说还不错，现在乡间没人出头不更糟？譬如今天你这桩倒霉事，也亏他出力。他一样得向绅士、官长面前拍屁，多跑些腿，费些唾沫，还要吃得起。什么事吩咐下来，不管死活就得马上去办。也够瞧的！你问问，他心里乐意？不过他可辞不了。在咱这近处，像陈老头有老经验，还识得字，说出话来大家信得过，这样的也没有几个了。不过他究竟与咱们不一样，家道不用说，自种着十来亩地，又有在城里干事的儿子——我记得去年时他的第二个儿子在城里不是管着查学吗？镇上的人说他从中捞摸钱用？陈老头该不是那等人，为挡堵门面他可不敢辞。谁没有苦处，我想他也有难过的时候。"

果然这样的拟议不对，似乎是后悔不应说陈老头的坏话，然而经过杜烈的无意的解释之后，大有对于这一切事与名词明白了不少。到现在，他方明白所谓"人上人"也不简单，因此，他想老杜究竟比自己聪明得多。

"就是他的第二个儿，大号是葵园，自然还在城里，一年差不多下乡两次，到家里住几天，我们都称他师爷。他老是穿着长袍，也好吃纸烟，戴眼镜，还看报，唉！他是咱这边的怪人！"

"噢！小葵真有一手。"

"怎么？你同他很熟？"大有的反问。

"你倒忘了，我十多岁的时候不是在你那村子里上过私塾？小葵和我同学，我们老是坐在一张破方桌上……你比我们大，你没念书，那时你大约是放牛下泊。"杜烈若有所忆的神气，一面说话，一面仰头看着空中的白烟。

"该打！记性太坏，也埋怨你太小了，谁还想得过来老黄的学屋中有你这一群淘气孩子。小陈在那边上过两年，以后便不知怎么混的入学堂……你为什么走的，我可说不上。"大有也提起幼小时的趣味，因此对于杜的提示更愿意追问。

"我在老黄的黑屋子里整整待过一年，念了一本《论语》，到现在我还得感谢他，大字认得一百八十，还是书房的旧底子，算来已经十四年了。那时已经是弯了腰的老黄早已带着竹板子入了土，咱算没出息，干了这一行……为什么离开？你不明白，没有闲身子会念书？家里等着下锅，只好向外面鬼混去。"

"小葵阔起来，有时还穿着绸子大衫下乡，自从上年连媳妇都搬到城里。别瞧陈老头有这好儿子，却不对头，说话老不合味儿。小葵下乡一趟都是到镇上去玩，总说是回家好听，三天连半天都待不住。陈老头听见别人说起他来就摇头。"

"哼！一定不会合得来。"杜烈轻蔑地回答。

"你常年不在家，怎么知道？"

"有道理呢，你不懂。这个我许比你明白，也像你会种地一样，我不如你熟。"

大有瞪了瞪他的大眼睛，猜不透老杜话里有什么机关，他也不耐心再往下问。"对，你不会种地，究竟我比你还有一手呢。"他质朴地夸示，嘴唇两角兜起了一线的笑痕。

五

自从奚大有扮演过这一出在乡村中人人以为是愚傻的喜剧之后，一连落了三天的雪，因为道路的难于通行，一切事都沉寂了。陈家村西面的高岭阜上一片银光，高出地平线，几百棵古松以及白杨树林子全被雪块点缀着，那洁白的光闪耀在大树枝与丛丛的松针中间十分绚丽。岭上的一所破庙，几家看林子的人家，被雪阻塞下岭的小径，简直没有人影。与这带岭阜遥隔着村子斜面相对的是一条河流，冬天河水虽没全枯，河面却窄得多了。一条不很完整的石桥，如弯背老人横卧在上面，河水却变成一片明镜。河滩两面的小柞树与柽柳的枝条被沙雪埋住，只看见任风吹动的枝头，凄惨地在河边摇曳。平常的日子沙滩中总有深深的车轮压痕，现在，除却一片晶莹的雪陆之外什么痕迹都没有。有的地方将土崖与低沟的分界填平，路看不出了，即有熟练的目光也难分辨。四围全被雪色包围住了，愈显得这所二百人家的乡村更瑟缩得可怜。冬天，悲苦荒凉的冬天，一切可做乡村遮翳的东西全脱光了。树叶，岭阜上的绿色，田野中的高粱、豆子、玉蜀黍，以及各个菜园旁边的不值钱的高大植物，早都变作火炕中的灰烬了。远看去，一座座如玩具般的茅屋，被厚的白絮高下的铺盖着，时而有几缕青烟从那些灶突中往外冒出，散漫没有力量，并不是直往上冒。可见他们的燃料也是湿的，炊饭的时候不容易燃烧。原在河岸上崖的地窖子不常有人从村中向那边去，自然到夜间巡更的锣声也停止了，无论白天或是晚上轻易连狗吠声都没有。不恒有的今年的大雪将本来冷落的陈家村变成一片荒墟。然而在这不动的荒墟之中却有一两个青年人激动起沸腾的热血。

奚大有在被打的第二天，冒着风雪由杜烈的家中跑回来。除掉见过陈老头与一两个近邻之外，别的人都没见。雪自然是一个原因，人们都躲在有烟与热气的屋子中不愿意无故出来，而乡间人对于奚大有的屈辱都深深体谅他的心情，不肯急来看他，怕他不安。所以，这几天的天气倒是他将养的好时机。静静地卧在温暖的布褥上看被炊烟熏黑了的屋梁，幸得杜烈的洋药，红肿的腿伤过了两夜已经消了大半。

经过这场风波以后，又听了小杜的新奇谈话，大有的心意也似乎被什么力量摇动了。以前他是个最安分、最本等、只知赤背流汗干庄稼活的农夫，向来没有重大的忧虑，也没有强烈的欢喜。从小时起最亲密的伴侣是牛犊、小猪，与手自种植耕耘以及专待收成的田间的产物。他没有任何特别的嗜好。有饭时填满了肠胃，白开水与漂着米粒的饭汤，甚至还加上嫩槐叶泡点红茶，这是他的饮料。他有力气，会使拳脚，却能十分有耐性，不敢同人计较，也没想到打什么不平的事。一年年的光阴绝不用预先铺排、预备，便很快地过去了。不记得有多少闲暇的时间，可是并不觉得忙，太吃累。习惯了用力气去磨日子的生活，他没感到厌倦或不满足。他不知道世界上有"宗教"这两个字，更不知为了什么去做一辈子的人，有什么信心去容受诸种的苦难。这一切不存在他的意识之中。他的唯一单纯的希望是天爷的保佑。在平常的日子中谁也不把这天爷的力量看得怎样重，大有也是这样临时迷信中的一个。至于他爹，对于他也没有更大的教训的影响，当然他向来不会反抗他的意见，或不遵行他的命令。这单纯的少年人没读过旧书，也不深知孝悌恭让的许多道理，他只是处处随着乡村中的集团生活走，一步也不差。他的知识与遗传下来的平庸性格，使他成为一个最安然而勤劳的农人。奚二叔青年时代本来具有的反抗性与坚强的保守性，大有也有，不过安稳惯了的乡村生活，使他偏于保守性的发展。或者是一代与一代不同，二十年后靠近被外国人驱使着中国苦力造成的铁道的近处地带，在不知不觉中已经被那庞大奇异的生物征服了！如奚二叔现在也一样得穿洋布，点洋灯，用从远处贩来的洋火和洋油。

只余下光荣的回顾，表示他当年的愤慨。至于大有与他同年纪的青年人，一时想不到那些事了，仍然是在旧土地中挣扎着，爬上爬下，可是由尊重自己与保守自己而来的反抗性并没减少，只是不易触发罢了。大有没有文字与教育上的打动，所以对于在另一时代中的父亲的举动无所可否。他不很明白这忠厚的老人为什么总是与儿子不大对头。自己在镇上见过传教的洋人一样是青长袍马褂，说的再慢没有的中国话，也劝人做好事，不偷不盗，看他在大太阳下摸着汗珠子不住声地讲，难道这个样子便会吃人？大有虽曾有过这样的模糊的评判，却不敢向老人家提起，因为自己既不认字，更没曾去向那毛茸茸的大手里领一本教书。他觉得老人家也许另有不高兴传教人的理由，但这许多与自己无关的事值不得操心。他有他的挥发精力的趣味，只要能叫额角与脊背上出汗，就算他没白过这一天。此外的大小事件他看得如同浮云一般，来往无定。那全是在空中的变化，与自己的吃饭、睡觉、干活，怎么想也生不出关系来。

被莫名其妙地鞭打之后，他似乎多少有点心理的变化了。他开始明白像自己这样的人永远是在别人的皮鞭与脚底下求生活的。一不小心，说不定要出什么岔子。综合起过去的经验，他暗暗地承认那些灰衣的兵官是在他与乡村中人的生活之上。加上老杜的慰安而又像是讥讽自己的话，他在矮屋的暖炕上感到自己的毫无力量。陈老头、摇摇摆摆的小葵、气派很大的吴练长、乡镇上地多的人家，比起自己来都有身份，有分别。他在从前没有机会想过，现在却开始在疑虑了。

父亲两天不去打席子了，吃过早饭，拖起"猪窝"便跑出去，小孩子说爷爷是往陈家去了。有时过来问一句，或看看伤痕，便翘着稀疏的黄胡子走去。老婆虽不忙着做饭、洗衣服，她还是不肯闲着，坐在外间的门槛上做鞋子。他料理着药品给自己敷抹，每每埋怨人家下手太狠，却也批评自己的冒失。是啊，看父亲不多说话的神色，猜得出对于自己闯下乱子的恚恨，因此，自己也不能同他说什么。

正当午后，空中的彤云渐渐分散，薄明的太阳光从窗棂中间透过来，似乎要开晴了。大有躺了一天半，周身不舒，比起尚有微痛的鞭伤还要难过，便下炕，赤脚在微湿的地上来回走着。

"咦！好得快啊……好大雪，挨了一天才能出地窖，我应该早来看望你。"一个爽利的尖声从大门口直喊到正屋子中来。原是宋大傻穿了双巨大的油袜践着积雪从外头来。

"唉……唉！你真有耳报神。"

"好啊，多大的地方，难道谁听不见你的倒霉事？闷得我了不得，牌也玩不成。"他跳进屋子中先到炉台边脱下油袜，赤足坐在长木凳上。

大有在平日虽看不起像宋大傻这类的轻浮少年，但从过去的两天他的一切观念都似在无形中潜化了，他又感到窒息般的苦闷，好容易得到这个发泄的机会，于是立在木凳旁边他毫不掩饰地将自己在镇上的事，与到壮烈家过宿的经过说了出来。

大傻的高眼角与浓黑的眉毛时时耸动，直待大有的话说完之后，他方有插话的机会。

"不错，我听见人家说的，差不多。该死！老杜的话有理。你什么不能干，只好受！不过受也有个受法。像这样的事一年有一回吧，你就不愁不把这间房子都得出卖。说句不中听的话，连大嫂子也许得另找主儿……哈……"

女人停一停针，恨恨地看了一眼道："真是狗嘴的话，怎么难听怎么说！"

"哈……哈！笑话，你别怪！二哥，你细想一想，可不是能吃亏便是好人？可是生在这个年头情愿吃亏也吃不起！现在像咱们简直不能多走一步，多说一句话，也不知从哪里来的不是，老是不清不混地向你身上压，管得你驮动驮不动。能够像老杜就好。譬如我，能干什么？也想出去，卖力气总是可以的，强于在乡间受气……

"穷人到处都受气，不是？憋在乡间，这个气就受大了！还讲情理？许是你不知道，我告诉你！前几天夜里一件事……你也该听见枪响了，半黑夜正在河东南方的杨岭，去了十几个土匪，抢了三家，打死两口，连小孩子，伤了四五个……这不奇啊，每年不记得几回，偏巧又是兵大爷的故事——不能单说是外来的老总，连城里的警备队也下场，第二天下午好像出阵似的去了二百多人，干什么？捉土匪？左不过是吓吓乡下人，吃一顿完了。哪晓得事情闹大了，他们说是这样的大案一定在本村里有窝主，翻查。杨岭有咱这边两个大，收拾了半天，一夜拴了几十个人去，烧光了五六十间房子，东西更不用提了……遭抢的事主也不能免。还有土匪没拿去的东西，这一回才干净哩！

"……"

大有张着口没说什么，大傻擦擦还是发红的眼角接着道：

"就是你被人家打押的那一天，这一大群的兵绑着人犯由村子东头到城里去，什么嫌疑？我亲眼看见好几个老实人，只是擦眼泪，还有两个女的，据说是窝主的家小，一个小媳妇还穿着淡红扎腿裤，披散着头发，拖得像个泥鬼。这便是一出'全家欢'的现世报！看来，你受几皮鞭倒是小事。

"相比起来，几下屈打本算不得大事。我不信这么闹，那些庄长与出头人也不敢说句话？

"人家说我傻，应该送给你这个诨号才对，别瞧陈老头为你能向练长、兵官求情，若出了土匪案子，他们还讲人情？皮鞭还是轻刑罚，押进去，不准过年难道是稀奇？

"可怜！这些好好的人家不完了？

"也许真有土匪的窝家，却是谁情愿干这一道？兵大爷不分皂白，只要有案子办便有劲发疯，什么事干不出？这一回又有了题目了，报销子弹，要求加犒劳，打游击，倒霉的还是乡下人！那些冤枉的事主还能说得出一个字？"

大傻将高高的油袜踢了一下："以后还有咱的安稳日子过？能以跳得出的算好汉！"

大有沉默着没说什么，然而这惨栗的新闻更给他添上一番激动。

送这位好意的慰问者从雪地里走后，大有又紧接着听老婆告诉。

自从自己闯下事后，父亲到各处去凑钱。隔年底还只有三五天，借得镇上的款非还不可，还有缴纳钱粮的一份。虽然雪落得这样厚，父亲也无心在炕头上睡觉。这些事，大有听了，半个字也答复不出。悔恨与羞愧像两条束紧的皮带在自己的头颊两边勒住。因此，激动的愤怒如一个火热的弹丸在心中跳动。他立起来重复坐下，觉得一切的物件都碍眼。捶着头想不出更好的方法。忽地抓过一把豆秸来撕得满地是碎叶，他用湿蒲鞋踏了又踏，仿佛是出气，也像是踏碎了自己的心。

大傻走了不过一个钟头，他紧了紧腰间的布扎腰，一句话不说，也跑出矮矮的麦秸盖搭的门帘，到巷子外面去。

又是点上灯的晚间，他与奚二叔都拖着疲倦的泥腿转回来。融化了几分的厚雪，晚上被冷风冻住，踏在上面微微听见鞋响。奚二叔两夜没曾合眼的心事幸得解决。自从那天到镇上去时的恐惶与疲乏，到这时才完全出现。五十多岁的人，不知怎的，这不敢想的疲乏像是从心底一直通到脚心，雪后的咽风吹得他不住地咳吐，一口口的稠痰落在雪地上。他虽然是头一次欢喜儿子的能干，居然借到四十元花白的大洋，交与作难的陈老头还裕庆店的债务。但是怎能再还一次呢？本来是说好的须待来春，看样子年还能过得去，可是这是一个张着大口的空穴，不早填盖好以后怎能行路？杜家那孩子固然不错，可是在外边跑的钱不好常用。这些寻思的片段是随着他沉重的脚步往下深深地踏去，前前后后的泥鞋印仿佛是一个个的陷阱。说不定这片皎洁明亮的雪毯下面有什么危险的穴窟。

儿子呢，虽然也是疲倦地走回来，他什么也不再想了。本来没有老人的缜密的思虑，几天中不平常的种种变化，他已没了计算往后怎样的勇气了。他只是记清在他把借来的钱递到老人的手中时父亲那一句话：

"想不到你还是惹得起办得到！看来真是不打不成呀！"

"不打不成！"大有只记得这四个字，在暗光下，他仿佛到处可以看得到向自己追着来的鞭影。

六

一连忙过六七天，又是一个新春的第一日——陈庄长自从夜半以后是这样安慰着自己。照例，天还不明便穿上新衣，发纸马，敬天地和祖宗，吃素水饺等每年老是不变的花样。他从学着放爆竹时记起，六十年来这些事都没变更，唯有民国元年的元旦五色旗，有许多人家在镇上度新岁。但以后一切又恢复了旧样子。每到年底买回来的印神像的白纸与做大爆竹的外皮纸，这十多年来是改用洋粉连，这变化太小，谁也觉不到。至于过惯了的不安靖与家家资用的缺乏，那不免使得年光比起多少年前冷落了许多，可是还不怨天，照例地烧香纸，拜，跪；大家见面的第一句"发财发财"的吉利话，谁还好意思不说？不过陈庄长在这个新年的清早，他于敬神之后感到不很痛快的。第一是葵园居然连个信都没捎来，也不回家过年，眼见得合家的团圆饭是吃不到了。其次是去年在镇上答应下预征的垫借项才交上一半，大概不过"五马日"便会有警备队带着差役下乡催缴。这两件事在欢迎元旦的东方淑气的老人心中交扰着，使他没了每当新年专找快乐的兴趣。

还不过早上七点，全乡村的每个人都吃过年饭，有的到镇上与别的村庄去传布贺年的喜音，有的穿着质朴的新衣在小屋里睡觉。年轻人多半是聚在一起赌牌，掷骰子。这一年只有一度的休息日子，在许多农人的心中是充满着真纯的欢乐与紧张后的愉快。然而年岁稍大一点的人除掉叹息着时光过得太快之外，对于这扰动愁苦中的新年，没有更好的兴致。虽然各个木门上仍然贴上"国泰民安""五谷丰登""忠厚传家远"等的"门封"，想着借重这可怜的好字眼慰安他们可怜的心灵。然而多少事实都一年比一年严重地摆在乡间人的面前，而且一年比一年沉重地使他们受到无法解脱的痛苦。所以虽是崭新的"门封"——红纸上的光亮黑字，在大家的眼光中也渐渐失去了光彩。

一大早的过年工作过后，几个穿着不称体的花布衣的小孩在街上捡寻爆竹，一切都很清静。陈庄长在本村几家老亲戚与有老朋友的地方走走，回家后，把家传的一件旧紫羔大马褂脱下来，自己在小客屋子中烤炭火。平常是冷清清的客屋，今日为了敬祖宗牌子，除去一桌子供菜与香烟浮绕着，便是新用瓦盆生上二斤炭火。陈庄长坐着光板的木圈椅，因为屋里添了火力，他的额角微微渗出汗。一夜不得安眠，人老了，也不想睡觉，小孩子与家中女人的笑声在后院轰动。自己没有同他们找生趣的活泼心情，尽是一袋袋的劲头很大的旱烟向喉咙里咽下。这辛苦的气味偏与他的胃口相合。他向风门外看看半阴的天与无光的太阳，轻轻地叹两口气，一会儿低下头又沉寂着想些什么。

虽是冬日，隔宿做成的鱼肉被烟气与火力的熏化，不免多少有点味道，更使屋子里的空气过于重浊了。本来想过午到镇上去拜年连带着探听事的计划变了。他一面支开风门，一面郑重地穿上马褂。知道路上泥泞，拣出家里新做的青布棉鞋包在毛巾里，仍然穿着难看的"猪窝"上路。恐怕非晚上回不来，他又恭敬地对神牌磕过头，稍为喘息着到后院中交代一句，重新外出。

到镇上吴练长家门口时已经是九点了，一样是静悄悄的。不过街头巷口上多了一些叠钱的孩子，与卖泥人、风车、糖葫芦的挑担。门口的守卫见来的是熟人，提着枪即时通报进去。接着陈庄长便换上鞋子走进吴练长家的客厅。

像是才走了一批客人，纸烟尾巴与瓜子皮铺满了当地。三间堆满了木器的屋子中间，满浮着各种烟气。靠东壁有靠背的大木床上，吴练长正陪着一位客人吸鸦片。

只留着一撮上胡，穿着青丝绉的狐腿皮袍的吴练长，一手拿着竹枪欠欠身子，招呼了一下，接着便是相互的贺年话。直到吴练长将陈庄长介绍给那位不认识的客人时，他方由床上坐了起来。

陈庄长很惊讶地看着这位客人的面目，原来他是连部的军需官。

他的烟量很可以，尽着听主人的招应话，那一个个的黑枣尽往烟斗里装，口里是吱吱的风声，尽在响个不停。烟气腾腾中显出他的铁青的面色，两只粗黑的手不住地纷忙。烟枪从口中取下来，便是香茶、纸烟，还要偷闲说上几句话。旧缎子褙的新羊皮袍盖住他的外强中干的身体，显然也是为了新年，一件十成新的发亮的马褂，一顶小缎帽，帽前有一颗珍珠，都在表示他是个不凡的拜年客人。

　　直待到他一气吸过七八筒鸦片以后，吴练长没与陈庄长说几句话，而这先来的客人更没工夫说。沉寂了多时，只有墙上挂的日本钟的摆声响动。陈庄长有话也不能说，还是从腰带上取下烟包来吸旱烟。同时看看屋子中的新陈设，除却北墙上挂的四乡公送的"一乡保障"的老金色木匾之外，添了一副金笺的篆字对联，两三个西洋风景玻璃画框，别的还是一些熏黑的旧字画，与长花梨木大几上的几样假古董。

　　"清翁，你哪里弄来的这上等货？"军需官注意的音调即时将陈庄长的眼光从金笺的古字上唤回来。"上一回你请客没吃到这样的。"他的口音不难懂，却有些异样。陈庄长听口音的经验太少，也断不定他是哪里人。

　　吴练长将肥胖的腮颊动了动，"哈哈"的不像从真正喜悦中笑着，"军需长你到底是行家。可不是，这是年前人家送我的上好本地土；虽是本地土，你明白这可不是我这练上的，我不许种——给官家留面子，也是我平日的主张。话说回来，咱吸吸倒可以，可不愿人人都有这嗜好。这是南乡的一个朋友因为我给他办过一点事送了我十多两，一点料子没得。我也不常吸，今天特地请你尝新……"吴练长的话是又漂亮又占地位。

　　"清翁，到底是出过事的人，话说出来谁都得佩服。头年前县长同咱的上司谈起来，都十分恭维清翁，说是干才，干才！"

　　"言重，言重！本来在地方办这些小事，不是夸口，兄弟看得不值几个钱。比起前清末年我在四川任上同那些大'座'弹压保路会，以及诸多困难的事，这算得什么！一句话，现在的事不好办，好办；好办也难办，无论到什么时候，手腕要熟，话也得应机。能够如此，自然名利双收。我有句话不好说，也是实情，明白人不用多讲。现在的官长们是热心有余，办事的能力欠缺些——年轻的时候谁也是这样，历验久了自然可以毕业……"

"所以啦，像我们这些年轻的得处处领教。"军需官的确年纪不大，从他的光光的嘴巴看来，还不见得过三十岁。

"岂敢，岂敢！无非比别人多吃几十年饭。"

吴练长这句谦恭话却使坐在镂花太师椅上的陈庄长的心激动了一下，"不错，我比你还要多吃十多年的饭，可是一样也得处处来领教，这倒算是怎么回事？"在心上踌躇着的话还没有来得及自己判断，紧接着又听吴在继续他的长谈。

"自然，饭一样有白吃的，兄弟幸而自三十岁便在外拿印把儿，当委员，干河工，做州县，给抚台衙门里充文案，一些事都干过。政绩说不上，可是也没曾白吃辛苦，不怕你不学习会。本来这些只凭聪明是做不来的，没有别的，一个经验，再来一个经验，末后——我说还是经验……哈哈！"吴清翁得意地说过之后，他便继续军需官的烧烟工作。

"我们在学堂中只会抱书本子，干吗用？除掉听那些妈的骗饭吃的话之外，什么都不中用！一本本的讲义现在看来只能烧火——也不然，"他巧妙地将话收转过来，"譬如当法官、干律师的同学们，还有时用得着——敲门砖——像咱入了军界哪里用得到书本子上的事！法律、诉讼，还有愈说愈糊涂的经济，不适用的商业法，你该知道还有'商行为'，这些怪事，好在我还记得几个名字。干吗用？清翁，不只我那行法政学堂是不中用，别的还不是一样。例如咱的营长，十几岁还入过测绘学堂，现在不过认得几个外国字一、二、三、四，清翁，这不碍人家做官呀。"

"本来做官要的是手法与会办事，没见有多少学问的便会做官……"吴清翁一边吸着烟一边回答。

"这才对！官是得做！"

"岂但官是得会做，什么事会做就有便宜。"他这会儿偏过脸来对呆坐在椅子上的陈庄长看了一眼，意思是谈这种话你也应该有加入的资格，"就是在乡下办事也不好处处按着定规呆板着干，那是自己找倒霉，费力不讨好……"

"可不！所以在清翁属下的练里真是弊绝风清，令出必行！"军需官的神气很足，像是鸦片的力量恰到好处，现成的文章居然连珠似的由他口中跳出来。

"这不是一位证明——陈庄长，我们的老同事，不敢夸口，阁下问他：就像吴某人从民国二年在地方上办共和党下手，谁不是共见共闻，即使换过的多少县长与军官，也还……"嗞嗞嗞又是一筒鸦片。

"自然喽！咱们在这里不到半年，都会看得到，陈庄长更能说得出。"

这狡猾的军需官，他的语锋一点不客气地向陈老头投来，这老实人口被烧磁的旱烟嘴堵住，静听多时，本没有说话的机会，这时却被这两位的口气逼得非说不可。他嗫嚅着道：

"没有不对，练长是一乡之望，在咱这里什么事都得仰仗仰仗！办起事来叫人佩服……"除了这两句恭维话外，他一时想不起有何巧妙说法。

吴清翁心里虽然不满意口笨的陈老头，但到底是向自己贴金，削长的胖脸上微微笑着，黄板牙在黑唇中间露了一露，同时他霍地坐了起来，将右腿向床下伸一伸，故意忧郁着叹道："没有办法啊！为乡里服务，任劳还得任怨。"他将"怨"字的尾声说得分外重，"陈庄长虽是过奖……实在我这几年为大家使心也不少。就拿着年前预征的事打个比例，本练里好歹在年除日前一天弄到了三千元。这个数目不大也不小，在大年下能办得到，真费过周折……"

自表功式的叹息话引起了陈庄长的谈机，"我可以证明，乡间凑这几个钱比索债还难，什么时候，不是练长平日为人好……即便原差与警队下来也不能办。"他虽然这么说，及至"平日为人好"的五个字上也觉得自己把话说得过于贴实了，有点碍口。但在积习之下，陈庄长以为不这么说不能替练长打圆场。

"但是，宜斋，你那里还差二百元，过了年可不能再模糊下去！"

想不到吴练长的语锋是这样的巧妙与厉害，陈庄长本来想敷衍上司的语，却反而打到自己身上来。他摸摸苍白的下胡答应着："是，是，这大事谁能忘得了！我来也是同练长想想法……"

"又来了！我何尝不也替大家想法，可是军需官知道，不是早到县上去想法，宜斋，年都不能过！你晓得省城里问县上要款子的公事多厉害？县长不着急？他只好到乡下打主意……现在的学生都骂官，官又怎么样？一层管一层，谁也不能自己爱怎么办就怎么办。你又要问到上边了，想想现在用钱本来就没数，打土匪，讨赤，养军队，你能够说哪一样不重要？"

"这就是了，咱们干这一行的到处总碰钉子，有几个开通人？如果都像你老先生，说什么不好办？"军需官也坐了起来。

陈庄长没有插话的机会，可是他愈听这二位的对谈愈觉得没法说，二百元银洋的印象在他虚空的面前浮晃着，却不知道怎么能够聚拢过来交到鸦片盘子前头！耳朵中一阵轰轰地出火，忽然又听到吴练长提高了声音说：

"钱是不容易办，但看怎么拿法。乡间人一个钱看得比命还重，情愿埋在土里舍命也不舍它，轮到事头上可也不怕不献出来！就如你那里，奚大有年前的乱子到底怎么来？不是说他家里只有几斗粮粒……一样拿出钱来，情愿认罚。托人情，没有……借的有人借，就是还得起。我向来不说刻薄话，这等情形也不敢说没有。"

这刺耳的一段话又明明地向陈庄长脸上投掷过来。陈庄长原来有话替那可怜的奚家分诉，抬头看看吴练长心有成见的神气与军需官向自己注视的眼光，他的话早咽下去，口角动了动却没吐出一个字来。

幸而军需官忽然提起一段旧事打破了这两位间的僵局。

"人是苦虫，一点不差。前年我同兄弟们在某处驻防，一件事说起来笑死人。也是在乡下，春天旱得厉害，麦子不能收割，一家小财主被许多乡下佬儿——男的女的把他囤里存的粮粒硬抢了去。他真是脓包，不敢报却又不甘心，暗地里托人找我们给他想法子。这已经够笑人了，兄弟们闲得没事干，找不着的好买卖，哪里管得了许多。派了几十个人去抓进人来押着，一面问这位财主要犒劳，他舍不得一点点费用，不干，真妈的气人！兄弟们白给他效劳，结果是抓进来的放出去，替他们充着胆子，再来一手，这可有效力了。又一回把这守财奴的家具一概抢光，还烧了几十间房子，也算出出气。清翁，这东西真是苦虫，也是傻虫，吃了苦还不知道辣滋味，乡间人不开眼，不打着不记得痛……"

"乡间人"，"乡间人"，在吴练长与军需官的口中说得不但响亮而且爽利，但在无论如何是地道的乡间人的陈庄长的耳中十分刺动。似乎奚二叔与所谓不开眼的乡间人都有自己的一份在内，虽然是好听的故事，不过在吴练长点头大笑的赞美之中，陈庄长的两手抖索得连旱烟都装不上，更说不到对于他的上司要如何恳求交钱的展缓了。

好在说故事者的结论还没完全下定，紧接着那个青年伶俐的门上，揭开软帘递进一张红名片给方在装烟的练长，不知是什么人又来拜访，在踌蹰着的陈庄长心里正想借此跑出去，但是练长微笑之下，青年的门上已经替来客打起棉帘。一个戴金丝眼镜的漂亮少年从容地走到床侧。出其不意地在他的一手拿着宽呢帽，仿佛是向床上鞠躬的神气之下，惊得陈庄长像机械似的站起来。

从中间双分的黑发，圆胖的脸儿，宽厚的嘴唇，一身浅灰色的棉绸衣，一点不错，正是陈庄长那在城中做委员的小儿子葵园。

原来还没曾十分留意于座间人的他，这时也从脸皮上微现红色，但即时变作严肃。

"爹爹；安！我本想先回家去，可巧县上有份公事须面交这里练长……不能耽误下去……"

接着吴练长又是一套招呼，好在并没问这新来的少年与陈庄长有什么关系，不知所以地把县政府的事问了十几句，然后又照例介绍了躺在床上的军需官。

"陈葵园，县教育局的委员，曾在师范讲习所毕业……"

陈庄长还半弓着身子立在茶几旁边，话自然是一个字都说不出，同时他觉得这所大屋子正在转动，他像从走马灯上摔下来的纸人的轻巧，飘飘地坠在柔软的泥土上面。

这一个为难的小时间中，从陈庄长的假狸皮帽的边缘上沿着粗老的面皮滴下了几滴汗珠。要走，恐怕被那位高贵的人物看出自己的土气与没办法的家长的下场；再坐下去听这位崭新的学务委员的漂亮话，自己实在没有那份勇气。经过迅速的踌躇之后，他争斗不过历久养成的自尊心情，向吴练长告辞出来。那自始至终保持着冷观面目的军需官，脸上丝毫没有异样。吴练长却是一团和气地下床趿着厚纸底缎鞋，送到门口。儿子呢，态度仍然是大方而且严肃地说："爹先走……今晚上我总可赶到家……"

陈庄长向主人家唯诺着，一直在擦额角上的汗滴，心头上仿佛有块重石压住；略略歪斜的脚步，从那茶色布的软帘后把他微弯的身体运到街头。

一口气跑出镇外，这向来是规行矩步的老人没感到疲倦，而且把尚在悬空的二百元的预征的垫费也忘记了。

七

在陈家村这是不常有的一个大会。

幸而还是刚过旧历的第三天，全村子的人在苦难中仍然偷着心底上的清闲互相寻找一年开始的娱乐。相传下来习俗的玩意儿，如踏高跷，跑旱船，种种民间的朴实的游戏，现在不多见了，闲暇与资力没有以前的优裕，确也减少了那些天真的无念无虑的好乐心情。然而这究竟是个适当的时机，所以在陈葵园号召之下的劝告办学的露天大会在村中水湾南岸大农场上开了成立会。

这天大会的主席自然是刚由城中——也可以说由镇上来了两天的陈葵园，他是这穷苦农村中在县城里有地位的一个新绅士，又是村长的小儿子，入过学堂，会说话办事，比起陈老头来得爽利敏捷。这次回来，他首先说不只到家拜年，还奉了县长的命令借此劝学。村子中的男女对于什么教育、学堂这一连串的名词，原没什么反应，可是有这位新绅士的传布，又加上瞧瞧热闹的心理，连女人孩子差不多都全体出席。在太阳温照的土场上争嚷着复杂的语声，远远听去，仿佛是到了社戏的席棚前面。

没有铜铃，也没有木台，锣声敲了三遍，陈葵园站在土场正中的木方桌上，先向下招手。第一句话还没听见，一片喧笑的声音浮动起来。

主席虽然不高兴这些乡愚无秩序的习惯，却又禁止不了。静了一会儿，他方才提高喉咙喊道：

"今天……兄弟……"他即时改过口来，"今天我奉了县长的命令，请大家——请各位乡邻来开这个大会，没有别的意思，一句话，要办学。教育局，晓得吗？就是管理咱这一县的学堂、学堂款项、教员、学生的衙门。县长告诉我们说：要取消私塾，劝大家不必再请师傅，按照镇上的样子办一所小学。因为这不是一个人一家的事，譬如咱这村子里有二百多人家，满街的孩子都应该念书。私塾不算数，教的东西现今用不到，可是识字有多少好处，连说也用不到。拿我来说吧，不入学堂，不在城里见世界，不能办事，也没有薪水。以后不识字，一句话——不行！县上叫办学是为大家，一片好意，谁能说不对？可是办学要有老师，有地方花钱，县上叫咱们自己筹划，有了钱什么都好办。咱们要举人当校董——校董便是管理学堂的人。不过另外有校长，这得听教育局派。大家到镇上去的没有不知道镇东头的学堂的，不信可以探听人家的办法，若说办不成，我交代不了！而且县上还要派人来查，没面子，还出事……"

这一片很不自然又有些费解的演说散到各个农民的耳朵里，他们起初弄不清赞成与反对的分别，因为到底是民国十几年了，他们见过的镇上学堂的情形也不少。一讲到识字，谁能说不对？但许多人看见小葵在那里涨红了面孔高喊着像一件正经事，却不由得都含着善意的微笑。主席说到上面稍微停了一会儿，看见几百个黑褐色的呆呆的脸都向他抬望着。

"事情的头一项是款项。钱，我是想不出方法的。先同……我爹谈过，他说他太累了，学务又不在行，叫我一气同大家商量，咱是穷，用项多，我顶知道，这为自己小孩子的事谁也有一份，辞不掉，须有公平办法。好在咱这里有的是出头的人，只要立定章程，积少成多，再过一天，我就回城去报……"

他这时说的话渐渐拍到事实方面去，原来呆站着瞧热闹的人不免摇动起来。虽然走去的不多，可是有点动摇。交头接耳的议论也渐渐有了，他们现在不止觉得好玩了。及至这位学务委员又重复申诉一遍之后，想着等待下面推出代表来同他商量，没有开会习惯的乡民却办不到。他用柔白的手指擦擦眉头道：

"大会不能不开，叫大家明白这个意思，这里有个章程，得请出几位来帮着我办。不用提，奚二叔是一位……"

下面仿佛是喝彩，又像赞同似的大声乱了一会儿，就听见找奚二叔的一片喊声。主席按捺不住接着说出三四个邻居老人与家道稍好的几位的名字，末后他用几句话结束了："我一会儿约着几位商量，有什么办法，大家可得听！既然没有别的话，这一段事一定告成……"

身子向前一俯，他跳下木桌来，也挤在那些短衣的农民丛中。

土场中即时开了多少组的随意谈话会，他们各自告诉每个人的简单意见。女人们大半领了穿着红衣的孩子回家去，她们对于这件事是没有什么议论的。

奇怪的是陈庄长没有到场，找奚二叔又找不到。在群人的哄嚷之中，宋大傻斜披了青市布棉袍，沿着凝冰的水湾直向西走。虽然与小葵挨肩走过去，但他们并没打招呼。大傻装着擦眼睛，而小葵是忙着找人去商立章程。他们正在各走各人的路，大傻低着头愈向西走，已出了村子。孤独的影子照在太阳地上，懒散地向青松的陵阜上去。他在这村子中是个光棍儿，家里什么人没有，除掉有两间祖传下来的破屋与他相伴之外，并没得土地。两年前的霍乱症把他的会铁匠活的爹与耳聋的娘一同带到义地里去，他是独子，穷得买不起一个女人。他又没曾好好受过烧铁钳、打铁锤的教育，只能给人家做短工，编席子，干些零活。穷困与孤苦昼夜里锻炼着他的身体与灵魂，渐渐地使他性格有点异常。村子中的邻人不可怜他，却也不恚恨他，但到处总被人瞧不上眼。新年来了，除却能够多赌几场论制钱的纸牌之外，任何兴趣他觉不出来。什么工作都停止了，他于睡觉、赌牌的闲时，只好到处流荡。镇上已经去过两次，看看较复杂的街头上的热闹，买几支冰糖葫芦回来，送给几个邻家的孩子，得到他们的欢叫。在他却感到天真的快慰！这天的集会与他毫无关系，可是他从十点钟以前便蹲在土场边的大槐树下面晒太阳，所以这场演独角戏的滑稽大会他自始至终看得十分明了。

陵阜上的土块冻得坚硬，一层层全是枯白的莽草披在上面，踏上去还很滑脚。他一直往上去，自己也不知为了什么却是急急地想离开那些争嚷的邻人。一片孤寂的心情将他从热闹的人丛中抛出来。走得有点热了，脱下破了袖口的棉袍，搭在肩上，虽然贴身只是一件毛蓝布夹袄，幸得阳光给予他无限的恩惠，并不觉冷。上升到松林外面，他立住了。夭矫斜伸的松枝下面是些土坟，差不多每个坟头都压着纸钱，这是过年前人家给他们的死去的祖宗献的敬礼。他也曾办过，所以一见这些飘动在土块下的薄白纸，禁不住心头上有点梗塞。

拣了块青石条坐下，静听着松叶的唰唰响声，与麻雀儿在头上争鸣。往下看就是在脚底下的小乡村，一片烟气笼罩着，这正是吃午饭的时间。渐渐消失了村子中间土场上的人语，不知哪里的公鸡呱嗒呱嗒地高叫。他倚着树根，在这静境里睐着眼望着许多茅屋的顶子出神。

那是些平板的斜脊的茅草掩盖的屋子，永久是不变化什么形式的，一律的古老的乡村的模型。虽然在一行行的茅檐下由年代的催逼递演着难以计数的凄凉悲剧，只是没有碰到大火与洪水的焚烧或淹没，它们还在那里强支着它们的衰老的骨架。时间已近正午，茅屋丛中的烟囱还散放出不成缕的炊烟上升，上升，消灭于太阳光中。大傻独自蹲在清寂的松林之下，在他的心意里也许有点诗人的感动。他没有更好的机会能够学会一些华丽的字眼，可以表达他的复杂的理想，然而他自己也不明白为什么平常不会有的感动这时叫他呆在那里出神！想什么好？他回答不出；想谁？他是任何人都想不到。可怜、孤寂这类名词他都说不来，只是在心头有一段心事，并且不久他的微红的眼角中渐渐湿润了。

扑棱棱在头上响了一阵，即时散落下一些细小的东西。他仰头向劲绿的松针中看，原来是一群小鸟儿正在上面争食。

他深深地从鼻孔中呼了一口气，仿佛这点事给他一种十分寂寞中的安慰——是在他窒息似的郁闷中给了一个解答。

他因此也计虑到自己的吃饭问题了！他虽然不能像小鸟儿一样到处争食，他可要以自己身体的力量与命运相争。一过正月，冬天便快去了，他要再那么游荡，自己从去年挣来的工钱却不够供给他吃烟的，他一定要在乡中替人家出力，向土块找饭吃。这几乎是年年的例子，从开春滴着汗忙到秋后，待到人家将场中的粮粒都装到家后，到处都是黄树叶子飞舞的时候，他也荷着两个瘦肩膀，数着腰带里的铜圆找地方休息去。三个月的放荡期间，他住不惯自己的清冷破屋，只能带着干饼买着咸菜到人家的地窖子中去鬼混。这样生活的循环已经十几年了，他什么也没得存蓄，只是赚到了一个"大傻"的诨名，赌牌的一套方法，还有渐渐觉得好吃懒做的与年俱来的习惯。农地里的掘土推车等的生活他觉着没有什么留恋，合算起来，一年年只是不十分空着肚皮便是赚了便宜。田地的利益他是什么也享受不到，加上这几年来穷窘的农人都在做穷打算，人工贵了，地里收成得并不长进，向外的支出一年比一年多，谁家也不肯多雇工夫。只要忙得过来，女人小孩子一齐卖在那一点点土地里硬撑，与他们的生活做最后的苦战。所以他也不像以前每到春天一早到镇上的人市里去，只是拿着一个锄头，一把镰刀，便能够不费事地被人拖去做活了。奇怪得很！上市的人愈少，而叫工夫的人家也随之减少，因此，找工夫的农家与出雇的短工同样在过着劳苦而不安定的日子。这样的教训使他渐渐地感到谋生的困难。他眼看见乡村中的人家是天天地衰落下去，他也感到深深的忧虑！

在阳光下他的思念渐渐地引长了。本来是一个不会有深长计虑的农村青年，惯于生活的逼迫，早已使他对于自己与他的许多邻人的生活起了疑虑。他原有他的父亲的烈性，对一切事轻易不肯低头，更轻易受不住人家的侮辱。在村子中，有些人说他是不安分，然而除了好说些打不平的话之外，他没曾做过什么不安分的事。

他向来看不起像小葵一样的人，他从直觉中知道他们的周身全是虚架子，并且还到处向人散布。对于他，像小葵的绅士派，时时惹起烦厌。他自然恨自己不曾认得几个字，然而他宁可对陈老头表示他的恭敬，而对于他的儿子的态度、言语，他认为那真是一个青皮！正如小葵瞧着他是个乡间的道地流氓是一样的不对劲。所以这天他特地去听了这位回家的委员的独演之后，不知是何意念，他便逛到这荒凉的陵阜上来。

试探的口气，狡猾巧笑的面貌，轻飘飘的棉绸袍的影子，自己劝说而又是发命令的口气，宋大傻都看得清楚。然而他也会想：办学堂，认捐，拿钱，商议章程，与他完全隔离得很远很远，他更知道这办法与全村子的人也隔离不近。他虽没有分析一件事的因果的能力，而从直觉中他敢于断定如小葵这等坏心眼儿的少年能够办出好事来，他无论如何不能相信。

往前想去，一点都把捉不到的自己的问题已经够他解答的了，何况方才在农场上亲眼看到的种种景象，他觉得这并不是令人可爱的乡村，渐渐与自己远隔了！他又想到大有口中的杜烈，在外面怎样的硬闯，怎样的知道多少事情，生活得有多痛快，越发觉得自己的无聊。这一点的寻思在大傻的心头开始燃起了希望的火焰，一切感触的凑泊使他不愿意老照以前的法子鬼混下去。他渐渐决定今年春日他不再向人市中去弄那套老把戏，他也不愿意一到冬天往地窖子过日子了。他应该把自己的一份精力向外面去冲一下，去！到更远更阔大的人间去。他有什么眷恋？一切都一样，他又何必像人家似的瞪着眼对土地白操心……争一口饭吃。

他计划到这里，仿佛得了主意。看看枝头上的小鸟有的还在叽叽吱吱地争跳，有的却向别处飞走了。温晴的阳光，阔大的土地……他自己所有的健壮的臂膊，"哪里不能去？哪里也能吃饭！"爽快的心中骤然冲入了不自觉的欢欣，像是他的生命不久便可到处放着美丽的火光，无论往哪边去，只要是离开这贫苦衰落的乡村，一切便可以得到自由与快乐！

于是他突然地立了起来，如同一只正在振着翅膀的小鸟，向四面望去。

"咦！你在这里吗？我爹来过了没有？"

隔着几十步的土崖下面有人喊着向上走。

"想不到，大有……你来替小葵找奚二叔？"大傻挨着脚步往下走，"他老人家会高兴到这里来？大约你家这一回又得摊上几十块大洋吧！"

两个青年已经对立在草坡上面。

"他哪里去了？累我找了半天……错不了又到镇上去，是小葵叫我找的，说是正在他家里开会，就缺少他了。"大有跑得额角上都有汗珠。

"哼！不错，就缺少他一个捐钱的人！"

"据说这是办学堂，能叫小孩认字，有出息，你老是看人不起。如果念洋书念得好，先可以不受人家的欺负……就像上年，我……"

"不受人欺负？等着吧！我看这又是一套把戏。哪件事不说是好事，不过像小葵这种东西，一辈子不会干好事！念洋书，念得好？小葵是一个……他可学会欺负别人！"大傻仰头看着天空说。

"怎么啦？你愈来愈好生气。小葵怎么得罪了你？"大有摘下黑毡帽搔着光头疑惑地问。

"他什么事与我相干？得罪不了我，我却好说他；真正得罪的人，人家还得供奉他，这才是小葵哩！"

大有显然不很明白他的话，只把粗黑的眉毛蹙了一蹙，往回路走去，大傻也跟了下来。

八

春天果然来了。

河冰早已融解，流动的明镜下面露出平铺的沙粒。河岸上的柽柳都发舒出柔嫩的红条，小尖的叶儿受着和风的吹拂长得有半寸长短。田地旁边的大道上几行垂柳轻柔地摇曳着，当中有穿飞的雏燕。田地中的麦子已经快半尺高，因为刚刚落过一场好雨，土块都松软得很，它们冻在地下面的根很快地将蓄藏的生力往上送来。没种麦苗的春田也有许多人正在初耕，一堆堆的粪肥料像些坟堆，牛、驴与赤足的人都在土壤上工作。大地上充满了农忙的活气。

正是北方轻寒微暖的快近清明的气候，多数在田间用力的人穿着粗布单衫。妇女们挑着担子送午饭去的，有的还要抹擦脸上的汗珠。人家的屋角与陌头上的杏花已开残了，粉红的小花瓣飘散在润湿的地上。

从郊原中的表面看来，一切都很繁盛、平安，并且农人们的忙劳情形，以及他们的古拙农具的使用，从容不变，同古老的书本中所告诉的样子没有多大分别。可是曾经时代轮子碾过的农人，他们对于这期待收成的观念早已不同于往前了。

一样是在挥发他们的精力，对于终身依靠的土地，还是抛弃了一切，含着苦辛去种植，发掘他们的宝藏。然而他们对于这样工作的希望却在心中充满了疑问，即使获得劳力的结果，不是早早有人打定计划与不费力气地去分割、抢夺，或者谎骗。一次，两次，更有好多的次数。自然的经验渐渐从疲劳中警醒了安稳诚实的每一颗心。

然而他们现在除去仍然与土地做白费的挣扎之外，他们能够干什么呢？

土地的景象自然还是春天的景象，不过用在发掘土地上的心情却多少有些变动。

奚二叔的东泊下的二亩地，现在只有大有与两个短工在那里工作。松软的土地上却看不见奚二叔的踪影。这位老人支撑着饱历过苦难的身体，去年风雪中为了儿子的事，一连几夜没曾安眠。刚刚开春，又筹划着偿还罚款的钱债，更得按着俗例在清明节前方可办理土地交易。忙劳与忧患，在他的身体与精神上加上了双重的枷锁。家中的余粮还不够一春的食用，他不能不忍着苦痛去出卖祖传下来的土地。不只罚款的重数压在他的垂老的肩头，还有预征的垫款、小葵办学的一大笔捐项、镇上的地方捐纳，因为他在这小小的村庄中差不多有近七亩地的身份，一切事他闪避不了。在平日是可以年年有点小储蓄的自耕自种的农家，近两年已非从前可比，何况是更有想不到的支出。他勤苦了几十年，曾经买过人家几亩地，他觉得这在死后也可以对得起祖先，更能够做后来儿孙的模范。不料今春卖土地的事竟然轮到自己身上，这真是从洋鬼子占了山东地方，硬开铁路以后的第二次的重大打击！因此在地的交易还未成交以前，他突然犯了吐血与晕厥的老病。除掉一个月前曾出村子一次外，他终日蹲在家里张着口看着屋梁，什么气力都没有了。

大有自从遭过那番打压之后，虽然是过了新年，已经快三个月，他没敢到镇上去一次。除却送杜烈出门时曾到陶村一次，连自己的村子也没离开。不过他在沉静中过着日子，把从前鲁莽与好同人家"抬杠"的脾气改了不少。事实给他教训，空空的不平言语是没有任何力量的。自从奚二叔病在家中，他更觉出前途的阴暗。

这一天他照例地耕地，然而几亩地单靠自己的力量几天方能完结？眼看人家都在急急地播种了，而他家的土地还不曾全掘发起来。他便托了邻人由镇上叫了两个短工来，想着在两天以内赶快做完。天刚亮，他们便踏着草上的露水到地里来，直到正午，当中曾休息过一次。他同意短工过午可以在树下睡一晌午觉。他自己踏着犁，一个短工从后面撒肥料，另一个赤着足在前面叱呵着那头花白毛的牝牛，尽力向前拉动套绳。

虽是比锄地还轻的工作，而一连六个小时的做活，晒在太阳光中也令人感到疲倦。两个短工：一个矮黑的少年，正是杜烈村子中的人；那个五十岁的有短髭的老人却是镇上的魏二，与大有是向来认识的。他们都肯卖力气，在大有的田地中耕作正如同为自己的田地干活一样。大有说怎么办他们便随着去。他们对于这等田间的雇活很有经验，在左近村庄中谁家顶实在，以及谁家做得好饭食，他们都很知道。又加上大有自己是毫不脱懒地干到底，于是他们便合起力气来去对付这块春田。

在前面叱领着牝牛的魏二，专好谈笑话，而且他年轻时曾在好远的地方做过工，见的事比别人多，因此他的话匣子永远没有穷尽。不怕是正在咬牙喘气的时候，他能够说得大家都会十分笑乐，忘记了疲惫。这是他的特别本领。他又有很大的旱烟瘾，无论怎么忙，那支短短的乌木烟管老是叼在口里。这天他仍然不能离开他的老习惯，半热的铜烟斗时时撞动着牛的弯角。他更不管后面那两个人劳忙，却是杂乱地谈些没要紧的话。纵然大有与那个小伙子不搭理他，这闭不住口舌的老人还是不住声。其实在一小时以前的话，他并记不清楚是怎样说的。

大有家的这段地是东西阡长的一块与南北阡长的一块，连接成一个"丁"字形。刚刚从那块东西地的中间抬起犁子向南北地的中间去的时候，魏二一手先横过烟管来道：

"今日一定完不了，大有，说不了明日还得来喝你一顿。哈哈！"

"胡子一大堆了，就是吃喝老挂在嘴上。唉！"在后面帮着大有抬着木把子的小伙子粗声地回答。

"说你不在行，你便不在行！风吹雨打，为的吃喝。哼！'人为财死，鸟为食忙'，有钱干吗？可也不是为的这个？"他说着却用乌木管碰了碰他的突出的下唇。

"魏大爷，谁不在行？你看越老话越说得不对劲，咱见说是'人为财死，鸟为食亡'，你真会编派，偏说是'忙'。"

"小小人家不如我记得清楚，这些俗话是后来传错了呀。"他即时叱领着那头听命的牝牛转过身来，往前拉动绳子。

"好，魏大爷，我看你不必替人家做短工了……"

"干什么去？"他又忙着吸了一口烟。

"耍贫嘴，说大鼓书去，准保你到处编得出词来。"

"小伙子，说你不懂还不服气，魏大爷干的玩意儿就是多。在关东没说大鼓书，可曾打过渔鼓。"

"打渔鼓，哄乡下孩子？你会唱什么？"

"还用得按句学，'十杯酒''四季相思''张生跳墙''武松大闹十字坡'，你不信，完了工在月明地里，我来上一套——可得说明，大有没有二两酒我还是不唱。"他一边随着牛蹄往前挪动脚步，一边回过头来向后说。

"好！大有哥，你就说句现成话，咱晚上听听魏大爷这一套老玩意儿。"

正在想心事的大有虽然在犁把后面尽着看看那些松动的土块，他的寻思却另有所在，关于这两个短工的问答他并没着意去听。及至小伙子喊他"大有哥"的时候他才抬起头来。

"喂！魏大爷说晚上喝酒唱一套渔鼓，酒一定有吧，大有哥？"

"啊啊！咱家哪回请人来帮工没有酒？"大有直率地答复。

"有酒，一定要卖卖老！唉！说起来你们谁都不懂，在关东下乡打渔鼓讨饭，哼！说吧，比起在这里卖力气好得多！到一乡吃一乡，到一家吃一家，虽不一定每天喝关东高粱酒，又甜又香的高粱米饭总可以管你个饱，睡得暖和，谈得起劲，又不怕胡子不怕官。我过了一年多的那样营生，真写意！谁的气也不受，不强于回到家乡来还得卖力气。"

"说呀，为什么还回来？"

"又是孩子话。那个时候跑出去谁不想着去挖包人参，卖点银子好回来买地发家，谁还打算死葬在外头？哪能像现在的小伙子跑出去便忘了家乡，恨不得说他并不是本乡人。我就是想到关东去发财还乡的……"魏二重重地用短皮鞭敲了那努力工作的牝牛的脊骨一下，又深深地叹了口气。

"挖人参的换了银子，真的还要剖开小腿肚填在里头带回家来？"小伙子问他小时候曾听到的传说是否真实。

"哈哈！那得有几条小腿才够剖的。关东的银子容易挣，却是难得带回家来。那是什么时候，火车没那么便利，一到深山里去，几十天走不出树林子，碰不到住家的人家。红胡子真凶，专门同挖参的行家作对。可也另有说法，只要上税给他们，也同拿给衙门一样，包你无事……我到过韩国边境处，远着哩，那一带有个中国人，占了好大片的地方。中国官管不到，俄国人更管不到。他手下有几千伙计，咱们这边的人并不少，枪打得真精……刚才不是说路难走，做几年活剩回点钱来费事咧，却实在用不到剖开腿肚子……哈哈！"

"你老人家既然去挖参，还用得到打渔鼓讨饭？"

"那是我到关外头两年的事了。讨过半年饭——其实并不像讨饭，叫老爷太太那边是应不着的，只要是有人家种地的地方，饭食可以尽你吃，汤尽你喝。没有地方住宿，火热的大炕上也可以有安身之处。

人家不是到处都白睐眼瞧不起人，装作小财主的架子。总说一句：关外是地多人少，几十里的树林子，几百里的荒田，不像咱这边一亩地值一百八十块，几棵树还得值钱……

"可是现在大约也不能与从前比了。你瞧这四五年从这里去的人顶多少？每年开春大道上小车接小车地整天不往关外逃荒，却也怪，怎么走还不见少，不过关外当然见多了。"

"这么说，现在的关东的渔鼓打不得了？"

"自然不比从前容易。小伙子，你可知道那是多大地方？谁也计算不出有多少地亩。只要到荒凉所在，哼！准保你有饭吃。雇工夫比镇上的市价还要大——我回来差不多三十年了，眼看着一年不如一年。咱这里简直是终天受罪，佃人家地的受不了，有亩二八分的也没法过！管的人越多，钱越紧，地越贱，粮粒收成得越少。又是兵、土匪，还要办联庄会，干什么？天知道！没有别的，得终天终夜里预备着'打'，不是你死是我活。我在关外多少年，并没用拿一回枪杆。哈！现在什么年纪，明明家里没有东西也得在数，每年一样得跟着年轻的出夫，抗火枪，过的什么日子？前几年是有钱的人怕土匪，现在轮到庄农人家也得留神。上年，你不记得耕地都不敢到泊下去，牛要硬牵，人要硬拉，不管值得起三十块还是五十块，也要干一回。是啊！土匪愈来愈没出息，可是地方上日见的穷！早知道过这样鬼日子，还是我在关外打渔鼓好得多！"

魏二这时把烟管也从厚黑的嘴唇中间取下来，插在腰带上。他想起过去的自由生活，再与对于现在乡间的苦难印证，他的稀疏的小黑胡子都有点抖动。这时老是在后面跟着犁子走的大有，突然接着魏二的话道：

"魏大爷，你哪句话都对！日子真不能过，说不上半空里会落下石块来打破头。我家的事你是知道的，这几年来已经不是从前了，然而卖地还债今春是头一回！我爹说别家卖地总是自己不会过日子，譬如他老人家，谁不说是灰里想捏出火来的能手？现今却把北泊下的二亩半卖了！前天才由中人言明，说是明儿成交写契，你猜多少价钱？"

"多少？"魏二忘其所以地立住了脚步。

"多少？好算歹算，合了六十五块钱一亩。"大有的眼往前直看，仿佛要从虚空的前面把那片地亩收回来。

"哈！再便宜没有了。年光虽不好，也得合五十块才是正数。"魏二这时方记起应该追着牲畜往前去，然而已经是几乎与大有并肩而行了。

"有什么法子！"这个壮健的农人叹了口郁气，"左近村庄简直没人要得起，指地取钱，更没有这回事。找人四处卖，已有两个月了，不是照规矩过了清明节便不能置地？我爹又十二分小心，怕以后更办不了。只能让人卖到镇上去，人家还说原不乐意要，再三的自己落价，后来人家便说看面子才要！"

"到底是镇上哪一家？"

"中人不说，到写契时给个名字填上就行。如今什么事值得这么鬼祟，魏大爷，人家的心眼儿真多！"

"所以啦，庄稼人只是'老实虫孽'，他叫你自己上钩，跳圈，死也死不明白，你不能说看不得？我魏二可比你灵便，我准知道这份地是谁要的，别人不够疑，也不会玩这套把戏。"

"是谁？你说出来。"小伙子走得也慢了。

"不用明提，提出来干什么！总之你要不了，我没有钱，他——大有干干脆脆地出卖，这就没得说了……"他没说完又重新装烟。前面那个衰老的牝牛也同它的主人一样更迟缓了。四个分蹄左右摆着，任意往前踏着土地，细松的尾巴时时向身上挥舞。

暂时三个人都不作声，却也不像清晨时那样努力于工作，任着瘦骨的牛在犁子前面拖动缰绳，慢慢地拔掘地上的土块。他们几乎是跟着牛在后面走。太阳的光辉在这春天的郊原中觉得分外温暖，它到处散布着光与热，长养着自然物。压服在冷酷积雪下的植物的根芽现在争着向上挥发它们的潜在力量。大野中，一望全是柔绿的浮光。春地上充满着创造的活力，这真是个自由舒服令人欣爱的春日，然而在一阵乱谈之后，这三个年龄不等的农人却落在一种难于言说的苦闷之中。

多年畜养的牲畜，它对于主人土地的熟悉并不下于主人家庭的一员。它的分蹄走到那段地的边界时，没曾受到叱呵自然住下了。它抬起长圆的大眼向前看，摆动左右两只尖弯的黑角，大嗓子似在微微喘动。

"咦！不觉地到了地边子了。"大有首先开口。

"真是畜类也有灵，咱们还说不清，它倒不走了。"是小伙子的惊异话。

"别瞧不起这些东西，比人好交得多，它就是一个心眼儿。"

小伙子听着魏二的议论便提出了一个疑问："依你说，人到底有多少心眼儿？"

"可说不定，是多就对！比干大贤不是心有七窍？就算七个心眼儿吧。越能干的人心眼儿越多，心眼儿多更坏。咱这老百姓大约连原来那一个心眼儿——直心眼儿，现在都靠不住了！弄来弄去都像傻子一样，还不是一个心眼儿也没有！"

"魏大爷，你说傻子，你知道这村子里的宋大傻？"大有放下了犁把。

"那小子左近谁不认识他，可是有人说他跑走了，真吗？"没等得魏二开口，那急性的小伙子先问了。

"真啊！现在约莫个多月了。谁也不知道他是向哪里逛去。有人说是去干了土匪，魏大爷你说可像？"

"照大傻的脾气说，谁不敢保他不去干'黑活'？本来他是一身以外无所有——也像我一样，哪里不能去。年纪轻轻的乱干也好，不过我断定他这回还不能去'落草'，他也不能下关东。"

"怪了，他还能出去挨饿？"

"饿得着他！你别看轻那小子，比你能得多，穷能受，可是钱也能花。我猜他准保是往城里去了。这是有点苗头的，不是我瞎猜。前些日子我影影绰绰地老是看见他在镇上逛，他似乎同那些老总很说得来。常听见人说他同他们称兄道弟地喝大碗茶，耍钱。镇上的人都知道他是个光棍儿，谁也不会搭理他。然而过了些日子便不见了。你想他是干什么去？"

"不成他敢去当兵？"大有似乎不相信。

"没准儿，我看倒有八成不差。"

这时虽然隔正午还不过几分钟，然而他们都会看看高悬在天空中火亮的大时计的影子，便不约而同地住了手。大有坐在地边子上用手扒去毛腿上的湿泥，一边却细想魏二的话。记起正月初上在松树下大傻的样子，他渐渐承认这老人的猜测是近于事实。本来近几年由乡村中跑出去找地方补名字的人并不少见，不用说像大傻是光光的一条身子，就是有爹娘妻子的许多人也偷逃出去，丢了锄头扛枪杆。向来都说当兵的是混账行子，谁也看不起，这可不是近几年的事了。土地的荒凉，吃食的不足，乡间一切活没法干，何况眼看见多少当兵的头目到一处吃一处，就像吃自己的那么容易。只要有一套灰色衣服，乡下人谁敢正眼去看一下，年轻的穷人一批批地往外跑，至于生与死，危险与平安，这些问题在他们质朴的心中却没有计较。

大有从前没敢断定那个浪荡的大傻究竟干什么去了，这时却明白了许多。不知怎的，他对于这位朋友的行动不像对别人的瞧不起，而且他觉得如果大傻真去当兵，他认为于他也颇有荣耀。而一种说不出的希望在他的未来的生活中引动着。这时他无次序的寻思，却把定时的饥饿忘了。

"多早咱也干去！比做短工好得多。"那年轻的黑脸小伙子抚着牛项欢乐地说。

"没受过蝎子螫，不懂螫的厉害。当兵好，我还干去！你知道他们容易？现在这时候我看什么都一样。"

"魏大爷，你会说现成话，你是老了，就想去，人家会把你撺出来。干这个嘛，一辈子没点出息头。"

"好大的口气！不瞧瞧你自己的脸面，讲出息？正经说能够积点钱，说上个老婆，小伙子，这出息大了！你想吃粮几年就可以做兵官？真是做梦！官鬼也轮不到你身上来，你得预备着身子挨揍，吃枪子儿！"魏二的议论与大有的理想、小伙子的希望完全分在两边。

小伙子听见这滑稽的老人的丧气话，马上便给了他一个白眼，两片腮帮子鼓起来不再置辩。然而忘了饥饿的大有却将粗重的左手一挥道：

"这个年代不见得坐在家里就是平安！"他记起了去年自己的事，"也不见得个个当兵的一定吃枪子儿！枪子儿是有眼的，该死的谁也脱不过。魏大爷，咱们庄稼人谁不想攒点钱弄几亩地，说个媳妇，安分本等地过日子？现在怪谁？咳！别提了，越少微吃得起饭，日子越没得过，就连咱们也成了土匪的票子。自然喽，咱可以干，但是夜夜防贼，怎么防得了，贼去了还有……"

"是啊，说来说去你能说补名字的都是好东西？"魏二把铜烟斗往土地上重重地扣了一下。

大有并没再反驳，然而总觉得魏大爷的话说得过分。对于兵的诅咒，他有亲身的经验应当比魏厉害得多，可是不知怎的，自己总不会完全赞同这样的议论。什么理由呢？说不出。他睐着眼向这方宽阔的土地上尽力看去，是一片虚空、辽远、广大，如同自己的心意一样，虽是觉得比起这老人的心思宽广，却是虚荡荡的没有个着落。

再向前看，东北方有个浅蓝衣服的女人挑着两个筐子向这边来。

当前的食物欲望，将他们各自的心事全压下了。

九

一群破衣的孩子，一群汗臭味的男女，一行柳树，一轮明丽的月亮。在这片农场上人与物都是朋友，他们不太亲密，却也并不疏阔，正同农民与农民的关系一样。他们在广大的土地上东一簇西一堆地住着，在阡陌中，土场中，菜园中，乡间的小道上，他们能够天天地互相看见。垦地，收割，锄，打叶子，拿蝗虫，补屋，打土墙，编席子，他们在各家的工作上彼此相助，没有请托也没有拣择，过着愁苦、受逼迫而混沌的日子，正是不密结却不松散。对于一切的东西也是如此。譬如这时春夕的皎月与轻曳的柔条，郊野中飘散过来的青草幽香，偶尔听见远处有几声狗吠。空中的清辉是那么静，那么淡，笼罩住这满是尘土垢浑的地方。偶而由各种车辆与广告的电光的网的都市中跑出来的人，见到这幽静的自然，不是发狂似的赞叹，也要感到新奇。然而这群孩子，这群男女，对于这些光景就是那样地不惊奇也不厌恶。一日的苦劳，倒在蓑衣上面粗声喘着气，望望无边际的晴空月亮、星星、银河，都是一样。小花在暗中垂泪，流水在石湾中低鸣，柳丝袅娜着像在等待什么。他们并不觉得这是诗，是有趣的散文，是难于描画的图画，他们只在这样的空间与时间中感到劳作后轻松的快适。他们的心中不容易为这等自然的变化扰动、刺激，以至于苦闷、深思。

他们这样与一切不太亲密也不太疏远的意识，是从久远的过去一代一代传下来的。所以他们不轻易沉闷，不轻易狂欢。在平板不变的生活之中，种地，收粮，养家，生子，十年，百年，几百年地过去，练成了他们的固定而较少变化的心情。

然而时代的飞轮却早已从远处的大海、海岸与各大地方中飞碾到这些轻易不变的土地上面了！

因此，他们的意识状态在无形中也有了不少的变化。

在农场东南角的柳荫下面，围坐的一圈黑影中间有嘣嘣的调弦声音，即时许多小孩子都跑过去。喧杂的笑声中便听见在当中的魏二道：

"别忙，别忙，我还得想想词儿，这多年不动的玩意儿真还有些生手……罢呀，奚老大你就是有四两酒，难道还真叫我卖一卖？"他说着咳嗽了两声。

"不行，不行！魏大爷，这么大年纪说话尽当着玩。今天在东泊里咱怎么讲的？好，大家都知道了，全等着听你这一手，你又来个临阵脱逃。"蹲在旁边的小伙子像报复似的向围听的大众宣言。

"来一下，来一下！"大众都鼓舞起听渔鼓的兴致。

"来一下还怕什么，我还怕卖丑？可是你知道陈老头也要来，一会儿听见，他究竟是识文解字的，我唱上那么几口……也有点不好意思。"

"又来了，陈老头子他管得了这个？他怎么常常到镇上去听大姑娘说书哩。"小伙子下紧地催逼。

魏二就黑泥大碗里喝了一口浓茶，深深地呼吸了一口气，仿佛是叹息，说道："打渔鼓不能不唱词，大家，我还是那套老玩意儿，当年预备往关东讨饭时的本事。再来几句？可是做起来却不一样了。我说个'庄家段'，这是我当年在镇上从你这村的老徐秀才那里学来的，词是老一套，念书人的想法……咱就不顶对。骗骗人，耍嘴罢了！"

"庄家段"这眼前风光的题目引起大众要听的兴趣，都一齐催他快说。

渔鼓虽是旧了，但是魏二的两只老手在那片中空的木头上打起来，简单的响声初听时似乎是毫无意味，及至他把手法一变，在急遽的调谐的拍打中间，骤然把一个农场上的听众引进他的音乐境界中，没有一个人的语声。在这银辉的月光下，只有他身后的柳条儿轻轻摆动，似是在点头赞许。

拍过一阵以后，魏二将头一仰，高声喊起老旧的渔鼓调来：

言的是——名利——二字不久长，
俱都是——东奔西波——空自——忙。
见几个——朝臣待漏——五更冷，
见几个——行客夜渡——板桥霜。
皆因为——名利牵绳——不由己，
赶不上——坡下农夫——经营强——

乍起首时的听众因为骤然听见魏二的哑喉咙迸出不很熟悉的说书调，似乎都在忍着，没好意思大声笑出来。然而在他唱过两句之后，这直接而又抑扬的刚劲的调门儿，合上一拍一击的渔鼓嘣嘣的音响，那些农民都把喉中的笑声咽了下去。一种简单音乐的引动，一种唱句间趣味的寻求，使得他们庄严而肃静地向下听去。

大约是久已不唱了，魏二又咳了几声，接着唱道：

盖几间——竹篱茅屋——多修补，
住一个——山明水秀——小村庄——
种几亩——半陵半湖——荒草地，
还有那——耕三耙四——犁一张——
到春来——殷殷勤勤——下上种，
墙而外——栽下桃李十数行——
早早地——拥撮儿孙把学上，
…………

突然他将渔鼓一拍道："列位，这是从前哩……"他没接着说下去，又不唱，大众都被这句话愣住了。谁也没说什么，拿着粗泥茶壶的大有却突然答道：

"魏大爷，你说是现在请不了先生，孩子都没法上学吧？"

"对，我唱的从前的事，大家听的可不要比到现在。"他有意在分别地说。

"现在也有学堂呀，你不知道村子里也办成了，就只差先生还没有来。"旁边一个的答语。

"哼！先生？钱都交上了三个月，他还不知在哪个地方没喂饱——不过是在看门房子旁边挂上一块丧气的白牌子……"又是一个人的声音。

"唱呀，唱呀，怎么啦，又上了魏大爷的大当。"小伙子大声喊着。

一阵笑声之后，魏二没说什么，接着一气唱了十几句：

> 结就的——怪子蓑衣多方便，
> 胜似那——纱帐罗帏象牙床。
> …………
> 还有那五谷杂粮十数仓——
> …………
> 过罢了——大雪纷纷隆冬至，
> 看了看——家家户户把年忙——
> …………
> 买上些——金簪、木耳、黄花菜，
> 买上些——菠菜、芫荽与生姜。
> 常言道——闲里治下忙里用，
> 预备着——过年请客摆桌张——
> …………
> 不多时——买罢菜品还家转，
> 大门上——吉庆对联贴两旁——

他把末后的"旁"字的余音扯得很长，虽是粗涩喉音，然而使人听去也觉出余音袅荡，有不尽的意味。这眼前的过旧年的风光，都是听众们听熟悉的事。买菜，蒸糕，放爆竹，祭天地……总要在破旧的门旁贴上两联善颂善祷的好句子。年年一度的欢喜节，在大家的记忆中印象很深，自然听魏二排句唱去，感到兴味。不过他们尽听见这些唱句叙述的安闲，对照到现在，仿佛少了一些必须添说的东西似的！一会儿，魏二又接着唱了些奠酒、烧纸与"真正是一年一度民安乐，都说是随年随月过时光"。直到拜节，上庙，饮春酒，与过罢了正月十五，他陡然将调门儿低沉下去曳长了声音唱一句结尾道：

无奈何——大家又把——庄农忙——

接着渔鼓嘣嘣几下，他把手一拍做了收场，却深深地叹口气，什么都不说。乡间人没习惯拍掌叫好的方法，也有几个年轻的空空地喊过两声好。多数听众的感情松缓下来，一个个人影在大土场上簇簇地涌动，后面的大有与最初提议的小伙子都没来得及批评。柳条披拂下挨过一个身影来，啧啧地道：

"好！多年没得听见，魏老二怎么高兴得唱一口，嗓音还不坏呀！"

"啊！陈大爷，想不到你也来，这真是哄孩子不哭的玩意儿。净说吉利话，往好处想……不是他们逼着谁还好意思唱。"魏二隔着十几步便看清楚穿着肥大衣服向他走来的陈庄长。

"有意思！你忘了在灯节下扮灯官，你在独木桥上老是好唱这一段，那时我替你打小锣子在镇上瞎闹……"陈庄长已走到他们这几个人的近前。

"咳！提不得了，这是三十多年前的事了。陈大爷，老了，人老不值钱，怎么唱也唱不出那时节的味道来了！"

"用到的功夫。老了，什么都变得不像样，现在徐秀才也不能再教了！"陈庄长捡了地上谁的小马踏坐下去。

"他就是再出来一定不能教我这个'庄家段'了，是不是？他于今还壮实？陈大爷，现在那些唱光光调与耍西洋景的，唱《红蝴蝶》《驼龙报仇》，才是时行的唱书，就连《单刀赴会》《孙二娘卖人肉包子》，还不及那新玩意儿唱得动人。"魏二得到陈庄长的知音，便发起说乡书的大议论来。

"不差，"小伙子拍着胸口插话道，"我在镇上听过几回，他们都是拣新篇子唱。"

"自然喽，旧的调门儿也不时行，从前乡间唱的'五更调''十杯酒'，现在会的人都不多。本来难怪，谁有工夫学这个，不是忙着赶活，就学放枪，不用说有些新调门儿把旧唱法都变了。话说回来，新调门儿在咱这里会一句半句的也太少，没有功夫是真的。"

"陈大爷，你算看准了，如今年轻力壮的人不是想打土匪，就是想当兵，胆子比从前大得多。像咱年轻的时候谁见过套筒与盒子枪是什么东西！好，现在成了家常便饭，放枪谁不会，打人更敢，你想和咱们唱'秧歌'，唱'冒周鼓'的时节简直成了两个世界！"魏二说这些话的声音颇高。

"坐住是这样，头几十年，年下大路上有个'路倒'，左近村庄就大惊小怪的了不得，还得报官验看，班房四处捉人。现今哩，现今哩？枪毙了人，斫下头来挂在围子门上，树头上，连小孩子都看个饱，一点不奇！每逢杀人就像赛会一样，说谁信？若是在前些年，女人都能拿枪？罢呀！魏老二，真不知日后是什么世界！你唱的那一套情景，不过是编词的居心'贴金'！从前也没有！"

陈庄长看看柳叶中间的月光慢慢地道："以前庄农人家总还有个盼头，春种，夏锄，秋收，冬藏。到得过年，还觉出点味道来。现在大家还得这么过活，但是咬着牙根挨日子，无奈何呀！真是无奈何！'赶不上农夫经营强'，什么经营也比农夫好吧？"

"叫我说，陈大爷比别人好得多，自己还在镇上走动，小葵哥也有了出息。"旁边坐的一个中年人说。

"梧仔，你这是说的什么话！"陈庄长一听到"小葵哥"三字，他从心胸中迸发出不可遏抑的怒火，"这不是存心讥诮我，什么小葵，他是他，我是我！他做他的官差，我吃我的米饼子！他与我没有关系！现在只要有狗一般的本事，谁都可以不管，况且他干的那些把戏，我不但不看，也值不得我想。魏老二，我人是老了，我可还有一颗人心！我到镇上去城中去办事，我并不像别人求好处，使分子，我为的大众。不然，我这把年纪向那些人脸前去犯丑，值得过吗？时势逼得没有法子想，苦了两条腿。你别提出息，我没有出息的孩子！如果有的时候，我也不至于到现在还受人背后唾骂。他在城中干的什么，天知道！居然成了少爷坯子，哼！我陈宜斋没有这么大的福气！"

说话的人想不到很适合的插话会惹动庄长的怒气，竟然大声说出这一套来，便都不作声。

　　大有与魏二对于陈老头的动气都不十分奇怪，因为自从小葵挟了县上的势力回家创办小学校以来，他们父子的关系更隔远了。陈老头不能阻止，却也无法救济。眼看着在自己的力量之下，任凭年轻的小孩子来分派学捐，指定校舍，可是直到现在并没开门的这等行为，他纵然对一切忍耐惯了，也压不住自己的怒气。怎么办呢？他只能瞪大了老眼看着他那儿子的未来的动作。

　　因此他对于本村的热心也大为减落，虽然大家对于这位公平诚笃的老人仍然敬服，自己却感到羞愤难安！他觉得不止损失了自己的庄严，并且少了对别人说话的底气。他更不爱到镇上去见人，除却为去听吴练长要办"讨赤捐"的一次谈话外，这几个月的春天，多半工夫是消磨于住房后的菜园里面。

　　"如今管不了许多，儿孙自有儿孙福，我说，陈大爷，听凭他去混吧。咱看开点，该唱两口就唱，该喝几壶就喝。说句实在话，我没有男孩子，有两个女的，好歹都出了门，成了人家的人口，省心多了。葵园好坏他总还自己能干，难道你不知道吴练长的少爷？有那个才叫没法，你能生气生得起吗？吴练长真好肚囊，他一只眼睁一只眼闭着，任着那荣少爷闹去。一位年纪轻轻的媳妇，有去年新成的姨太太，还得在外面包住人，结交那般青皮，吃喝不算数，下局屋，抽头，一年中还得两次出去玩，哪一次不得花个一千八百块。葵园可是花不着你家的钱哩。"魏二比较着议论。

　　陈庄长没有答复，大有却触动了话机。

　　"魏大爷说得真对，我曾在上年送这位荣少爷去过一次车站，他真有能耐，枪法太好了，在路上他放手枪打远远的树梢，东边是东边，西边是西边，说话也还痛快。"

　　"这样的少爷还不痛快？有钱，有势力，他不快活？在镇上他常常带上两个护勇，半夜五更地出来串门子，小户人家谁敢不叫他去。好在这里没有人向他说，他的作为还了得！简直是个花蝴蝶……"魏二低声说出后面的几个字，他向四围看看，土场上人已散了大半，还有几个躺在蓑衣上面呼呼地睡着了。

"怪哩，镇上的团丁哪一个不是他的护兵，出来一样是打立正、举枪，他比起练长的身份来得还大。"有点瞌睡的小伙子倚着树根说。

"还有他同镇上的兵官打起牌来，一夜里就有几百块的输赢。陈大爷，你也明白，这是咱这里从前会有的事？"

"说怪是怪！"陈庄长的气已经消了不少，"不怪吗，咱瞧着吧！从前不会有的事慢慢地什么都会有了！咱是不知道，没有法，老守着田地过日子，据说外头大地方现在改变得厉害。"

他仿佛回想起旧事来，略迟钝了一会儿接着说道：

"年轻的人都壮大了胆子，不好安静，我想这是大毛病。谁也不安分，恨不得上天去摘下月亮来，他不管捉得住捉不住，就是无法无天地干！我真不懂，只可归之气数了！有要钱的，就有办钱的；有杀人的，就有去找死的。这古董的世界！魏老二，你说咱会看得透？在我说，这份差事辞不掉，又没有别人托，活受罪，三天一回，十天八天一回，不是办差，便得凑钱。弄得头昏眼花，还转不出脸来。咳！不必提了！"陈庄长这时的怒容成为无可奈何的感叹了。

"不是说现在又一次筹捐……"魏二的"捐"字还没说出，忽地从睡在地上的人丛中跑过一个小孩子来，老远便喊着：

"爹……爹……爷爷这回又吐血呢！"

大有一听这是聂子的声音，便从魏二的身后跳出来，什么话没来得及问，领着那个不很高的影子走去。

陈庄长摇摇头道："大约奚老二没有多久的日子了！这个人毁得可怜！"

"可不就是为的大有的那回事？人真不能与命争，奚家在这村子里只差不如你，有吃，有穿，大有又是出力过活的孩子。奚老二挣扎了一辈子，想不到晚年来碰到这样的别扭！听说今春里地也出脱了几亩。"

"将来这家人家怕不会有好日子过了！奚老二有个好歹，我懂得，大有也许有点变呢……"陈庄长的话虽不很肯定，却正合了魏二的猜测。

"没法子，这样混日子难保年轻的人不会变！除非像咱这样走不了爬不动的老头子——白天我同他还谈到宋大傻的事。"

"他更不稀奇了，本来不是很安分的孩子，无家无业，这怪谁？"陈庄长若有所思地点着头缓缓地说。

"如果大有也有变化，陈大爷，你瞧他两个能走一条道？"

"一条道？哪一条道？不好说，噢！是了，不见得准吧！他两个的脾气究竟差得多。"

谁都没有结论，不过话说起来，两位久经世故的老人都悬想着乡村中年轻人未来的变化。尤其是陈庄长，他明白这古老的种种模型不能够套住少年人的身心。虽然是亲眼看明的实情用不到恐惧，也用不到忧虑，然而安土的惯性与回念以往的心情，使得他有说不出的凄凉。何况他的环境更逼得他像在荆棘丛中！在这夜静月明的农场上他引起自己的思路，心上简直是压上了一块石头。

魏二没多言语，他仰望着空中闪烁的疏星，渐渐想睡觉了。

十

这一夏的干旱使得农夫们夜夜里望着天河叹气。

从四月到六月底只有几场小雨，当然不会湿润了烈日下曝干的土地。侥幸将麦子收获之后，一切小苗子类的长成大感困难。每年到这个时候高粱已经可以藏人了，现在却只是枯黄的有尺多高，满野中半伏着无力的披叶。豆苗出生不久，便遇到酷热如焚的天气，一对对小圆荚的边缘变成焦黄。农人早已用不到下力锄、掘，因为在这样干旱之下，田中的莠草一样也是不能生存的。一片片土地上裂着龟纹，与冬日的严冷后现象相似。坏一点的河边碱质地，更多上一层白质由土中渗出。除却田野的农作物外，村庄旁边的菜园与成行的果子树，也受到影响。本来这一带是有名的雪梨产区，今年在树叶中间，却没挂住多少梨颗，有的又十分瘦小，没得到充分的水分的养力。瓜地更可怜，大叶子与细瘦的长蔓露出难于结瓜的憔悴状态。虽然瓜地的主人还可从井里提水浇灌，但那有什么用处？艰难的人力，笨的法子怎能救济这样的荒象。何况无边的旱田，田边原没有灌溉的设备，一切全凭每年的运气去碰收成。他们终年纵然手足不闲地勤动，不过是按着久远久远传下的方法分做春地，秋地的换耕，与一锄一镰的努力。一遇到连阴大雨，几个月的亢旱，虫灾，农作物的病状，只可仰首看天，凭自然的变化断定他们这一年生活的成功或失败。

陈家村的全村中属于他们所有的土地，合起来也不过七十亩有余，然而其中就有百分之四十是给人家佃租的，下余有几十亩归他们自有。譬如陈庄长家有将近二十亩，他是这小村子中唯一的富裕人家。其次是几亩多地的，不足十亩的一家便是奚大有了。其余的农家有完全是佃租的，而佃租与自耕的家数最多。不论如何，由春末的干旱延到现在，哪一家都受到这种不良气候的惩罚！存粮最多的陈庄长家中已经是吃高粱米与玉蜀黍两样的杂和面，轻易不见有白面的食品。大多数人家都搀上米糠研饼子做食料。各家虽然还有点春粮，因为他们对于自己气力辛苦获得的粮粒是比什么都贵重的。眼见秋天的收成不知在哪一天，都不肯浪费那少数的存粮。他们宁肯用些难咽的东西充塞于肠胃，等待好日子的来临。各个乡间充满了憔悴的颜色与怨嗟的声音。当着酷热的天气，大家齐望着空中偶有的片云。没的活做，他们充满了活力的筋骨一闲下来分外感到没处安放。这多日的干旱不只使他们为未来的失望惶恐，肉体上也像没处着落。六月中的热风由远处的平原吹来，从一个乡村到一个乡村，把熏蒸与干燥尽量地到处传布。每天从黎明时起，如火的太阳映出血一般的颜色，焚烧着一切的生物。陈家村东头的河流本是这数县的大水，经过不少的乡村、田野、河的两岸，生出一簇簇的小树林子，给它点缀上美好的景色，但现在却可完全看见白沙的河床了。窄窄的用泥土与高粱秸搭成的小桥，在每年一过春日，雨水大，往往不到夏季便会冲坏，直待到十月间的重修。这时却还好好地弯伏在差不多没有水流的干河上，像一个消失了血肉的骨架，躺在一无所有的地上。高粱秸上和成泥的黄土多已曝干，脱落下来，剩下高粱秸的粗根，如一排死人的乱发。偶然有从上面走过的生物，更像是在干瘪的尸体上的虱子蠕蠕行动。离河不远有一片柞树林子，每个夏季，它的浓荫是村中公共水浴后的游息地。如今却只有干黄的簇叶在失去润泽的弱枝上，煎熬着大灾中的苦难。阴影不大，地上晶明的小石砂热得炙手。因为没法灌溉，连接的平原中除却焦土以外，就只有那些垂死的可怜的植物了。

生活于没有人力制服的自然中靠天吃饭的农民，当这大灾难降临，只能求助于上天的灵力。相传的老法子是祈雨会，诵经，扎纸龙取水。他们不是一无所知却又是对一切还不甚明白的人们。他们不肯在这样情状下白坐着等待天灾的毁灭，在危急的困难中，他们只有诚心团结起来，吁请挽回无意。

然而时代却不许他们能够安心做从容的乞求了！

并不是十分稀奇的事，乡村中的中年人都能记得。对于天灾的对付方法照例的是那些事，纵然无灵，然而至少可以略少他们精神上的纷扰。记得前六七年，有一回因为积雨的关系，洪流暴发，河身从沙滩下面暴涨起来淹没了一些土地，甚至将村子中的茅屋冲坏了不少。他们却能够在不断的雨声中跪在龙火庙的天井里，绷着响头虔诚祷祝。眼看着自己手造的房舍漂倒，他们还是咬着牙关安分乞求龙王的心回意转！但是相隔不多年，这样的老文章已经变了笔法了。因为在较为安靖时候的官府、绅士，虽然他们自己不肯自认是伪善者，他们还像是对于地方上的一切事是该负责任的。如同乞灾、祷雨，种种的一无所能的会集，正是那般嚼过经书的善人所乐于倡导的。他们觉得自己该是农民的先觉，一切事便做了领导人。于是往往对于团集办法、仪注、款项，加劲地做去，这里头有好多便宜。现在这些官府、绅士，他们已经变了面目，比从前的乡下统治者更见得伶巧，也学了多少新的方法。他们凭自己的能力尽着去找收获——金钱的夺取。他们批评他们的前一代，不是迂腐便是拙笨，不是无识也是呆子，因此，那种旧日的伪善行为，他们却不肯干。因为乡下人也有了变化，他们扩大了求知的意念，也渐渐破坏了他们的虔诚的心情。

再一层，便是生活的艰难了。本来乡下人是容易在简单的欲望下讨生活的，即使没有多少蓄积还能忍着苦痛挨受一切，希求未来的安定。可怕的这些年来，为了种种关系，他们几乎没有什么蓄积，更不知为了什么，他们的心容易焦灼、动荡，再不能像以前还能不能勉强度过苦难。

这一个夏季在陈家村左近的人都摇动了，他们的脚在干硬的土地上似乎不容易站稳当了。

陈庄长与奚大有家的自种地也一样受着灾难，陈庄长的地还有在略远的村中与人分租的，那里在春天多了两场雨水。而大有在春间辛苦耕种的地里，不高的高粱谷子却已干死了一半。他自从在十分拮据中埋葬了为了债务、卖地的心事死去的爹，他对于田地的尽力已到头了。不知怎的，他渐渐学会了喝酒，在重大打击之后，完全复现了他爹的嗜好。他宁肯每天多花费十个铜板在烟酒杂货店里买得一霎痛快。自从四月以来，他成了这村子中杂货店的常主顾。虽然铜板不能预备得那么现成，这有什么呢，会做生意的老板是用不到他伸手要酒费的。

家里是想不到的寂寞。好说闲话，老是计算着吃粮的妻，与终天出去拾柴草牛粪的孩子，因为大有的性格渐渐变成无谓的暴怒，都不敢跟他多话。那条不容易吃一顿好饭的大瘦狗，有奚二叔时，常是随着老主人身后摇着尾巴，现在它也不愿意与少主人一起了。它怕他的大声喝叫与重蹴的足力，它只好跑到街上与野外去寻找它自己的食物。大有觉得寂寞是每天在自己的左右增长，而他的脾气却愈变愈坏。对于死去的父亲说是追念也不见得，有什么追念的表现？那座在村北头自家地内的土坟，除却栽上三四棵小松树之外，他不是为了土地的事，并没特意去过一次。对于家庭的不满他也无从着想，本来能做活的妻与孩子，他原没有厌恶的念头，可是近来大有有点变态。对耕种的本分事他还不懒，一样是按着时候同邻人操作，不过他的一颗心却似乎被什么压住了，总不像从前平静。

他向来是不大对于过去的事加以回念的，过去的耻辱与痛苦，他十分乐意将它抛出记忆之外。不过他是因此惹起了难于遏抑的苦恼！

旱象已成的期间，他也如他人一般焦忧！未来生活像一把尖锐的铁钩钩在心头。眼看见手种的小苗子被那不可知的神灵完全毁坏，他觉得分外愤怒了！在寂寞与无聊的袭压之中，比较着认为快活的事是想了辛苦的收获。然而这预想显然是变了。

于是虽在奇热的夏日，他每天的酒瘾并没减少。

正是六月末后的一夜，大有盖着布单在院子的枣树下睡觉。昨晚上从恒利杂货店中回来的时候，是家中人吃过晚饭的大后了。他怕热，便拉了一领席子放在树下，一觉醒后已经听见鸡屋内的喔喔的啼声。一个大蚊子正在他的右拇指上吸他的血液，他即时光了背膊坐起来，用蒲扇将蚊虫扑去，嗡嗡的蚊声还似向他做得意的讥笑。一会儿听见粪栏里的母猪唅唅叫着。他摸一摸被单上有点潮湿，看看空中只有几颗星星的微光，想到明天一定又是一个晴热的天气。遍村子中的树上可以听得见知了的夜鸣。它们在高高的有荫蔽的地方吸着清露，向着这些在黑暗与失望中的人唱着得意的高调。大有听来十分烦厌。的确，比起偷吸人血液的蚊虫来还要令他愤恨！他的小小的蒲扇在高空的鸣声中失却了效力，这并不是扑空一击可以止住那些可恶东西的鸣声的。他向东方望望，仍然是黑沉沉的，他尽力看去，在那一颗大星之下似是映耀的有点明光！隔明天不远吧？他不能再睡了，突然记起今天是全村的第二次祈雨会。昨天陈庄长还嘱咐自己明天一早要到龙火庙同那个道士布置一切。他因此不能继续睡下去，但是他明明记得头半月举行的那一次祈雨会，到现在并没有什么效果。据说这回是联合了五里地以内各个村子的人一同祈雨，人多了，或许有效，这是他的疑问。上一次的印象分明摆在眼前：那些有胡子的老人含着眼泪在烈日下跪求，他们忍受着灼热的苦痛，在香纸砖炉旁不顾烟气的熏眛。道士的高声诵经，也像出自真诚。虽然这道士是不甚安守清规，因为他一样也有土地，在做法事的余闲还得耕种，这不是为别人的事，他也有份儿。大有再推测出去，凡是需要土地吃饭的人谁没有份儿呢？谁肯骗着自己？骗着自己与他们家中人的口腹呢？但有一件事，他微微感到奇异了，怎么到会的几乎全是老年人，年轻的才两三个，再就是老人领去的童男，难道这也是必需吗？记得十几年前的祈雨祈晴，却不是这样，年轻的人一样也有跪求的，怎么现在变了？他想到这里微微皱着眉头，不能判别这是年轻人的躲懒，或是他们另忙别的事？

由祈雨联想到春天魏二唱的渔鼓词，真的，那些光景简直是成了梦一般的东西了！自从自己二十岁以后，在这偏僻的农村中眼见得是无论谁家只有年年的向溜，除掉偶有几个从关东发财回来的以外，地土的交易不常见有人提起。更奇怪的是地里的产物不知怎的总觉得也是一年比一年差，可是自己在田地里用的力量并不比以前减少。粮米老是在两块大洋左右一斗，还是继续向上升涨，怎么家家却更贫穷了呢？大有怀抱着这个疑问没得答复，偶然与邻舍家说起来，他们的断语不是"年头儿刁狡"，便是"谷贵，百物都贵"，或者"花钱多了"这一类的话。大有在前几年也是一个对一切事不求甚解的乡下人，任凭这难于思议的法则所支配，却难有进一步的质问。自从去年冬天到现在，他的生活有些变异，他的一颗诚朴的心也不像前此对一切完全信赖不去问难了。尤其是奚二叔，忍受着痛苦，攥着拳头死去，这一幕的生活影片的刺激，使他失去了从小时候起积渐养成的耐力。

虽然心里踌躇着预备天明后的祈雨会，然而在这将近黎明时他却有另一种的动念在心中闪耀——他很自然地断定他的未来生活，怕不能单靠这点土地了！

红的微光刚从东方耀动，一切地上的景物方显出了一个新的轮廓。

大有早已用井水洗过脸，并没告诉家里人，一口气跑到村子西北角的木栅门外。

村中起身外出的人很少，但是栅门已经开了锁。一个轮班守夜的十七八岁的青年正在门旁扛着枪防守。这一夏中的抢劫绑票事情如同天天听到喜鹊叫那么平常，左近村庄虽在白天也加紧了防守。像陈家村是没有土圩的，防守的联络很不容易，只好从各家土墙连接的空处，伐了陵上的松树结成栅栏。从镇上买来大捆的铁蒺藜交缠在木头中间，在要紧的栅门旁堆上土障，村中的年轻人轮流防守。这自然不是完全无虑的设防，而且更没有几支新军器——步枪。单这一笔花费与人力的空耗已经使他们十分拮据。幸而抬枪、土炮还是旧的存余，这些笨拙的军器用土造的火药加上碎铁、瓦片、小石块，放一响虽不能有很远的火线，四散出去就像一个小炮弹的炸裂，用在坚守上还较易为力。而且不知从哪里来的传授，乡村中有些铁匠现在也会利用洋铁筒与空罐头造成炸弹，这是较好点的村庄必备的武器。

那个青年斜披了布小衫倚着栅门，看见大有便跳过来道：

"奚大叔起来得早，陈老头刚才到庙里去了。"

"早啊，我以为我是到会的第一个哩。"大有将一双赤足停在栅门里的铺石道上。

"陈老头倒是认真，他还穿着粗夏布大衫，到这里我向他说不如脱下来，到烧香时穿上才对，免得出差。现在各村子的联庄会还没到，他穿着长衫怕不叫土匪带了去？"青年武士将步枪从肩上卸下来。

"还是你想得周到，怪不得陈老头老是好派你守夜。土匪太多，谁也料不定不出乱子。"

"瞧着吧，我看今天就得小心，到会的人多，各村的首事都来。"

"怕什么！不是早调好联庄会来保护吗？"

"奚大叔，你猜能够来多少人？一共六七个村子，人家还能不留下人自己看门？这是在外面，不同于村里，要个顶个！哼！土炮怕不及盒子枪中用呢！"

"这可是善事……"大有意思还没说完。

"啊！好，奚大叔，这是善事？不差，是庄农人家谁还不愿意天爷快落雨，不落，今秋什么都完了！可土匪还是土匪呀，他们还等得大家好好地祈下雨来再办事，那可太善良了……"

青年武士从他的紫黑色的脸上露出了判断者胜利的笑容。

大有点点头，颇现出踌躇的态度。

"照你猜，岂不是今天还得预备打仗？"

"这也不是奇事呀，哪个村子在这一夏季里不是天天预备打仗！"青年夷然地答复。

"我太大意了，什么家什没预备。"

"一会儿咱这里还去十多个人，可是没有大用，只有两杆快枪，这不是一杆——"青年顺手将枪横托过来。

"好吧，现在咱们办一下，你带这杆去，连子弹带，我另找杆土炮在这里站岗。"

就这样，大有紧紧腰带将灰布缝的子弹带斜扎在肩上，把那杆汉阳造的步枪用左手提起。

"小心点！已经有顶门子了，只要拉开保险机就行。里边有四颗子弹，记住！"青年对于这武器的使用很在行。

大有不再说什么，扛起枪走出栅门。

经过他们的谈话与换枪的时间，村外的郊原中已被鲜明的阳光照遍了。柔弱植物幸而得到夜间的些微露滴，乍呈滋润的生态，被还不十分毒热的太阳晒着，颇有复苏的模样。

龙火庙是这村子的久远古迹，据说县志上曾在古迹门里给它一个位置，也是这些小村落中间唯一的旧建筑物。除去四周的红色粉墙之外，山门两旁的钟鼓楼，内里的龙王阁子，都是青砖砌成。那些砖比现在普通的烧砖大得多，似乎也还坚固。不过上面全被苔藓封满了，斑驳的旧色足能代表这野庙的历史。庙南面是一带松林，稀稀落落地连接到村西那片陵阜上去，其他三面虽也有不少的枫树，榆树与高个儿而作响的白杨，却不如正面松树的密度。庙北头有几亩大的一片义地，不知是什么年代与什么人家的舍地了，里面尽是些贫苦人家的荒冢。有的已经坍坏，露出碎砖、断木；有的土冢已经夷为平地，在上面又有新冢盖上。这片地方已经有难以计数的死人得到他们的长眠，而左近乡村的看家狗也是常到的熟客。再远处便是一些人家的农田，一片青黄，看不到边界了。

庙的面积不小，其中的建筑物却也毁坏了不少。有几座楼阁早成了几堆瓦砾，上面满生着蓬蒿与蔓生植物，石碑也有卧在院子中间做了道士的坐凳的。总之，这虽然是一所伟大古旧的庙院，现在也随着年代渐渐凋落了。

因为它们只存留着古旧的空壳，任凭风雨的毁灭！

大有穿过松林走到庙门里面，静得很，一个人没遇到。直到正殿上，看见陈庄长正与邻村的一位老首事在供桌前分配香纸。道士还没穿起法衣，光着头顶，一件圆领小衫，乍看去正如僧人一样。

"好！到底是年纪轻，好玩，居然先扛起枪来了。"陈庄长说。

"这是小猪仔告诉我的防备，防备不坏，不是联庄会还要来？"大有走入了正殿门。

道士方抱着一抱香向外走，他的短密的络腮胡子并没刮剃，虽在清早，额角上的汗滴映着日光，显出他的职务的忙迫。他听见人语，抬头看着大有左手的枪口正对准他的胸口，便下意识地向侧面一闪。

"这东西可开不得玩笑！走了火咱可干了！"

"怎么没胆气！看着枪口便吓丢了魂，你还终天在野庙里住呢！"大有已经将枪倚在门侧。

"老大，你说话要留点神，别不三不四的，今天是大家给龙王爷求情！哪里野不野的……终天在这里有神人的保佑，那些野东西来干吗？今天可连我都有点胆虚，到的各村的首事总要小心……"

"做好事，顾不得这些了——怕者不来！来者不怕！"
吸水烟的邻村王首事从容的插语。

"即使来也没法，横竖这么下去是没有好日子过。咱们哪能眼睁睁地看着什么都干死，不想个法子——这只好求求神力了。"陈庄长究竟还认识得一些字，对于这完全信赖神灵法力的念头本来就认为是另一回事，然而他既有身家，又有庄长的职责，在无可奈何中，按照古传的方法来一回"神道"，这也是多少读书人办过的事，不是由他开端。经过这番虔诚的仪式之后，他至少尚能减却良心上的谴责，也许"神而明之"就有效力？除此，他与他的邻居们能够干什么呢？所以他用"只好"两个字表示在无办法中唯一的尽力。

王首事将长水烟筒向供桌上一搁道："管他的！咱弄到现在怎么还不是一个样，果然该死的向这边找事，拼一下，省得年轻的闲得没事干！今天咱预备的不差，什么，合起来怕不到二百人……"

"不见得吧？"陈庄长对于人数颇有疑问。

"多少一样揍，老陈，不要灭了自己的威风。"王首事的脾气很急暴，虽然上了年纪，还有当年练功夫时的劲头。

他们各自整理着种种东西，还有王首事带来几个有武器的农民一齐下手，没到八点，一应的陈设供品以及洒扫屋子等都已停当，而各村来祈雨的人众也陆续了。

照例是先行铺坛，念经，这时独有骄傲的道士在神像前挺身立着指挥一切。龙王的长髯与细白灰涂成的神面，被神龛上变成黑色的黄绸帘遮住，看不清他的真像。殿内的武士与文官的侍立像，虽然颜色剥落了不少，而姿势的威武与优雅似乎还在保持着他们的尊严。红木案前的方砖地与石阶下的鹅卵石地上，直跪着七八行的祈求者。一条彩纸糊成的瘦龙放在东廊下面，一大盆清水在龙的旁边。院子中的香炉从四个小砖窗中放散出很深厚的香烟。

不出大有的预料，跪在地上的人就有过半数的老人，三分之一的中年人，三十岁以下的却没有一个。他们被热太阳直晒着，黧黑与黄瘦的脸上谁都是有不少的皱纹，汗滴沿着衣领流下来，湿透了他们的汗臭与灰土脏污的衫裤。他们在这一时像有白热以上的信心，对于冥冥中伟大的力量——能以毁灭与重生颠倒一切的神灵，他们什么也不敢寻思，只将整个的心意与生活的称量全交与"他"！

这一群祈求者中间却没有奚大有，也没有王首事带来的那几个武装农民。原来大有被陈庄长分派出去，带领本村的人与别村子来的联庄会在庙的四周布防。因为他有一杆步枪，便不用在偶像的前面跪倒，而成了"绿林"中的英雄。

近几年来乡村的联庄会完全是一种无定规的民众的武力组织。虽然有规则，有赏罚，然而所有的会员全是农家的子弟，有了事情丢下锄头，拾起枪杆就拼着性命向抢掠劫夺他们生活的作战；没有事，仍然还在田地中努力作业。他们为了自己的一切，为了防守他们的食粮与家庭，以及青年农民好冒险的习性，所以联庄会的势力也一天比一天膨胀。等到他们的有形的敌人渐渐消散下去，他们这种因抵抗而有的组织也就松懈了。因为原来只是一种简单的集合，并没有更深的意识，所以他们的兴衰是与那些掠夺者的兴衰成比例的。

陈家村左近都是少数人家的小乡村，镇上虽然有常川驻的军队，器械服装都整齐的民团，却不大理会这些农村中的事。有时那些新武装者下乡来，还时时要显露他们的招牌给小村庄的人看，因此，便分成两截了。

这一天他们因为保护这些满怀信心的祈求者，事前便由各小村首事的周到地布置，调派年轻的农民，在八点左右已经到了一百五十多个。他们因为没有大集镇的富有，所以武器不是很完备。不到人数十分之一的步枪，还是由各种式样凑合来的，类如日本枪的三八式，汉阳造与俄国旧造的九连灯枪（这是乡间的名字），下余的便是些扣铇的火枪与大刀，红缨长枪，但钢铁的明亮都在各个武士头上闪耀着。骤然看来如同赛会的这一群防护者，散布在红墙青松的左近，具有一种古代争战的形象。各村的首事虽是花白胡子的老人，也有的自带小小的手枪，挂在衣襟旁边。这都是他们出卖了土地忍痛买来的武器，虽没曾常常希望用它，然而有这个弯把的黑亮的小怪物在身上，也像在瘟疫流行时贴上朱砂花符似的，以为可以战胜一切的邪祟。近几年来这已成为很平常的现象。乡间的人民对于步枪的机构与兵士一样熟练，而胆大的企图也使他们对于生命看轻得多，比起从前的时代，显见得是异样了。

形成一个相反的对比：古老的剥落的红墙里面有些在土偶面前祈求他们的梦想，迷漫的纸烟中多少人团成一个信心，虽然在鹅卵石上将膝盖跪肿，他们仍然还是希望龙王的法力能给予一点生活上的灌溉！而古旧建筑物的外面，松荫之下却活跃着这一百五十多个少年农民的"野"心，健壮的身体，充足的力量，尖利的武器，田野中火热的自由空气，他们也正自团成一个信心，预备着用争战的方法对待与他们作对的敌人！两个世界却全是一个目的——那便是生活的保障，也可说是为生活的竞存，神力与武力两者合成一种强固的力量，他们便在炙热的阳光下面沉默而勇敢地等待着。

大有加入这样的武装集会不是第一次了，然而除却一年中一两次的练习打靶之外，他没有放射步枪子弹的机会。乡间对于子弹的珍贵比什么都要紧，他们从各地方或者从兵士们手里，以高昂的价格买来的子弹，放掉一个便是防守上的一种损失，也便使他们的生活少一份保护。所以火枪可以随意扣放，而新式的武器子弹却要严密使用。大有从站岗人身上取过来的子弹带，他曾数过一次，不多，那只有五十颗，在灰布九龙带中看不出怎么高凸。他统率了一小部分的本村农民，唯有他是扛着这一杆仅有的步枪，他自然感到自己的力量的充足，也像是有统率那些同伴的资格。他没曾对准敌人放射过一回枪，可也不害怕，的确，他没想到真会有敌人的攻击。他以为这不过是预备着争斗罢了，不会真的有事发生。

他这一队武士正被指定在西南方面的斜坡上面，密簇簇的青松到这里已是很稀疏了。坡上有片土堆，相传是古时的大冢，除去几丛马兰草外一点坟墓的样子也没有。再向上去是一个矮小的土地庙，比起乡间极小的茅屋来还小得多，塌落了碎砖的垣墙里面探出两棵如伞的马尾松。从树干上看去，可知这难生植物对光阴的熬炼。大有这一队的十几个穿了蓝白布小衫的青年，就在这斜坡上形成一个散兵线。大有坐在土地庙前已卧倒的石碑上面，他的大眼睛老是向着去村子西南方的高阜上望着。别的伙伴在坡下的，在庙内的墙缺处的，还有四五个扛着火枪在稀疏的松树间来往走步。他们占的地势较高，可以俯瞰龙火庙里面跪在院子中的人头，尤其是那个尖圆顶的香炉更看得清楚。风向很准，那一阵阵的浓烟常是向着北正殿那方向吹去。道士的法器声听得分外响亮。庙前后的防守的同伴，都隐约地可以看到。唯有南门外松林中的武士遮蔽得很严，只有几支明晃晃的红缨枪尖从那些松针后闪出光亮。

大有根本上没想到打仗的事，虽然在栅门口听了那个站岗小伙子的话，到庙中来又看见大家这份郑重的预备，像是警戒着要马上开火的神情。他乐得在"绿林"中装一回临时的英雄。然而这有什么呢？多平静的晴天白日，又有这么多的人，难道他们肯来送死？他过于迷信他和他的伙伴的武力了。他虽不从神力的保佑方面想，也断定没有那回事。他呆坐在石碑上面，初时还努力要做出一个统率者的样子，正直地向前注望，表示他正领着兄弟孩子们在干正事。过了两个钟头以后，看看日光快近东南晌了，夜里睡眠的欠缺与天气的毒热，渐渐地使他感到疲倦。庙里的祈雨者已经换过一班，道士的法器不响了许久，再过一会儿大家都要吃午饭了。好在都是自带干粮，等着庙里送出煮好的饭汤来，便可举行一次野餐。时间久了，疲乏的意态似乎从田野的远处向人身上卷袭过来。有的忍不住肠胃的迫促，坐在地上干口嚼着粗饼。大有这时已经半躺在石碑上，那杆步枪横放在他的足下。

"老头子们真胆怯，上一次祈雨也没这些阵仗……"一个黑脸高个儿的农人站在大有身旁焦躁地说。

"到底什么时候完事？这玩意儿更坏，干吗？还不如跪在石头地上哩。"另一个的答语。

"不要急，停一会儿有事也说不定！"年纪较大的瘦子半开玩笑地道。

"真不如开开火热闹一回，火热的天在这里支架更不好过！"

大有本来想说几句，然而他的眼睑半合着，不愿意听他的心意支配，方在蒙眬中静听这几个伙伴的闲话，突然从东方破空而起地有连续着两声枪响。很远，像在陈家村的东河岸。这是一个电机的爆炸，即时惊醒了野庙周围的防护者。大有下意识地从石碑上滚下来，摸着枪杆迅疾地跳上土地庙的垣墙顶，向东望去，那十多个农人不自觉地喊一声，全集合在土地庙的前面。

"哪里来的子弹？"

"河那面……截劫！"

"废话！我听明白了，这两颗子弹是向咱这面飞过来的。"

"没有回响？"

"怕是真土匪到了！"

他们从经验与猜测中纷纷乱讲，同时可以看见龙火庙里人已站满院子。道士的法器也止了声响，而大门外的松林中多少人影也在急遽地移动。大有竭尽目力立在高处向东看，什么也没有，还是那些绕在村子后面的半绿树与微明的河流。他虽然笨，而在匆促的时候也有他的果断力，即时他喊那个说玩笑话的瘦子到下坡的大队中间问情形。

还没有经过三分钟，很清楚的密排枪声在村东面砰啪地响起来。无疑地，显见陈家村要有什么变故。大有与他这一群伙伴不用商量都拿着枪要跑回去。他们顾念村子中的妇女、孩子，黄黑的面目上都变了神色。然而下坡的人还没跑到红门外面，奇怪，由庙的西北两面连续飞过十几颗子弹从他们头上穿过去，这掎角式的攻击出乎他们的意料。大有原来立在土墙上面断定这是土匪去攻打他的村子，有这一来，他才明白今天的祈雨会是真遇到劲敌了！随着枪声他跳下墙来向大家发命令道：

"走不得！土匪真要从两面来，回去更办不了……啊！大家散开点，都在庙门上可危险！"守土圩与栅门的经验曾告诉过他躲避子弹的方法。即时这十几个人在树后和墙边，找到了各自的防御物，都轻快地将枪托在腋下。大有仍然跑到石碑后头，半伏着身子将步枪的保险机扭开，推动机一送之后，他的右手指在小铁圈中放好，预备做第一枪的放射。脸上的汗滴从眉毛直往下落，忘记了擦抹。

松林中联庄会的大队也向西北方放了十几响火枪，接着就是有人吹着单调的冲锋号，凄厉的声音由下面传出，同时步枪也在无目的地向远处回礼。

于是他们的野战便开始了。

大有只叫他们隔几分钟放几响火枪，意思是告诉敌人这斜坡上有人预备着他们过来。他手里的步枪隔一歇才放射一回，他每次放枪时手头上觉得很轻松，然而遇到这一次的劲敌，他的粗手指把住枪杆自己也觉得惊战。从那东面的，西北两方的此住彼起向村子与野庙愈打愈近的密集枪声，可以知道土匪的人数不少，而且他们的子弹像是颇为充足。这时两方都彼此看不见身影。龙火庙的地势洼下，西北方的农田接连着东面河流蜿蜒过来的上岸，向下面射击是居高临下。而大有这一群占住的斜坡，较好也较为危险。因为由斜坡上去，树木多，农田只是几段豆地，容易望远。

大有在初开火时只是注意着向前方看，还可以静听枪声从哪方射来。悬念着村子中的情形和庙里的那些少有武器的老人，他并不十分害怕。打过十几分钟以后，战况更紧急了，先在陈家村东面响的枪声倒不很多，只不过似做警戒很稀疏地放射，而从西北两面逼过来的子弹却愈打愈近。啪啪的响声听去像不过半里地。联庄会的人初下手还能沉住气，吹号，放枪，经过这短短的时间后，显见出军器的优劣与攻守的异势了。他们在庙门外、树林子中，没有什么凭借，明明知道土匪一定是在小苗子的田地里与土岸旁边，而回打起来可不知哪里有人。敌人的枪弹是一律向着庙门外的松林集中射击。尤其是西面的枪响，围着土地庙前后尽着放。情形的危急很容易看得出。他们不敢向庙里跑，恐怕被人家围住；又不敢向陈家村去，那一段路上怕早已有埋伏，经过时一定也要横死多少人。而当前的守御，既无土墙，又没有及远的好多步枪……他们想不到土匪会来这么些枪支！

没有办法，大有已经放过两排子弹，在石碑后面粗声喘着气竭力支持。他知道他的枪若不努力使敌人不敢近前，这一角的局面一定要被人抢去。他向哪里退哩？下面只有几棵小树，大约用不到跑入松林，子弹已可穿透他们的脊背。他听明了，有十几支盒子枪在对面的土阜下头专来对付他自己，有时从石碑的侧面似乎可以看见土阜下的人头。相隔不过二百步，比初听时由西面来的枪声近得多了。他的左手紧紧握住枪身，仿佛如握着一条火热的铁棍，子弹带着了汗湿，紧束在胸前，呼吸分外不利便。然而他把一切都忘了——家庭、老婆、孩子、田地、耻辱、未来……在这一时中他聚集了全身的力量使用他的武器，整顿起所有的精神做生命的争斗！虽然事情是完全出于他的预想之外，而他那事实到了面前却绝不退缩的坚定性，在这个炎热与饥饿的时间中却一个劲儿地发展出来。

他知道在土阜后面的敌人要从斜坡上冲过来，直夺龙火庙的大门，这是一条要道，若有疏失，自然关系到他们全体的失败。自己万不肯放松，且是没有退路！下面的伙伴们又急切分不出几杆步枪跑上来打接应。这些没有指挥者的农民，只知把守住庙门向外乱放子弹与火药，没料到这一面的危急。大有一边尽力抵御，又嘱咐身旁那个黑高个儿滚下坡去赶紧调人。黑高个儿身子很灵活，抱了火枪即时翻下坡去，到了平地，他起身得太快了，恰好一个流弹由背后穿过来，打中他的左胁，他尖锐地叫了一声，倒在一棵老松树下面，做了这次战争的头一个牺牲者。

这一声惨叫惊坏了斜坡上面与松林中的防守者，不曾料到这好打拳棒的高个儿竟会死在这里，从乱杂的还击的枪声中可以知道他们的愤怒与急遽了！

命令没有传到反而葬送了这一个好人，大有从石碑后面被惨叫的声音惊转过来，看清在血泊中翻滚的受伤者，他不自觉地呆了，双手中的步枪几乎丢在地上。受子弹伤死在战场上，这是第一次的经验，何况高个儿是为传达自己的话而死呢！他无论如何勇敢，还没有看死人一点不觉惊讶的习惯。他正在慌张与急躁之中，手上少放了两枪，对面一阵喊声，从土阜后跳出七八个汉子，手里清一色的短枪，枪弹在空气中连接振动的声响，如同若干鬼怪在他身边吼叫。大有的那些伙伴也喊着放了几枪，速力既差，又无准头，在旷野中那些旧式的装药火枪哪能与连珠放射的盒子枪抵抗。他们绝没管顾，便争着往斜坡下跑。只这一阵乱动，已经被对方打倒三四个。大有用上所有的力量连射去一排子弹，居然使那群不怕死的凶汉伤了两个，略略缓和了一步。他知道站不住，也学着高个儿的滚身方法翻下去，更顾不得那些伙伴是怎样逃走的，只看见躺在土地庙前一个伤在胸口的年轻人，从绝望中望了大有一眼。在这一瞬中，大有已经滚到坡下。

　　加入松林的大队，与由庙里出来的那些老年人合在一起，他们一面竭力顶着打，一面却急促着商定赶紧退回陈家村，因为这野庙中没法守御，怕有被敌人完全缴械的危险。

　　冲过这条半里路的空地却不是容易事。这一百几十个农民与一群狼狈的老人，以及庙里原来的住人，联合起来分成三队。一共有将近二十支的步枪，施放开仅有的子弹，从松林里向四面射击，同时那些避难的与武器不完备的防守者瞅空急速跑去。大有偏偏是有步枪的一个，在这危险的时间他不能逃避，也不能将武器交付他人，自装弱虫。他不顾满身的泥土与像浇水的汗流，他同那些大胆的青年由松林中冲出。当然，从西南方攻下来的敌人也拼了性命努力于人的获得，由斜坡上往下打，占据着非常便利的地势。北面农田里的匪人早已逼近。这已不是为了财物与保护地方的战争，而是人与人的生命的争搏。两方都有流血的死伤者，在迸响的枪声中谁也不能做一秒钟的踌躇与向后的顾念。大有饿了半日而且原来的瞌睡未退，恰好来做这样的正面的防战，分外吃力。然而他这时咬紧了牙齿，似乎平添上不少力量，那斜坡上两个受伤的一堆血痕在他的眼前变成火团，嗖嗖啪啪的枪声似炸碎了自己的脑壳。他随着那些勇士跳出密荫之外，弯着腰且打且走。果然是他们拼命的效果，相距半里地的敌人终于没敢靠近，及至他们退到陈家村的栅门边时，又与在近处的几个埋伏者打过一次。

其结果，他们的大队究竟跑回村子去，大有只听见自己这一群中不断有喊叫声，伤了多少他来不及查问。幸而敌人的子弹在松林中一阵激烈的围打后，似乎已经不多了。四周虽有喊声，射过来的子弹已稀少得多，而大有跑到栅门外时，斜拖在腰上的子弹带除却布皮也是一点分量没有了。

这一群勇敢的农民虽然也有受伤的，他们却挣扎着跑进了栅门。大有一看见自己的邻人迅速地拉开木闩开门，将他们纳入，他心头上一松，同时脚步略缓一缓。后面敌人的追击又赶上来。幸亏木栅外只是一条小路，两旁有不少的白杨做了逃避者的天然保障，所以敌人没敢十分近逼。不幸的大有刚从一棵树后弯了身子转过来，右腿还没抬起，在膝盖上面有一个不大的东西穿过，他趁势往前一跳便倒下来。眼前一阵昏黑，全身的力量像被风完全吹散，只是大张开口伏在地上喘着。跑在他前面的两个回过身来，毫不迟疑地一齐拖着他塞进栅门去。

稀落的来往枪声中，大有只觉得天地像倾陷了！他卧在他人汗湿的肩上并不觉痛，只是右腿像离开了自己。

十一

镇上的几间屋子的西药房兼医院，由于这次野战已住满了受伤的勇士。大有腿部洞穿了一个窟窿，本来不很要急，大家为了分外体恤他，便将他抬着送到县城的医院里去。

近几年的乡间流行着子弹的战争，便有了西药房与小医院的供给。虽然这里距铁路线还有几十里地，可是城中与大一点的市镇早有了简单的西法治疗的设备。那些大地方药房的伙计与医院中的看护，他们很明白这样买卖在下容易赚利，贩运些止痛剂、麻醉药与箝取子弹的器具，虽然手术弄不十分清爽，比起旧医的法子见效得快。因生活而蜂起的土匪，做成了多少人的新事业，他们也是及时的投机者。受伤人确也受到他们的实惠。

经过一夜的昏迷，大有在路上被人用绷床抬走时，感到剧烈的痛苦。他没看创口有多大，用破布扎住，血痕还是一层层地从里向外殷发，右腿完全如烤烈火上般灼热。昨天的剧战与饥饿，到这时一起压倒了这个健壮的汉子。他不记得那么危急的战争是怎样结束的，但听说联庄会上死了四个，伤了六个，幸而没有一个被敌人掳去。他更知道死者中有他领率的两个邻人——那黑脸的高个儿与瘦小的于麟。他回想起在斜坡上的情形，便暂忘了眼前的痛苦，他睁大火红的眼睛想找抬他的抬夫谈话。

受了陈庄长命令的这四个抬夫，他们幸而没有受伤，而且土匪虽多还没攻进村子来，现在抬着这受伤的勇士，他们觉得有点骄傲。

"奚老大，你渴吗？张着口待说什么？"后头的一个中年人道。

"我只是记挂着小于与高个儿的尸首……"大有说话也变了声音。

"哎呀！幸而你没和他俩一个样！死是死了，亏得那些行行子后来打净了子弹退下去，恰巧镇上的军队与保卫团也由后面截追了一气……他俩的尸首究竟收回来了！"

"什么时候镇上出的兵？"大有对于昨天他受伤后的事完全不知道。

"咱们跑进村子不久，其实他们不出来土匪也会退下去。"

"怎么样？"大有的意思是质问镇上生力军的战绩。

在前面的矮子从光光的肩上回过头来，冷笑了一声道："怎么样？远远地放一阵枪，还是头一回在大路上开了机关枪——那声音奇怪得像一群鸭子叫，我还是第一回听见——哈！怎么样？这又是一回！不知得报销多少子弹？将咱们打倒的土匪抢了去，问也不问，管他死没死，大铡刀一个个地弄下头来，抢到城里报功去！"

"啊！这么样到底杀了几个？"大有脸上一阵发红。

"不是三个是四个，因为都死在龙火庙的松树行前面，镇上的军队那会儿还没转过弯来呢。"

大有不愿意再追问，他想他与邻人共同居住的地方居然成了杀人如杀小鸡的战场！大家拼命争斗，又加上军队的"渔人得利"，这算干一回什么事？雨祈不成，天还旱干，家家除掉没得粮粒之外还要白天黑夜里准备着厮杀！将来……将来……一片漆黑在他的面前展布！无边无岸，只听见凄惨恐怖的减叫，死，饿，杀，夺，像是在这里争演着没有完的苦戏。他觉得浮沉在这片黑流中，到处都窒住呼吸。他想争斗，但也失去了争斗的目标，更不知对垒的藏在什么地方！

苦闷，昏迷，他觉得在黑流中向下沉去。

醒后，他看见阳光从小玻璃窗外射过来，自己却卧在一个小小的白布床上。

也许是由血战中得来的报偿？他是有生以来第一次安卧在这样明净阔大的屋子里。自然这间屋子仍然是砖铺地，白纸裱糊的顶棚，用红色刷过的玻璃窗子。在城中像这样的房间很普通，并不值得奇异，而大有却觉得自己是过分的享受。他望望阳光，想着村子中的惨痛，与大家凑起钱来送他到这好地方治伤的厚情，他不觉得有滚热的泪珠滴在枕上。这是自从奚二叔死后他新落的泪滴，虽然不多，在大有却是很少有的热情迸发，忍不住的泪从真诚的心中送出。

医生并没穿什么异样的服装，白夏布小衫裤，黄瘦的面孔，颧骨很高，戴一副黑框的圆眼镜。他给大有洗涤，敷药，包扎，还给了一个玻璃管夹在大有的腋下，说是试试发烧的大小。

这一切都是崭新的经验，大有想象不到受了枪伤会能安居这舒服的地方。医生对他还算周到。然而他也明白这不是没有代价的，所以他对医生头一句的问话没说别的。

"多少钱一天……住这里？"他觉得对这样能干又是上流人的问话太笨拙了。

"你真老实！"医生笑了，"打成这样还对钱操心，有人给你交付，管什么。咱都是本地人，还好意思要高价？本来没定数，你在这里两块钱一天，别的钱一概不要。我已经与送你来的人讲好了。"

医生潇洒的态度与满不在乎的神气颇使这位受伤的笨人有点拿不住。他要说什么呢？再问下去更小气、寒碜。医生一定可以批评他是个不打折扣的舍命不舍财的乡下佬。两块钱一天，他吃惊地听着，一斗上好的白麦，逢好行市可以卖到这价钱！若是十天以外呢，是几亩地的一季的收入！他不敢往下算去，不过他自觉高明地另问一句：

"先生，这要几天全好？"他指着自己的右腿。

医生拿着未用完的白布卷，机灵地睒了一眼道："不多，不多，好在没伤了骨头，不过一个礼拜。"

"一个礼拜？"他早已知道这个名词，可是没曾用那样规则的日子过生活，骤然记不起这算几天。

"就是七天！你不知道乡下教堂中做礼拜？还是不知道有学堂的地方到七天准放一回假？"显然是这位医生太瞧不起这位新主顾的笨拙，他取过器具，不等大有的答话一直走出去，至门口时回头来嘱咐了一句：

"这里管饭，晚上是六点，有人送来。"

白布帘向上一扬，屋子中便剩下大有自己了。

虽然简陋，可总是在医院中。在大有是初次经验，对医生的神气当然不很满意，不过敷药的止痛效力与屋子中的安静整洁，他觉得到底是城中人来得聪明能干。"怪不得他们都能挣钱！"这一点点惊异心理渐渐克服了他的不平，同时自己却也感到缺少见闻，任怎么样也不如这些城里人会想方法。想是这样想，但这只是浅薄的激动，冲击起他的想象中的微波。偶一闭眼，那些血水，满天飞舞的子弹，死尸，如疯狂的喊叫，汗，杀，追，拼命的一切景象，片片断断地在身旁晃动。别的受伤的邻居，吃惊的老人，胆怯的小孩子与妇女，日后村庄的生活，死人的家庭，又是一些不能解答的疑问！尽管大有是个不大知道远虑又没有深思的朴实人，然而现实的威逼，他经过这次空前的血战后不能不将他的思路改变。怎样活下去？这正是他与他的邻人以及农村的人们共同的问题！一时没有解决方法。他在这柔软的小木床上不易继续安眠，身体上所受的痛苦渐渐减轻，而精神上给他的纷扰却没有暂时的宁静。

第二天刚刚放亮，他已经坐起来。伤处经过昨天晚上又换一次药与绷布的包扎，好得多了。忍耐力较强的他在床上觉不到疼痛，本来不是习惯于躺得住的，有充足的睡眠之后他又想做身体的活动了。试试要走下床来，右腿却还不受自己的指挥，他只好顺手将向南的两扇窗子全打开，向外望望。这四合式的养病院中很清静，当窗的一棵垂柳，细细的树干上披着不少的柔条，一缸金鱼在清水里泼刺作声。太阳没出来，天上有片片飞动的白云与灰云。整个夏季很难得有这么微阴的一个清晨，一股清新与富有希望的喜悦涌上他的心头。他想，这或者是陈老头与大家祈雨的感动？是由于前天与土匪作战的效果？不然，怎么第一次祈雨后接连着来了十五个晴天？死人的惨状与没有死的凄凉，或许真能感动天爷吧？无论如何，只要下两场大雨什么事都好办。他从去年冬天虽然渐渐把他的靠天吃饭老实度日的人生观改变了不少，然而他总是一个偏于保守的农家青年，希望得到土地的保障的传统性，急切且不容易消灭。所以一见天阴就又马上恢复他对于乡村复兴的情绪。只要能落雨，充满了田野、沟、河，一堆堆的谷穗不久就可以在农场上堆满。土匪呢，子弹的威力呢，兵大爷的对待呢，他又忘了！收获的欣喜不止为得到食物，也是一种习惯的慰安。

他呆呆地坐在床上做他简单的梦想，不知经过了多少时候，门帘一动，闯进来一个扎着皮带穿着齐整军服的男子……不错，那是宋大傻，高高的眼角，瘦身材，还是微红的眼光，可是自己不敢叫，这是城中，而且他是曾经受过兵大爷的教训的。

进来的近前拍着他的膀子坐下，善意地微笑："大有哥，不敢认我吗？直到昨天晚上我才知道你到城治伤的消息……"

他欢喜得几乎跳下床来，那军人又继续说下去：

"你一定想不到我会在城里穿上灰色衣服干起这样活来，我也不想叫你们大家知道。不过这一回你太勇了，真有劲儿；我查听明白你在这里，我不能不来看你！下半夜老是望着天明，我来的时候现打开外门进来的，不是穿着这身衣服准不许过来。"

"我说不出怎么欢喜！亏得这一子弹，要不是准没法同你见面！"大有拍着光光的胸脯高声回答。

"对，我原想混个三五年再瞅空到乡下去看你。记得咱自从年初三在村西头的陵上见过之后，不是就不常见我了？一个正月我老是到镇上鬼混……"

"老魏二春天曾说过。"

"我去混就是为的这个！老大，你懂得我是会玩的，赌牌、踢毽子、拉胡琴，都有一手。凭这点本事才认识了队伍上的连长，又过了些日子才求他荐到营盘里来。咱不想升官发财，可是也得瞅个门路向上走！要晓得当营混子是怎么回事，所以我情愿托他荐到警备队上当小头目，不要在团部里当火夫。老大，我到队不过三个月，弄到小排长的把式……所以村子里前天与土匪开火的详细，当晚上我们都知道了。伤的、死的，直到昨儿我才从镇上回来的兄弟们那里打听明白，就是你腿上挂彩进医院，我也是昨儿听说的。"

"打不死就有命！真是子弹有眼！往上挪半尺，咱兄弟就不见得能再见。"大有虽是模仿着大傻的活旺的神气这样说，在他心头却微微觉得发酸。

"对！你从此也可以开开眼。在这年头，没法子就得干，你不干人家，人家却把你当绵羊收拾！我情愿当兵是为的什么？老实告诉你，为发财不如当土匪，为安稳不如仍然在地窖子里爬……老大，你猜……"

"那自然是为做官？"大有灵机一动，觉得这句话来得凑巧。

"做官自然是对！不然我为什么想法子当小排长？大小总是官，我还管得住几十个兄弟。可是我也另有想头，我放荡惯了，要从此以后认识认识外面的大事，要知道拿枪杆是什么滋味，还有城里人的那些道道。说做官也许是吧，我可是要看看许多热闹，不愿老在乡间干笨活……"

"现在我信你的话了。干笨活，笨呀，什么方法，只得挨着受！你是一个光身，爱怎么就怎么，像我，有老婆孩子，更累人的还得种地吃饭。管你怎么样，不在乡间受……"大有蹙着眉头又向这位知己的邻居诉说他的感慨。

大傻笑了笑，用力看看这位老伙伴的平板厚重的脸道："我一个人的胡混，不干本等，自然不是劝你也脱了蓑衣去给人家站岗。从前我蹲在乡里，屡次同你家二叔与陈老头抬杠。老人家只管说年代不好，大家全来欺负老实人，可是不想法子，白瞪了眼受那些行行子的气！老实说，谁没点血性，我看不惯才向外跑。远处去没得本钱，我又做不了沉活，究竟弄到这里边来！没意思是没意思，咱又不会使昧心钱，好找点出息，我就是爱看看他们这另一行干些什么事！几个月来……多哩，说出来要气死你这直性人！可是大家看惯了，谁说不应该那便是头等傻子……"

大有不知这位来客要说什么话，听他先发了一段空空的议论，自己却摸不着头脑，便呆笑道：

"我想你一进城来换换名字才对，应该叫机灵鬼！"

"笑话，傻的傻到底，土头土脑任怎么办都难改过来……现在我告诉你一个人，小葵，你该记得那孩子吧？"

"是啊，春间在村子里我像是见过他一面，以后就没听陈老头说起他来。"

"这小人真有他的本领！怪，城里现在办什么事少不了他！这一个委员，那一份差事，他眼活、手活，也挤到绅士的行里给人家跑腿，当经纪，人事不干……他不说到乡下办学堂？屁话！从城里领一份钱，捐大家的款，除掉挂了牌子不是连个教员也没有请？哼！连他老爹都不敢得罪他。他满城里跑，大衙门小衙门，都有他一份，你猜他现在有多少钱……"

他明知这一问是大有说不出答语的，稍停一停，接着道：

"少说他现在也有一万八千。春天才用别人的名字买了房子，城边的上好地二十多亩，这是哪里来的钱？这小子也真会来，哪位绅士老爷他都说得上话，什么事他也可以参与一份。军队里来往的更熟，就是警备队的大队长——我那上司——同他是拜把子的兄弟，打起牌来往往是二十块的二四……啊！这个说法你不明白，就得说每场输赢总有他妈的一二百块。你想想一二百块这是多少，他就干，请一次客要花三十块，听说过吗？"

大有被他口述的这些数目字弄糊涂了，打牌他不懂，只知是大输赢。三十块大洋请一回客，吃什么？他想象不出，只好伸伸舌头听大傻继续说：

"这城里别的事不行，吃喝是顶讲究，据人家说比起外头来局面还大。三天五天有一回，真吃什么，咱还知道！钱呢，是这样花。小葵也是一份家伙，老大，你想想现在还成个世界？"

大有呆呆地听，同时幻想小葵是从哪里学来的"点铁成金"的故事上的仙方。

"话又说回来，老头子在乡下办事怎样作难，他一概不管，还向人说他是不能为了私家，耽误了公事！不久他又可以发财了！你大约还没听说，县上已经开过会又要钱，叫作讨赤捐。"

"讨吃捐，怎么的，吃还要捐？"

"难怪你不明白，就是我现在也才知道这两个字怎么讲。说是省城里督办近来在南边与赤党开火，没有军饷，要大家捐，可不叫作预征。数目大哩，一两地丁要二十多块现洋，票子都不行。公事来了，急得很，十天之内就得解款！"

"赤党是大杆的土匪？二十多块？"听了奇异的新闻，使这新受伤的勇士着实激动。

"不，土匪是土匪，这却是干党的干的事，他们可说是赤党——就是红党。谁懂得这些新奇的事？据传说他们是公妻，共产……"

"更怪！我真是乡下人，公妻？共产？"

"那才是谣言呢！老婆充公，你的产业是我的，我的也是你的，叫作共产。你说这新鲜不新鲜？"

"哪有这回事？老婆成了大家的东西，那不大乱了宗？共产？也许有这么办的。"大有不很相信这位新军官的怪话，同时他却记起了蓬梳着乱发的妻，她的活计，她的身体，还有从她身上分出来的孩子，他不知怎的觉得全身微微地颤动。

"这些怪事在城里的也不见得说得清，然而因此要钱可是真而又真！大约陈老头又得跑起来。"

"怎么外头又打仗？"

"打了一年多呢！我近来也学着看小报，借着将小时学的字扩充扩充，只能看白话报，咱们队里有一份。我看不了的报还有个书记先生，他也是学堂出身，什么都能看，所以知道了很多的事。不必尽着说，说你也不懂，例如广东军打到了湖北，南京孙军现在江北硬撑，革命党等等的事……"

"真够麻烦，单是记记人名和地名就得好好用心！"

大有如听天书似的，他想不到那些更远的地方，更多的人物，更怪的一些事。但是他可明白，外头的世界一定有许多许多自己想不到也不能了解的事。这些他暂可不管，唯有那讨赤捐又要临到身上，又是弄钱，他知道自己家里现在连一块大洋也搜不出来。

望望天，还是那样淡淡地阴着，像是离下雨还早。

他忘记了自己是在病中，忘记了在身旁高谈阔论的这位军官，他纷乱地想着苗子地里的焦枯，想到每晚上赤红的落日，这要怎样可以变成一个个的银圆落在自己的手中？

"唉！别要发痴！真是咱们乡下人，一听纳钱就什么事都忘了。你瞧，城里那些终天办官事的谁不是很高兴地办新差。虽然向人提起也像会蹙蹙眉毛，人家为什么不开心哩？我说老大，你别老向木头心眼儿里钻，别忘了咱今年开头在西陵上说的话，把精神打起来！你愁死难道还有人给你树碑不成？混到哪一时说哪一时。横竖你不过有几亩自耕自种的地，好人家比你多哩！再一说，咱也要另找点路子走，难道真要坐在家里等屋压？年轻力壮，你能与土匪打仗，这就不用说了，往后还怕什么？"

他说着大声纵笑起来。

大有多少有点明白这位军官邻居的宽心话，没有别的可说，他问明了他的队伍的住处，预备好了腿伤后去找他痛快地玩玩。

大傻又同他说了许多城中的新闻，末后他吸着香烟很兴奋地走去。

十二

六天的拘束，几乎把一个活力充足的大有在这所小医院中闷坏了。这时他从这所旧房子与大傻，还有穿粗夏布长衫的祝先生——他是城里驻军的书记先生——一同走出，沿着城墙根往南去。他看着阴沉沉的天空与高大的生长着荆棘、小树的土墙，以及那矗立的城楼。他觉得自由活动的兴趣比什么都要紧，而城墙外的宽广的田野更引动他的怀念。虽不是极大的县城，有的是石街、瓦房，城门洞里来回的水车，店铺，与叫卖食物的小摊，肩挑的负贩，还有一群群的小学生，穿长衫的人到处可以碰到。他随着腰围皮带的这个军人与像是斯文的书记一路走，不免对自己的短衣身影多看几眼。乡下人对事畏缩的意识不自觉地带出。但在街道上来往的一切人，就是那些一样是穿着短衣的小贩，推水的车夫，却全是毫不在乎地动作着，他们也为生活的争存，在许多穿华丽干净衣装的人面前流汗，红着脸，或者高声叫着让道，甚至为一个铜子与顾主争吵多时。那些为公务为私事的绅士根本上看不起这些群众，然而生活却逼得他们没有闲心思顾到什么体面，在这一点上，大有虽同着这两位伙伴沿着靠城墙的路走去，可感到两只手空空的怎么也不得劲儿。全身十分疲懒，提不起在田野中下力和与敌人开火时的精神。

转过几条小巷，到了南北的热闹大街，在大有的记忆里这颇生疏的大街不是以前的景象了。他有两年多没进城，因为纳粮有人代办。卖柴草、粜粮食，可以就近往镇上去，所以城中的生活他是不熟悉的。变得真快，在他心里充满着惊讶。这不过两个年头，而小小的县城的大街上已经满了新开的门面。玻璃窗与洋式的绿油门里面挂着许多光亮而奇异的东西，他一时说不出名目与它们的用途。从前很难找到的饭馆子，现在就他所见到的一条街上有三家。一样的窗中的白桌布，漂亮的瓷器，炉灶前刀勺迸打的一片有韵律的响声，出入的顾客，油光满面腆着肥肚子在门口招呼的大掌柜。还有许多歪戴了军帽，披着怀，喝醉了在街上乱撞的兵士，口里唱着小调与皮黄。而一辆一辆的自行车上坐着些微黄脸色的学生。也有大脚短裙的女子，三三两两在街上闲逛。这一切的现状，纷乱地投掷到这位陌生的乡下农夫的眼中，他无暇思索，只是忙着四处里去搜寻。

"你瞧这多热闹！又不怕土匪，你也该心馋吧？"大傻挺直了腰板在一旁打趣着说。

大有呆笑了笑，摇摇头，他是说不出什么的。

那位穿夏布长衫的青年把草帽扇动一下道：

"奚大哥真是老实好人，你何必打趣他？土匪没有？我看到处都是……"他年轻，像是在学堂里的学生，也像年轻的教师。不大梳理的分发，圆圆的下颏，疏疏的眉毛下却有一对又亮又大的眼睛。虽然也是不很丰腴的面貌，从他的微红皮肤上却可看出他的健壮。他不是本地人，据说是跟着大队长由省城来的，口音并不难懂。

大有认识他才两天，却似乎被他那副郑重明敏的态度征服了。据他所见的人没一个可以同这位外乡客比较的。乡村中的人老实、无能；那些由城中下乡去的滑头少年，以及乡绅人家的少爷，他也见过了一些，可找不出一个这等精神的年轻人。虽然与好说好闹的宋大傻同事，根本上他两个是两种出息——擦枪与弄笔杆。而这位姓祝的对于很浪荡的小排长偏合得来。大有听他为自己说话，正对准了自己的性格，便回过头来。

"老客，你不知道宋排长是咱那边有名的尖嘴子，专会挑人的眼。他现在作弄起我来，这有什么？多早晚我没得吃了，还不一样也向城里来？"

"不，不在乡下干也可以出去，咱们终究得找'出路'！有力气干什么都成，城里边比乡下土匪还厉害。"

"怎么啦？你简直骂苦了城里人。"

"不是骂，骂中什么用？出处不如聚处，有明抢的也有暗夺的，有血淋淋杀人的，可也有抽着气儿偏叫你不死不活地受。强盗并不是一样的……"

"说话仔细些，这可不是在营里扯谈！"大傻机警地四下看看。

祝先生微微笑了笑："怕什么！现在发发议论还不至于砍头，也许有这样的一天？何况这城里的事咱也还知道一些。"

"也还知道？"

"不对？那些绅士老爷、走动衙门的人，他们说是精明得很，对于咱们虽然要支使、叫唤，却也当着师爷恭维着呢！"

大有掺不进话去，然而这位青年人的话却深深印在他的心底。连接着他记起去年杜烈的话，他觉得这位祝先生不单是个聪明的青年。

在县衙门的东首，正当卖柴草的集市中间，一所高大的用青砖砌成的房子，门口有带了枪刺站守的兵士。门里面高悬着红字剪贴的大纱灯。门右首有一方黑字木牌。白粉墙上有不少的盖了朱印的告示，告示下面很多的人都在争着看那些方字。从县衙门的大堂外面起，直挤了一条横街的闲人。这一定是有什么新鲜事！大有看不懂告示上的意思，向祝先生询问，祝与大傻都没说什么。

"想叫你跟着来看一看砍头的事，不预先告诉你，现在你可以明白了！"大傻忍不住地说。

"砍头？倒没见过！又是杀土匪？"

"不见得准是土匪！这是南乡的联庄会上送进来的，不干你们那里的事。团部——这就是团部——与县长商量好，过一会儿就押到西北门外去开刀。"

"几个？"

"五个，连嫌疑犯听说也当真匪一齐办！"

"不明白——准都是土匪？"大有有力地反驳。

"你这老实人！谁来管是真是假，这年头杀人不是家常便饭？省城里整天地干，城门上的告示人家都不高兴看，还有那些黑夜里送他们回老家去的呢。就像你们打土匪，也不能说打的全是坏人。"

"土匪就是坏人！"大有直爽地肯定说。

书记向人丛里挤去，回过头来打量了大有一下道：

"坏人未见得不是好人！许多好人，你敢保不坏？就像我吧。"

大有来不及答话，因为从团部的门口冲出一群武装兵，看热闹的人都乱声吵嚷，有的退下去，有的趁势向上冲挤，有人喊着"囚犯下来了"。大门口的石阶上立时成了人潮，拥上去又退回来。大有与书记都被挤到衙门外的石狮子一边，而大傻却早已被人冲到团部门口去。

"这自然比祈雨会还热闹！"大有心里想。而祝先生的难懂的话也竟然在他心中动荡。自己刚刚不久与土匪开过交手仗，现在他来做看客。

预定在城里多留一天，是为了大傻的招待。其实大有虽是子弹伤刚好，他记念着他的没落雨与血战后的村庄，他不能久蹲在城里做闲人，更过不惯土圈子中的生活。想不到的今天的活剧展现在他的面前。他见过枪弹贯穿人的胸膛、脑盖是怎样的情形，而旁观砍头他还是第一次。群众拥挤着看热闹，以及高傲的灰衣兵士在嬉笑中押解着犯人赴杀场，这都是新的印象！他曾用自己的手将枪弹送到别人的身体里，然而他没有现时的被激动的心绪。那是迫不得已的自救，你死或者我活的急促的时机，与这样从容摆设着的杀人排场确乎不同。

他到底没曾看清犯人的样子——哪知道快被人杀又没有抵抗力的是怎样态度？他也捉摸不着。他老是被人挤在后面，出了那弯黑的门洞之后，前面的大队停止一会儿，大有还是挤不上去。及至出了城关，他终于随着大傻与书记爬上土圩的墙头，占了个居高临下的位置。而囚犯的行刑处就在他们立处的下面。

因为有一副武装，兵士们并不干涉大傻与他的朋友们的看望。

人众围成了一层层的头圈，做成半圆形的枪刺明耀在日光之下，同时卖花生、糖食、香烟与水果的挑担也在外面喊叫他们的生意。这像是一个演剧的广场，人人都像怀着好奇与凑热闹的心来捧场。不惊怖，也不退避！杀人的惯习与历练养成了多少人的异样心情。土圩年久没修理，已经有些坍塌的地方，生长出白茅茸的乱草，到处都是。

四个光头汉子，其中还有个十几岁的，最瘦不过，脱去上衣，他那隆起的肋条与细长污垢的脖颈，分外明显。听不见他们是否在说话。后面有六七个执着明亮的大刀的兵士，其中一个还没得到命令便用刀向瘦脖颈的试了试，回头向他的同伴哈哈一笑，意思是说这个工作一定十分顺利，因为大刀的宽度比起那个脖颈还宽得多。

大有虽然只看见被砍人的后背，并见不到他们在临刑时的面貌变化，然而他觉得这很够了！他没有勇气再去看他们的正面。

恰巧是正午。

大有偶一失足从土圩的缺口处滑下来，他用颤颤的两条腿把自己拖到回家的路上。他的心头时时作恶，仿佛真把那些染过死人的颈血的馒头塞到他的胃口里似的。

他自己不能解释为什么在树林中与土匪开火并不曾那样惊恐。在土圩上见到分离开活人的头颅与尸体，溅出去的血流与有些人的大声喊叫，这一切都将他惊呆了！被大傻取笑诚然应该，自己不是曾用手打杀另一个活的肉体吗？如今在旁观的地位上却又这样畏怯，不中用！

他想着，一路上没有忘记。究竟腿上刚平复的创痕还不得力，到村子时已经快黑天了。

在这六七天中，许多的新经历使他仿佛另变了一个人。酒固然还是想喝，但是他认为日后没有方法是再不能生活下去的！就这一次仅仅避免了破坏全村的战事，死了两个，打掉了一只手的一个，连他都算为保护村子而有成绩的。但这一来便能安居吗？凡在祈雨会的各村又共同出一笔犒劳费送给镇上的队伍，他们除掉报销子弹之外，什么都没损失，反而收到十几只母猪与百多斤好酒。不能贪便宜的是那些农民，忍着饿去弄钱给人家送礼，打伤了人口，雨还没有落下一滴！

果然，讨赤捐的足踪直追着他们没曾放松一步，当了衣物，巢下空，出利钱取款，不出奇，都这么办。大有在这炎旱的夏季，从城里回来，又卖去一亩地，价目自然得分外便宜。

经过秋天，他还有以前的酒债，手头上却不曾有几块钱。

然而这老实热烈的人的心思愈来愈有变化了。

他打定主意，叫聂子随了陈老头的孙子往镇上的学堂里念书。他情愿家中多雇个人收拾庄稼。陈老头不大赞成他这么办，然而有什么可以分辩的？自己的孙子不也是在学堂中读教科书吗？他总以为他的后人还可以学学自己的榜样，所以非多识几个字不行。大有的人得在田地上尽力，识字白费，学不好要毁掉了他这份小产业！总之，陈老头在无形中觉得自己在本村的身份高一些，他原来不愿孩子入学堂，然而看看城中与镇上的绅士人家都花钱叫子弟们这么办，他不能不屈服，而且也怀着希望。他每每看着自己的孙子——他的大儿子从春初就跑走了——便忘了小葵对他的面目。

大有却另怀着一种简单的意见，他没有想着孩子入学堂找新出身，将来可图发迹的野心。因为从这新出身能够像北村李家的少爷们到关东做官，那不是容易的事。他不但是没有这笔大款子供给孩子，而且根本上没敢预想像他这份家当能有做官的资格。至于陈老头的意见，他完全反对。认得字当官差，出力不讨好，是再傻不过的事！

他为什么这样办？

因为他觉得自己对一切事是太糊涂了！世界上的怪事越来越多，

变化一年比一年快，就是他近来见到的、听到的……他不过随着人家混，为什么呢？自己被人簸弄得如掉在鼓里。他从城里回来，更觉得往后的日子大约没得乡下安分的农人过的。为叫后人明白，为想从田地之外另找点吃饭的本事；其实隐藏在心底深处连他自己还不自觉的，是想把孩子变成一个较有力量的人，不至于处处受人欺负！因此在家家忧苦的秋天，他用了卖地余钱，送孩子往镇上去入学堂。

辽远的未来与社会的变迁，他想不到，也不能想。他对于孩子的培植，就像在田地里下了种，无论如何，秋来一定会有收获的！

十三

又到了秋末冬初。

这一季，陈家村困苦惨淡的景象更加厉害，谷子与高粱完全毁于烈日的光威之下。除却从田野中弄来一些干草，所有的农人白费了力气没有结果。豆子开花的时候幸而落了两场小雨，收割时还可在好地里收得三成，可是这半年中他们的支出分外多。催收过的预征与讨赤捐，差不多每一亩里要四块左右。而种种小捐税都在剥削着他们的皮肉，买卖牲畜，挑担出卖果物、席子、落花生，凡是由地里家里出产的东西，运到镇上出卖的都有税。他们不知道为什么要交那么多，经济财用一类名词他们不会解释，唯有看见镇上每逢市集便有不少的收税人员，长衫的，短褂子的，也有穿灰衣服的，十分之九是本处人。他们白瞪着眼打着官腔，口口声声是包办的税务，有公事，不然就拿人押起来。自然，在镇上有武器的人都听他们说。于是虽有些许小利，而老实点的乡下人便不愿意到镇上去做生意。

经过夏秋的苦旱，田野与村子中是一片焦枯，如大火熏过的景象。一行行高大的杨树、榆柳，都早早脱落了干黄的病叶，瘦撑着硬条向天空申诉。田野中用不到多少人的忙碌，更是完全赤裸出来。割过豆子后种麦田的人家也不很多，疏星似的在大地上工作着的农人，疲倦地勉强干活，看不出农家的活动力量。

土匪仍然是如蝗虫般的此起彼伏，然而农民的抵抗力却不及春天了。他们没有余钱预备火药，也没有更大的力量去防守，实在，多数人家是不怕那些人来收拾的。有的是人，他们全拴起来看怎样办吧！这是一般贫民的普遍心理，无所恋守便无所恐怖，一切都不在乎地穷混。

陈家村虽然在夏天表演过一出热闹悲惨的戏剧，除去受了惊恐，多添了两家的孤儿寡妇之外，一切更坏。虽然土匪也知道他们这边的穷苦，并不常来骚扰，他们可也无心做那样严密的守御了。

陈庄长仍然每月中往镇上跑两次，练长那边的事情多得很，几天一回地分传这些小村的老实头领去下什么命令。有一天，这花白胡子的老人又从镇上喘着气跑回来，在他儿子召集大家捐款办学的农场上，他向许多人吩咐赶快，只半天，要预备车辆到镇上听差，县里派着队伍在镇上催押，为的送兵。

听了这突来的消息，大家都互相呆看着，先是不作声，后来有人问了：

"哪里来的兵？多少？往哪里去？"

"多少？你想，这镇上管的村子一共就要二百辆，多少还用提咧！大约要送出二百里以外去，谁知道他们叫到哪个地方住下？"陈老头的声音有些哑了。

谁也不再答话，同时枪托子、皮鞭、皮鞋尖与骂祖宗的种种滋味，都似着落到各人身上。出气力是他们的本等，没敢抱怨，谁叫他们生来没有福气穿得起长衫？然而出气力还要受这样苦的待遇，他们有一样的血肉，在这个时候谁甘心去当兵差！

五辆车子，再少不行！自带牲口和草料。到过午，镇上的保卫团又来送信，办不成晚上就来人拿！

陈老头急得要向大家跪求了，他说他情愿出钱雇人去一辆。在这年代谁情愿？怨天？跑不掉有什么法子可想！到后来好容易凑上两辆，车子有了，人呢？老实的农人们被逼迫得无可奈何，情愿将瘦骨嶙峋的牛马与他们的财产之一的车辆，白送上替他们"赎罪"！可是谁也没有勇气去做推夫。除掉陈老头花钱多，雇了两个年轻人外，还差五六个。时候快近黄昏了，再不去就要误差！晚风凛冽之中，陈老头在农场里急得顿脚，大家纵然对这位老人怀着同情，却没有说话的。

想不到奚大有大声叫着，他首先愿去！谁都想不到，自从去年他这没敢往镇上再去卖菜的老实人，现在有这样的大胆。

"老大，这不是说玩笑话，你真能干？"本来已经出了一头牲口，陈庄长万没想到他真敢去给兵大爷当差。

"别太瞧不起人！你们以为我就不敢见穿灰衣服人的面？我曾打过土匪，也吃过子弹的！"他的话显然是告诉大家，兵大爷纵然厉害，也不过与土匪一样！

大众的精神被他这个自告奋勇的劲头振作起来，下余的几个究竟凑齐。在微暗的苍茫野色中，这衔接的三辆二人推的笨重木车走出村外。

大有在独轮的后面盛草料的竹箩里藏上了一瓶烧酒和几个米饼，还有一把半尺长的尖刀。

刚刚走到镇上，从那些店铺的玻璃灯光中看得见满街的黑影。镇上的空地闲房与大院子里住满了操着各种口音的军队。炮车、机关枪的架子、子弹箱、驴车、土车，也有他们自推的这样独轮车，牲口和行装填塞在巷口与人家的檐下。究竟有多少兵？无从问起。镇上的住户没有一家不在忙着做饭的。

大有第一次见到这么多的军队，又知道这是沿着海边由南方败下来的大军。听他们异样的骂人声口与革命党长革命党短的咒骂话，他明白前些日子城中宋大傻的话有了证实。他与几个同伙找到了办公所，替陈庄长将车辆报到，便听那些人的支配。三辆车子和人都吩咐交与听不清的第几旅的机关枪连。这天晚上他们便随同那些兵士露宿在镇东门里吴家家祠的院里。

不知道什么时候动身？更不知向哪里走？既到了这边，一切只可听他们的皮鞭的指挥，问什么呢！当天晚上还发给了每人三张厚面饼与一个莴苣的咸菜。

吴家家祠是荒落而廓大的一所古旧房子。大有以前记得只到过一次，在二十年前吧，他随着奚二叔过年到镇上来看那些"大家"的画像，香烟缭绕中他曾在朱红的漆门边偷看那大屋子中高高悬挂的怪像。在儿童期的记忆中，这是他最清晰的一件事。足以容纳他那样矮的好多孩子的大屋，已经使他十分惊奇，而北面墙上却是宽的窄的，穿着方补子、黑衣服，红缨帽上有各色顶子的不同的画像：有的瞪着有威棱的大眼，有的捻着银丝似的长胡子，也有的在看书、吃茶、下棋，还有他叫不出那些画中人在干什么玩意儿的画轴。他在一群孩子中从门口爬望了一次。长桌子，丰盛的筵席，各样的盆花，比他的腰还粗的铜炉，与那些时来时去的穿着方补花衣，坐车、骑马的一些"老爷"演剧般的活动。他们都是照例到大屋子来向画像恭恭敬敬地叩头。他那时觉得这些高悬起的神像一定是有说不出的神力与威严，自己甚至于不敢正眼久看。除此以外，这古旧的家祠对他没有留下其他的记忆。仿佛有不少的大树与石头堆，然而已经记不很清了。

在高黑的残秋的星空下，他觉得很奇怪，又到这所大房子里重新做梦。他与同伙们都睡在车辆上，借着刚进来时的灯笼映照，他留心看出这繁盛的吴家家祠也像他们的后人一样，渐渐地成为破落户了！房顶上的情形不知道，从那些倒塌的廊檐与破坏的门窗，以及一群群蝙蝠由屋中飞出的光景上着想，一定是轻易没有人修理，借以保护他们的祖宗的灵魂安居。这一连的兵士纷纷背了干草到正殿中睡觉。大有从破门外向里看，快要倒下来的木阁子上的神牌似乎都很凌乱，灰尘和蛛网失没了它们古旧的庄严。地上的方砖已损失了不少，方桌没有一张是完好的。他从黑影中张望了一会儿，沿着石阶走下来。

宽大的院中满是车辆与器械，大树下拴着不少的牛、马，互相蹴动。推车的乡下人就在这里，幸而地上满生着乱草，厚的地方几乎可做褥垫。不知名的秋虫在四处清切地争啼。大有找到了同村的伙伴，摸着吃过晚饭，没处找开水，他们只好忍着干渴。

正殿上摇曳的火光中间杂着异乡人的大声笑语，不知他们从哪里弄来的酒，互相争喝，猜拳打闹的声音不住。他们像是到处都快乐的！虽然从远方沿着旱道败下来，仍然有这么好的兴致。大有惭愧自己太固执了！他想：怪不得大傻乐于当兵，当兵的生活原来有想不到的趣味，同时，几个左近村庄的车夫也低声谈着他们的事。

"到底什么时候动身？把咱们早早地弄在一处，说不上半夜里就走？"受了陈老头的雇钱的萧达子咳嗽着说。

"管什么！你才不必发愁，你又不推，只管牵牛不出力气。陈老头这份钱算是你使的顶上算！"二十多岁的徐利不高兴地答道。

"别顶嘴！出力不出力，咱总算一伙儿。这趟差说不定谁死谁活，谁也猜不准！我那会儿听见连长说明天要赶一百里地住宿，当然不明天就得走……一共从镇上要了一百几十辆的二把手，套车，牲口不算，听说军队还有从西路向北去的，大约总有四五万。"另一个村子的推夫说。

"哪里下来的这么多？"有人问。

"真蠢！到镇上半天你难道没听见说这是由海州那面败下来的？"

"这一来，经过的地方吃不了兜着走！"

"说话也像说的！"那个颇伶俐的人把这个冒失问话的推了一把，"瞧着吧，谁叫咱这里是大道？躲避不了，跟着干就是了！"

正殿中一片乱杂的谑笑，哪个曾来注意这一群像牲畜似的推夫！大门上早已站了双岗，不怕他们偷跑。既然勉强来当差的这些农人，现在没有跑走的想头，便设想到一个大地方，有了替代他们的另一伙，自然可以早早赶回来。不过有些送过兵差的经验的却不那么乐观。

无论明日如何，当前的瞌睡不允许他们这些卖力气的叹息、谈话。唯有大有在这样的环境中犯了他的不眠旧病。天气太凉，几个人同卧地上、车子上，搭盖一床破棉被，愈睡不宁，愈觉得瑟缩。高墙外面现在已经没了那些人语争吵与杂乱的足音，一切都归于静寂。人太多了，巷子中的狗也不像平时的狂吠。正殿上的兵士大都在梦中去缓解他们的疲劳，妄想着战胜的快乐，只有一盏灯光惨淡地从没了糊纸的窗格射出。四围有的是呻吟与鼾齁的睡声。他仰首向太空中看去，清切切的银河如堆着许多薄层棉絮，几个星星在上面映着眼看人，偶然来一颗流星，像萤光斜落下去，消没在黑暗之中。身旁的大百合树叶子还没落尽，飘坠下的小扇形叶喊喊作响。夜的秋乐高低断续，不疲倦地连奏。大有虽是一个质朴的粗人，置身在这么清寂的境界，望着大屋上瓦做的怪兽暗影，也不免有点心动。

本来是激于一时的义愤，而且要自己吃苦，多历练历练这样的生活，也可以洗洗从去冬以来的诨号，所以自荐来当兵差。自夏天与土匪开火后，他已胆大了许多。城里的游览与种种刺激，使他渐渐对于什么都有可以放胆去做的心思。他看见握枪与全身武装的人，纵然时时提起他的旧恨，却没有什么畏惧。而现在是为另一份大兵当推夫，原来给他侮辱的那一队早已开走。

对于毒恶的人们，他现在要正看他们的横行，并不怯阵。不过在这样阴森森的古庙般的大院子中，他反而有点空虚的畏怖。虽有天上的温柔的光辉，终敌不过这人间暗夜的森严。

仿佛有几颗咬牙瞪眼的血头在草地上乱滚，院子东北角上有几点发蓝的闪光，他觉得那许是鬼火。大树的长枝也像一只巨大胳膊，预备把他的身体拿去。他惊得差点跳起来。从别人的腋下拉拉被头蒙住眼睛，心头上还是有些跃动。

第二天，从挂上纸糊的灯笼时摸着路走，子弹箱装满了车子，有时还得轮流着上去两个老总。沉重的铅、铁，比起柔软的农作物下坠得多。大有情愿卖力，他推着后把；车子是一辆一辆地紧接着，他不能往后看，也来不及向前张望。乡道上是多深的泥辙，两只脚不知高低地硬往前闯，紧追着前把。两条用惯了筋力的臂膊端平车把，肩头

101

上的绊绳虽只寸半宽，往皮肉中下陷的重力却仿佛一条钢板。他与许多不认识的同伙走的一条道路，担负着同一的命运。从天未亮时趱行这不知所止的长道。他们想什么呢？都小心提防着，尽力推动他们的轮子，任谁也来不及在这样时间中里做厉害的打算！

总之，他们的许多车子与许多同伙正连成一条线，成了一个活动有力的有机体，在旷野中寻求他们的归宿！

自然，在周围监视着他们、逼迫着他们的又是一些同伙，那些人认为天下是由混打来的。穿起二尺半，受着战争的鞭打，在担负着另一种的命运，显然与他们不同！

初走起来都还抖着新生的精神，在难于行动的路上盲目似的向前赶。兵士们也是蒙眬着眼睛，有的还认不清本营或本连的车子在前在后。及至曙光由东方的冷白的雾气中腾跃出来，大地上分清了各种物体的形象，那些穿破衣带鞋绊的兵士便有点不容易对付了。

有的叱骂着推夫们走得太慢，有的又嫌牲畜瘦得不像样子，有的抱怨天气冷得早，而大多数是咒骂着现在清闲没有战事。败，他们不忌讳，然而不承认是真败。为什么打仗？谁也说不出，他们以为开火便是应该的事；只要打，总比败下来闲着好。至于败得容易或者死伤，在那些神气明明像不值一打的疲劳的汉子的心里满不在意。大多数已经从无意义的苦战中产生了不与寻常人一样的心思。为的他们上官的命令，拖着疲弱的腿，从福建拖到江南，从江南一路流着血汗又拖到这个苦地方来。他们还不知道怎样解决他们的生命，他们还没找到怎样恢复自己的精神的方法，他们急切还没有铁一般的自己的组织，他们却将说不出的怨气向没有武装的人民身上发泄。

的确，他们也是每天在疲劳中强自挣扎。凉风清露的早上，好些人都穿上夹衣了，都会中行乐的男女该披上呢绒的时候，他们还是那一身又破又脏的单军衣，领子斜下，袖口上缺了一片，有的连裹腿都不完全，鞋子更不一律：皮靴、红帆布鞋、青布鞋，有的还穿着草履。泥土与飞尘包住他们的皮肤，黄黑中杂以灰色，映着闪闪的刺刀光亮，如从地狱中逃出的一群罪犯。就是那些驰驱在血泊里的战马，在这平安空阔的田野中也显出瘦削无力的体态。他们的腿仿佛是些骨架，尽力地用，尽力地驱迫着它们，走过平原，越过山岭，穿行在森林中间，泥、水、石块，都得拼命地向前踏试。其实这些兵士的头脑也像从别人那里买来的一样，戴在他们的肩上，却对它们似是什么责任也负不起。

大有与同伙们随从的这一连兵士，还较为整齐。因为他们的武器全都装在车子上，除掉有些人扛着几十支步枪，还有连长挂的手枪，别人可以空着手走。可是他们还有鞭子，木条子在手上时时挥动，如驱羊群一样监视着这些喘粗气落汗滴的推夫。究竟是比较别队的兵安逸些，自然也减了不少火气。大声骂及祖宗的后，只得挨着听，可是实行鞭打足踢的时候还少。这些奴隶般的推夫都在不幸中暗自庆慰这一时的好运气！

好容易推出了一段泥辙，走上平整官道。太阳已在这个长行列的人群中散布着温暖的明光。大有近来不常推车，推了两个钟头已经把青布夹袄完全湿透。及至走上大道，骤然觉得轻松，两肩上的"钢板"似乎也减轻了分量。他这时才能够向四处望望，并且探查他的"主人"们的态度。

往北走，便可看见远远的山峰在朝日下有片淡蓝浮光罩在上面。永久的沉默中似乎贮存着一种伟大的力量，向这群互相敌视的人类俯瞰！脱叶的疏林向上伸着一无所有的空枝，像要从无碍无拘的天空中拿到什么，瘦硬的样子显露出它们不屈的精神。郊野全露出剥去了表皮的胸膛，无边际地展扩开，像微微喘动它那郁苦的呼吸。多少枯蓬碎叶在这片凋残的地衣上挣扎着零落的生命。大有没有诗人的习感，对于这些现象一点凄清感叹的怀想。从闷苦的暗夜好容易挨到能以正看清明光景的时候，反觉得有说不出的欢喜！两膀下骤添了实力，虽然是受他人驱迫、呵斥，他仍然消灭不了他在郊野中出力的兴致。他看看那红眼灰脸的武装人们，脚步都懒得向上抬的神气，有点瞧不起！

他想，如果将这些只是够威吓乡下人的武器扛在他与他的伙伴们身上，要好得多！自从夏季祈雨会的血战以后，他渐渐把以前怕大兵的心情换成一种蔑视。他们只知图快活与装老虎的做作，暴露出他们的怯懦。现在有这样的机会，亲眼见到从远方脱逃的大队的情形，他觉得自己有点骄傲。

"他妈的！这些地方真不开眼！昨儿我拿了一包碎银子首饰到一家杂货店里，只换两头光洋。那个年轻的伙计死也不肯留下，一口咬定没有钱！混账！管他的，我终竟向他多要了两包点心。"

车子旁的一个兵同别一个的谈话，引起了大有的注意。

"嘁！老标，你真不行！如果是我，给他妈的两枪把子，准保会弄出钱来。你知道这些人多刁？他怕留下银子，我们再去要。狠心的东西！全不想想我们弄点彩头也是从死人堆里扒出来的！好歹这点便宜都不给，难道一包银子首饰只值两块大洋？"这个粗声汉子的口音像是江北人，大有从前往南海贩鱼的时候曾听过这样口音的鱼贩子说过话。

"老百姓也有老百姓的傻心眼儿，别净说人家的不是！前三天忘记是到了什么集镇，五十八团的一个兄弟牵了一头牝马向一家庄稼人家送，只要五块大洋。那个人贪便宜就照办，可是叫别一位知道了，去过第二次，说这是军队上的牲畜，他私自留下，非拉他去不可……又是五块完事。你猜，住了一天，听说就去过四次人。末后，这个庄稼人一共花了二十多块才了结……老百姓怎么不怕？"

这个黄脸兵似乎还为老百姓争点理，大有不禁歪着头向他狠看了一眼。

"猫哭耗子的话，亏你好意思说得出。横竖还不是那回事。我们从福建窜到这里，谁不是父母爹娘养的？这份苦又谁不记得？记他妈的一辈子！拼了命为的什么？老实说，官，还有穷当兵往上升的？扛枪杆，站岗，掘战壕，永远是一个花样。碰运气不定多会儿挂了彩，半死不活地丢在荒野里，狗都可以一口咬死！兄弟，你说我们图的哪一条？不打仗没活干，打起来却令人死也不明白。为什么？自然，这根本上就不是我们应该问的。命令，命令！还有说得中听的军人纪律！什么？那些做官的终归得要你的命……难道这份穷命一个大子儿也不值？老百姓与我们，弄到现在成了两路上的人，其实我们有几个不是老百姓出身？还有什么不知道？可是干什么说什么！我们连命都保不住，饷，他妈的没的发！衣服冷热这一套！打死还不及拍杀一个苍蝇！怎么？我们光光地拿出好心眼儿来做善人？人家都骂当兵的没有好东西，强抢，骗人，奸盗……可没有给他们想！不错呀，人一样是血肉做成的，谁愿意做坏人？自己连人也算不上，管他好坏！"

初时高喊老标的这个大黑脸，睽眼睛的高个儿，他毫不顾忌地高声反驳着黄脸兵的话。在前面散开走的他的同连兵都回过头来直瞧着笑，那些推夫只有静静地听。

"对呀！做一日和尚撞一日钟。哪天咱得安安稳稳地当老百姓，也是那一派！"

"老黑真带劲，干就像干的，做一点好事也不能不入枉死城！"

"饿着肚子，拿着性命开玩笑，难道就只为那一月的几块钱？人家得到好处的怎么尽力地搂咧！"

应和着这有力的反驳议论的人很多，那黄脸的兵带着凄惶的颜色慢慢地道：

"兄弟们只顾口快。前两个月我接到家里一封信，真见鬼！像是从天上掉下来的。幸亏在上海邮局的一个亲戚，设了许多法子方才递到。你们猜，我们老乡在这连里的并不少，好！我家还住在城里，被××军的×旅冲进去，又没曾开火，可收拾得干干净净。一个去年娶过门的小兄弟媳妇，被那些狗养的活活奸死！这是什么事！"

"怪不得你说，敢保咱这里兄弟们不干这一出把戏？过了江的那种情形，无法无天，什么干不出来！你太小气，干脆不管，权当咱是出了家！"另一个兵士苦笑着这样说，其实从他的居心强硬的口吻中听来，他心里也有他自己的苦痛！

"你还算福气！其实白费。不是出家，我们直截了当是'出了的人'！家，连想也不必想，谁敢保人家不抢、不奸，不拴起家里的人来活受！想就当得了？怎么，修行？该死的还得死，罪一样受！"

黑脸高个儿虽是这么说，他的愣愣的眼睛里也有点晕痕。

大有的车子正推在这几位高谈的兵士中间，他们的话与种种神气都可以看得到、听得清。他是头一次能够听到当兄弟们的心腹话，同时他对于平日很仇视的他们也明白了许多，知道他们也一样是在苦难中乱踏着走的人！

连接着没曾歇足地走了三天。每到一处照例是纷乱得不可形容，食物、牲畜、干草、用具，随在是争着抢、争着拿。经过更穷苦的村庄，住在农人们的黑魆魆的屋子里，女人多数早已避去，连壮健的青年也不容易见到，都是一些老人，用瘦削的皮骨等待着他们的马鞭、枪托的撞打。他们虽然强迫找牛、马、人夫，费尽了力气，没有什么效果。因为愈走愈是一带旱干很重的地方，农人们夏天的粮粒早已无存，再向哪里去弄很多的食物供给这群饿兵。因此从陈家村左近来的许多人夫——还有从几百里外来的人夫，就这样一天天挨下去，出卖着筋力，甚至饭都没的吃。

兵士们的焦躁、暴怒与推夫们的疲苦、忧愁，在这段荒凉的大道中，形成精神上的对立，而又是彼此没有方法可以解决的困难。那些骑马的高级军官尽管假充威严发着种种命令，然而弟兄们的冷嘲热骂与抵抗的态度，他们只好装作不曾听见。兵士的愤怒无所发泄，便向推夫们出劲。

冷饿、骂詈与足踢、鞭打的滋味，渐渐地使他们每一个都尝到了。萧达子本来是痨病鬼的一副骨架，在车子前头叱扶着那头缺少喂养的瘦牛，三天的辛苦引起他的咳嗽，呛咳的室闷声音与瘦牛的肋骨中一起一伏的喘声互相和答。还不时被旁边的兵士瞪大眼睛怒骂他不赶着牲畜快走。他的破对襟布夹短袄，没了对扣，黄豆大的汗珠由胸前滴到热土里去。他的光脚原来有很厚的皮层，可也经不起在石子路上与深深的泥辙中的磨裂。第三天的下午，他简直走一步有一片血印。没有任何东西可以包扎，只能忍着痛苦往前走，好在经过一段尘土多的道路，裂口的足皮便被细土盖住，直到走在干硬的地上又透出血迹。与大有推一辆车的徐利是陈家村中顶不服气的汉子，年纪小的时候与宋大傻是淘气的一对。上次与土匪作战，他在村子里一个人放步枪打接应。平时可以扛得起三百斤重的粮袋，这几天来做了大有的前把，担负着差不多将近千斤重的子弹箱与兵士们的行装、食物。他在前面挽起车把，纵然少吃一顿窝窝头，还能不吃力地往前拉。因此这力大的农人得到兄弟们的赞许，连带着后把的大有也少受他们的鞭打。不过大有却早已觉得胯骨的酸痛，臂膊上的筋时时颤动。

这一晚上他们宿在一个小县城的关外。

从这一路来的军队也有五千多人，那些马蹄蹴踏着飞尘，炮车轮子响着砰轰的声音冲入县城。方圆不过三里地的城中，即使搬出一半人家还容纳不下，纷乱了两个钟头，究竟退出一千多人到东关露宿，大有与他的同伙也被分派到东关的空场里。

一天的疲乏渐渐使许多推夫感到没有剩余的一点力量了！只吃了一顿粗米饭，空着肚腹直走了将近一百里地，他们的脊骨都似压折，每个人的腿如果不是被车子的动力带起来，马上会委倒在田野里。一听说叫他们卸了绊绳休息，即时有许多人横直地躺满了空场。

一点灯火看不见，近处的村庄与穷苦人家早已防备着兵士的进攻，一盏灯也不点。从暗中可以隐约地辨出那倾斜的城门楼子与城墙下的一行大树。城中的人声与调队的号声乱成一片，上浮空际，吹送到饥疲交加的推夫的耳里。他们这时什么都不想，有食物也不能即时下咽，人人渴望睡眠。风吹露冷的难过，他们并没想，他们的身体也同载重的木车一样，被人推放到哪里就是哪里。监守着这一群二百多推夫的兵士，只有几十个人。谁愿意在这样清冷的夜里与牲畜一同受罪，况且兵士们的两条腿一样是早已站立不稳。在星光下面，他们大多数也靠近车子躺下来，由假寐以至酣眠。

约莫过了两个小时，才由城里送来了不多的高粱饼子，几乎是用沙土做成的饼馅儿。合起来每人可分半个……谁都想不起吃，食欲像从大家的胃口中滑走了一样。一会儿，忽然从石街上跑来了两个骑兵向监守兵传令，要三点钟就动身，明天晚上一定赶到城，一百二十里的长路。

困卧的兵士们哼也不哼一声，只有一个排长答应着，算是接了命令。

两匹马嘚嘚的蹄声又奔回城里去。

"妈的！没有心肝五脏的长官，只会发这样的鸟令！"

"走？他用不到腿，老子可是没有马骑！"

"不知势头，多早晚也得把这些行行子弄来尝尝咱的劲！"

没有完全睡好的兵士们大声乱骂，他们的小头领却逛到另一边去了。

大有与没沉睡的、忍不住饥饿强咬着粗饼的同伙都听见了，谁也没有话说，然而谁的愤怒也在心中向上高涨着。沉默着，心意的反抗的联合，不用言语，都体会得到。何况单独是他们在城外，机会——这几天中谁也到处找恢复自由的机会！天晓得要把他们带到哪里去！沿道上已经没有多少车辆可拿，即便拿得来，也未必放手！

极度的苦痛使他们忘了车子、牲畜的处置，他们蕴藏着的脱逃的心意正在从一个心黏合到别一个的心里。

恰好从晚上吹起的西北风，把已经睡熟的从沉重的梦中吹醒。那些兵士们在车旁盖着毯子，还有夺来的棉被，抵抗着大野中的寒冷，没想到他们的"奴隶"能够趁这个时机要一齐争回自由！除掉倚着枯树算是守夜的两个之外，推夫很容易不用动手便可走去。大有首先与徐利打着耳语，他并且从簸箩里摸出那把谁也不曾知道的尖刀。

互相推动，不须言说的方法，所有的"奴隶"都在朦胧中等待着。

徐利与大有先立起来，守住了倚着树根做梦的两个兵士，一个"走"字由大有的口中低声喊出，一群黑影从四围中向南去的小路上奔去；不用催促，他们用很快的脚步飞奔。两个兵在无意识中转动身子，即时大有与徐利将他们抱在胸前的步枪夺过来，将刺刀对准了他们的咽喉。

这两个疲倦过度的军人勉强睁开眼看见这奇异的景象，还以为遇到了敌人的夜袭，黑暗中两把锋利的尖刀在眼前闪晃，习惯的威吓使他们很机灵地闭了口，瞪着眼，似在求饶。

约莫他们的同伙跑出了半里路后，大有与徐利每人一个，牵住这两个失了武器的大兵的破衣领往前走，刺刀的尖锋仍在他们的面前。

要报复的沉着精神，与恐怖的心理相对照。这突来的袭击，使两个大兵现在变成这一群农夫的俘虏了。

拖着走了一大段路，被俘的并不曾认清敌人的面貌。走到深深的两道土沟的脊路上，大有哼了一声"走"，还是那个有力的口吻，由土崖上面用力一推，手中的俘囚便滑下沟去，那一个刚刚"啊哟"着，前边的徐利照样办。

"叫吗？就给你几枪！"大有还向沟底下喊，其实他即时把夺来的步枪往左边的沟里抛去。

"怎么不带了去？"徐利似乎还不舍得这样精美的武器。

"去他妈的！丢到左面去，这两个小子摸不到。"

徐利顺手也将武器从脚底下蹴去。

这来时的小路他们早早记清了，满野吹啸着东北风，他们顺风加紧脚力，赶上了先行的同伙。

十四

这一年冬季虽幸而没再出兵差，但接连着夏秋间的种种预征，讨赤捐，地方上的附税，使大有又得出卖地亩，现在所剩下的只有春天与魏二共耕的二亩地了。地不值钱，乡村的人家要不起，也不敢买，只可向镇上或城里有势力的去贱卖，中间又有经纪的折扣，一亩很好的地也不过几十块大洋。大有自从春天以来，对于土地的爱护心早已变了。他打定主意，横竖留不下，这样下去，早净晚净，还不是一个样？况且实在是没处弄钱交捐税，不止他这一家，陈家村每家都是如此。地太少的或者给别人家佃种的，虽然交纳税款少些，却一样是没有生活。很有希望的秋收被空中的烈火烤干了，甚至连别的东西也不能改种。想照从前做点手工活作为种地的补助，做什么呢？一切东西都用不到他们自己制作，棉布、煤油、洋纱、小铁器，一批批地从海口外运到各地去。城里与大集镇有的是批发铺子，由各个小负贩贩到乡村中卖，只要有钱，这许多许多旧日的农村用不到农人拙笨的手去制造什么用品。制造出来又贵又费力，谁也不愿意用。所以一到冬天，这些穷苦的乡民除去拿枪看守之外，任何事没的可做。大有本来是老实的，自从经过一些事变，使他渐渐明白了自己周围的状况与将来没出息的苦闷。他对付兵匪的能力，很奇怪地日日增长。于是在村中他渐渐被人倾服。从前嘲笑他不会卖菜，被灰兔子打耳刮子的话再没人提起。从单锋脊偷营的战功以后，他在这几个村中变成了仅亚于陈庄长的人物，拼命的大有自己也不明白怎么从夏天来变成了周身是胆的"英雄"。

自从他首先倡议与百多个推夫从那个县城外开夜差回来之后，过度的疲劳与奔跑，虽然得到许多农村人的称赞，在十月中旬他可大病一场。寒热间作，夜里说着令人不懂的呓语，吃着医生的苦药没见速效。他的妻很小心周到地伺候病人，把为孩子及全家赶做棉衣的工作也耽误过去。

在病中，他每夜做着噩梦，仿佛是常常与许多人争斗：拳头、尖刀、火枪，爬过山岭与平原，尽力地同不知的敌人拼命，为了什么当然不很明白，然而他在梦中是真实地用力争打，并不是虚空地喊叫。他的妻在冒黑焰的煤油灯下看着他握拳咬牙的怪样，往往在第二天抹着眼泪向人诉说，一定是遇到了什么邪祟。虽然也请过巫婆，烧过纸钱，但并不见有减轻病人怪状的力量。直到吃过医生的重量发汗药之后才略略好些。

正当大有卧在土炕上大病的一个月内，这乡村中也闹着一种神怪的新闻。不知从哪里来的一个游方和尚到镇上去化缘，保卫团丁为了驱逐闲人起见，并没容许这一件僧衣一个小包裹的和尚多留。然而只有一天的工夫，却给了乡间的农民一阵绝大的恐怖！据说这个和尚曾在镇上北门里的一个自己做零活的木匠家里治过病，用火灸的法子把木匠老婆的胃气疼治好。因此，在那一家的殷勤款待时，他好意留下了一张画符子的长篇字纸，他说：现在应该又到了一个很大的劫运，从下年起，十几年内不复太平，怎样尸骨填河，死人遍野，又怎样有水、火、疫疠、刀兵的种种灾难，没有善行的，与不早早求保护的人非死即病！总之，是任管如何逃不出这场劫难。他叫木匠与他的全家都要一天画符子，烧着吃，又要每天诚心念佛多少遍，方可修行得日后在那洪水般的大灾中得到解脱。那诚笃的木匠自然是安心相信，况且和尚也说过，像夏天的旱灾便是那未来患难的第一次，是向许多人警戒的先声。更有传说是和尚刚出木匠的门口便不见了！这样的新闻流行得异常迅速，不到两天，凡是围着这个大镇十几里以外的乡村都知道了。那位都不认识的神仙似的和尚留下了符子与字纸，大家都彼此传抄着看，忙坏了一些识字的小学生、杂货店里的小伙计以及乡村中能写得上字的老先生。陈家村隔镇上更近，自然是个很适于宣传这样新闻的区域，于是差不多每户人家都在争抄，或求着别人传抄这样的符箓。

在失望的农民心中，这突来的恐怖预报很容易激发他们的直感，何况还附有救济的方法。即使无效，他们在无所希望里也想去试试。每年此时是正忙着收割豆子的时候，现在却都忙于传说这件新闻，并且把那个和尚点缀上不少的奇迹。他的指尖上能够生火，他的小包裹中一定有不少的法宝，也许是济颠的化身，不就是佛爷那里来的差遣。近几年来的种种压迫和荒旱，都在乡村中流行过，大家都知道每一个夜里提枪的生活，都见过满道上逃难的景象，这份预言在人人的想象中并不觉得说得过度。谁都在等待着不久的未来的变化，谁也明白现时不是太平世界了！什么怪事没有！他们像蒙在鼓里不得安眠，也不能了解这空空的大鼓要如何破法。然而不能安稳与没过法的思想，恰像这传抄的符箓一样，存在于每个人的心中！

大有刚刚出过两场大汗，在炕上可以坐起来的一天，他的妻正在外间的白木桌子上看着叫聂子学画符箓。去镇上的小学不到一学期，幸亏他早已在陈庄长的私塾中附过学，所以还会写字。这时在屋子的淡弱阳光下画符子当然还画得出。

经过妻的解释之后，大有便要符子的抄样看看。

"诚心的事，你要洗洗手去拿。"妻热诚地说。

"什么？我这两只手又没杀人，怎么脏的？"大有无力地瞪了瞪眼，却立刻想起了在城墙上曾看过的杀人的印象，又联想到在龙火庙前自己的枪法。

"也许曾打死过人吧！"这一转念还没完，妻已经把白木桌上的符样双手送过来。

大有略略迟疑地接过来："如果真没曾打死人……"他想着，粗大的手指在空中抖擞起来。

一张黄表纸上有许多歪歪扭扭的方形字块，到后面才是那两道符箓。大有骤看见这朱红色的画符也觉得奇怪，有一些圈，重叠的横画，一个字有多长，这些字形中包藏着什么"天机"？他随手又递给妻。

"你叫聂子抄过几张？"

"说是抄十张就可免罪！抄下来还要将符子用清水吞下去，——聂子不会写前边那许多字。我叫他只抄符子，先给你喝。"妻一本正经地答复。

"村里都在传抄吗？"

"谁家也忙，可惜会写字的太少了。西边学堂的先生，头一个月才从城里下来的老先生也忙着写，一天大概写得出十多张。不会抄字的只抄符子也可以。有些人像学生一般终天地写……独有陈老头不信！"

"就是庄长老头子？"

"旁的还有第二个？他老人家什么事没经过，独有这件事他向人说起便道是一派妖言。听说连镇上的练长家里的人都吞了朱砂符子，并且用红绸子装起来带在身上，怪不？陈老头子偏不信——人人都说他反常。本来快七十岁了，说不定风里烛的有一天……"

"陈老头子还怎么说？"大有追着问。

"他说：这哪会是正经神道，说不定是来扰乱人心的。他还说在这样的年头就会出这样的事。你记得，这也不必然吧？我小时候曾在龙火庙……那时香火真大，给娘求过胡仙的神药，跪在那里，好好的一包纸里面就有些末子。"大有的妻一面把符子放在桌子上命孩子抄写，一面拾起在炕上的麻线扎成的鞋底做着手工，这样说。

"不错！那一时传的胡三太爷的神事真盛，龙火庙的道士真发过财，得了不少的香钱，到后来不知怎么便消灭了。我明明记得爹还是那香火会的会头——又记起来了，那正是洋鬼子造铁路的第二年。唉！那时候的传说到处都有，说鬼子能勾小孩子的魂；教堂里弄了人去开胸膛，取血配药；T岛那边是个魔窟，请了外国的邪鬼来造路。这才多少年？我小时候听见爹说过，可是后来什么也没了。怕坐铁路上的车的也坐了，入教的仍然入……"

因为符篆的谈话引起了大有的童年记忆，并且把在铁路边推煤时所见的种种光景也联想起来。

他的妻低着黄松的发髻做鞋底，听他高兴地说起旧事，也插嘴道：

"咱年纪不大，遇到这末梢年，见过的光景可不少！一年不是一年，你想，都像这两年的胡混，谁知道等到孩子大了还有的吃没有？"这是这诚恳的女人的"心病"。眼看着家中土地一次次地典卖，钱又是那么容易地拿给人家，丈夫还得与一些不知怎么来的仇人拼命，地没有好法子多出粮食，愈来愈不够交割，好好的一个男人出了一趟兵差，回家就一连病了二十多天，这是多坏的运气！她平常不敢对丈夫提起，现在她说出来，枯涩的眼中包着没有哭出的泪痕。

出乎意料地，大有这次并没发他的老脾气，他搓搓手掌禁不住也叹着气道："女人家怎么也不明白这些事！我还不是糊涂到死，谁知道这几年是什么运气！你明白这坏运气不是咱一家要来的！还有比咱苦的人家你不是没看见，还有那些外县来的逃荒的、卖儿女的、讨饭吃的，一年中总可以有几回。现在咱卖地，吃苦交钱，还能在这里鬼混着住，比上不足，已经比起人家算好了！我明白——不但我明白，再想和头十年一般地过安稳日子，大家都没有这份好命！陈家还不是一样？独有快活了小葵那坏东西！我在城里听人说，什么事他也有份，就是会弄钱，巴结官和大绅士，可怜本是小财主的他那老爹，扶了拐杖到处里跑，受气，妈的，小葵管吗？常言说：儿孙自有儿孙福。罢呀！咱这一辈子还不晓得怎么混过去，想着孩子不是傻？谁没有小孩，到自己顾不得的时候，夫妻还得各奔西东呢！"

妻的哀诉打动了这已近中年的大有的积感，他紧握着破棉被在炕上气急地说着这些话，妻的真情的眼泪却再也忍不住，一滴一滴地流到鞋底上面。

十三岁的男孩在外间的木凳上停了笔向里屋偷看，他的大眼睛瞧瞧像是生气的爹，又瞧瞧似在受委屈的娘……他的弱小心灵中，也像多少明白一点他们是为的什么这样难过。

三间屋子里一时是完全静默了，只有纸窗外的风声扫着院子中的落叶唰唰地响。过了一会儿，大有将紧握的拳头松开道：

"还用难受！挨着——挨着吧！横竖有命！上一回没死在那些贼兵手里，从枪尖底下逃回人来，想还不至于饿死。自从我在镇上遭过事后，我也变了，害怕，愁，想，中么用？瞪着眼瞧那些还没来的光景！干这个不成，改行，卖力气！你不记得陶村的杜烈吗？"

"哎！记起来了，你看我这记性……"妻擦着眼泪说，"前三天刚刚你吃了药发大汗的那天，杜家的妹妹还特意托她那村子中有人回来的便，捎了一点孩子衣料给我。她与我在清明打秋千时认的，大约还

114

因为你与她哥哥有来往……那捎信的人说：杜烈问道你在家好不好。当时我正替你的病担着心，也没来得及问问他妹妹在外边怎么样，只知道也在工厂里做工，一个月有个七块八块？只可惜她娘已经看不见了！"

"一个月有这些？杜烈还得多吧？真比咱在乡间净折腾地过活好！"大有艳羡似的说。

"舍开家可不容易。"

"也得看时候，乡下不能过，又没得好法子，怎么不向外跑？前几年到欧洲去做工的回来不是有的买地，还会说鬼子话。"

"辛苦却不容易受哩！"

"什么辛苦，比挨饿受气还强吧？咱凭么？还不是到处一样卖力气吃饭……"

他的妻这时也将手上的鞋底放下来，牵着麻线想那些未来的不定的事。

外院的板门响了一下，妻刚刚从里间伸出头去。

"大哥这两天该大好了？我本想来看看，恰好陈老头也叫我来哩。"质直的口音，大有在炕上听明白进来的是患难相共的徐利。

徐利的高大躯体进门须弯着半个身子。他披着一件青布破长棉袍，并没扎腰，脸上乌黑，像三天不曾洗过。头发很长，都直竖在头上，到炕前他立住了。

"大有哥，可见你的身子多狼糠，咱一同出的门，我回来睡了两天两宿，什么事也没有，可把你累坏了！穷人生不起病，大约这些日子光药钱也有几块？"

"可不是，徐二弟，秋天卖地下剩了十来块钱，这一回净出来了！"大有的妻在门外答复。

"好！早净了早放心，你可不要嫌我说话不中听。存下干么？还不是一样净？只要留得身子在，怕什么，是不是？大哥……哈哈……"

大有在炕上坐着没动，只是从脸上苦笑了笑，算是答复。

徐利毫不客气地坐在木炕沿上，重新端相着大有的脸。

"人真缠不过病魔，这二十天你瘦得多了。这不好？咱算做对了，好歹的那些东西没回头来追抄。虽然大家丢了不少的车子、骡、马，还回来人！你哪里知道，一听说咱跑回来，陈老头子跑出去藏了七八天，谁不是捏着一把汗？我早打定了主意，管他死活！如果灰兔子们真来找事，跑他妈的，咱也有条命，不是一样出去补名字？几间破屋，无非是烧光了完事，逼着到那一步有什么说的！可是苦了你，这场病把你作践得不轻！妈的！一个月下了二十九天雨，该阴？倒霉的年头，倒霉的运，谁逃得过？别扯了，我今天来看病，也有正经事，老头子昨儿同大家议论了大半天……"

"又是什么事？不是要钱，也是要命！"大有迅速地说。

"哼！头一条猜得不对，妈的！现在又变了法子了，不要钱，你放心，要人！干什么？说是修路。"

"修什么路？又通火车？"

"差不多？要修汽车道。"

"修吧！横竖咱多是坐不起汽车的人，我知道走几十里地要两三块……"大有愤愤地说。

"不是叫咱们修路人家坐车呀！"徐利慢慢地道，"县上有命令，转到镇上，前天夜里火速地召集各村的首事开会。"

"要人？多少钱一天？"

"你别装傻了，花钱？叫咱们卖力气！卖力气，是啊！从北县的丰镇修过来，一百二十里，叫当地人加工赶修，限十天，十天呀！全路完工。哪里没完，哪里受罚！怎么修？自己带干粮，带火，每个村子里每一家都得出人，还有器具，哼！虽然不隆冬数九，地土可已经硬起来，要一镢一镢地掘。这是什么活？谁听说过？慢了得罚。陈老头子就是当差传令，昨儿就为的这件事闹了大半天。"

大有瞪着眼，又骤然受了重大的刺激，说不出话来。原来站在外间的木桌子旁边的大有的妻急着迈进里屋子来道：

“像他这病人还得去？”

“我为什么来的？大嫂子你想怎么办？陈老头子还体贴人情，他首先说过大有还病着怎么又当官差，你家里没有人。可这是大家的事，谁也不愿意去，后来还是老头子出的主意，说不去没法向大家说，找我来同你们说一句，可以出几个钱雇人替……”

徐利的话没说完，大有将破棉被掀开来大声道：

“什么？老头子出的主意倒不差，可惜我现在把卖地的钱全花净了！不去，不去，我偏去！省得叫人家作难！去！去！好不好再闹上一场！”

他一边叫着，汗滴一边从他的额上往下滴，大张着口向外吐气，这显见得是病后虚弱与过度的激动所致。徐利急急地把那条乌黑油脏的被子重新给他盖上，摆摆手道：

“大哥，你别急，老头子真是好意，除此外没法服得众人。抗又抗不了，后天就由城里派监工的人来，拿着册子查……”

“查？谁叫死不了，就得做牛做马！你不必阻挡我，我大有死了也不使陈老头子为难。我非去不行，一个钱我也不花，再回头来请先生治病，那是活该！我看看到底路是怎么个修法！”

他的妻看见丈夫动了真气，不敢说什么，避在板门后用大袖口擦眼泪。徐利这一来也没了主意，不知道用什么话对这位病人解释。

“哼！”大有喘着气道，“横竖是索命，我有病——难道没有病的就容易干？从夏天起，咱哪天不是卖命，还差这一次？什么法子都想到，与穷人拼！”

“凡事总有个商量，你的病才好，别净叫大嫂子发急，你看她擦眼抹泪的！”

“哈哈！妈妈气，中什么用？大嫂，老实说，就是大侄也顾不得。总之，我一个钱没的出，告诉咱那头儿，谢谢他吧！干什么也去！”

徐利没有再可以分辩的话，他知道大有在气头上，任管怎样说得在情在理也是白费。他守着这心理异样的邻人，替他担心！大有的“一杆枪"的脾气，他一向很熟悉。他要打定主意的事，别人怎么劝说万不会使他动摇他的念头。

喝过大有家红色的苦茶以后，徐利再不敢提起修路的事。为了使他平静些，只可在光线暗黑的屋子里同大有夫妇说些闲话。幸而这性急却不是心思缜密的病人，无论什么事一经说过也就不再放在心上。于是农田的经验、粮价的高低、幼小时的故事，都成了他们的谈料。大有在久病后得到这个畅谈的机会，精神上也觉得十分痛快。虽然明后天就要凭着苦身子去修路，然而他只有兴奋，并不忧愁。

院子中的大公鸡喔喔地叫着过午应时的啼声后，太阳渐渐西斜了。徐利起身要走，恰好聂子已将十多张红符子抄完，大有的妻恭恭敬敬地拿到屋里，意思是要大有吞下去。大有蹙蹙眉毛没说话，徐利在旁边笑着道：

"看着大嫂子的好心好意，你也应分吞下去，难道还会伤人？何况你还一定要做'官活'，身子不比从前结实，就来一下吧！"

大有的妻趁他说话的机会，便在大黑碗里将这一沓黄表纸烧成灰，用白水冲开，递到大有的手里。她很小心地望着丈夫的颜色。

"好！就让老利看一回咱的妈妈气！也许吞过符子，高兴不做路倒！"

一口气吞下黑碗中的纸灰，他与徐利呆对着脸，强作苦笑。

十五

初冻的土地用铁器掘下去格外困难。峭冷的西北风从大野中横吹过来，工作的农人们还是多半数没有棉衣。他们凭着坚硬的粗皮肤与冷风抵抗，从清早工作到过午，可巧又是阴天，愈希望阳光的温暖，却愈不容易从阴云中透露出一线光亮。铅凝的空中，树叶子都落尽了，很远很远的绝无遮蔽，只是平地的大道向前弯曲着，有一群低头俯身的苦工干着这样毫无报酬的苦活。沿着早已撒下的白灰线，他们尽力地掘打、平土，挑开流水的路边的小沟，一切全靠你一手我一手的力气。他们用这剩余的血汗为"官家"尽力。三五个监工——穿制服与穿长衫的路员，戴着绒帽，拿着皮鞭，在大道上时时做出得意的神气。

虽然还不十分冷，但在北方十月底的气温中干起活来，已需要时时呵手。黎明时就开始修路，一样的手，在监工路员的大袖子里伸不出来，农民们只能用野中的木柴生起火来烤手。这样，还时时听到"贼骨头""是官差就脱懒"的不高兴的骂声。他们听惯了厉害的声口，看惯了穿长衫的人的颜色，忍耐，忍耐，除此外还没有别的方法可以报复。然而一个个心头上的火焰正如干透了的木柴一样易于燃烧。

数不清的形成一长串的工作者，有中年的男子，有带胡子的老人，还有干轻松活的十几岁的孩子。木棍、扁担、绳、筐、铁镬、各人带的食物篮子，在路旁散放着。他们工作起来听不见什么声音，大家都沉默着，沉默着，低着头与土地拼命！只有一起一落的土块的声响。不过这不是为他们自己耕耘，也不是可以预想将来的收获的，他们是在皮鞭子与威厉的眼光之下忍耐着要发动的热力，让它暂时消化于坚硬的土块之中。至于为什么修路？修路又怎么样？他们是毫不关心的。

路线在头三个月已经画定了，到处打木桩、撒灰线，说是为了省时与省得绕路起见，于是那一条条的灰线，树林子中有，人家的地亩内有，许多坟田中也有。本来不能按着从前的大道修，便有了不少的更改。因此，那些修路员工可有许多事情要办了。暗地的请托，金钱的贿买，听凭那些不值钱的灰线的挪动；忽然从东一片地内移到西一片地内去，忽然扫去了这一家有钱人家的墓地，到另一家的墓地上去。这并不是稀有的事，于是灰线所到的地方便发生不少的纠纷。从三个月前直到现在，还没十分定明路线的界限，而每到一处人们都得小心伺候，谁也提防灰线忽然会落到自己的土地、坟茔之内。有官价，说不是白白占人家的土地，然而那很简单，一律的不到地价少半的虚数，先用了再办，发下钱来也许得在跑汽车的利润有十成收入之后吧？所以，原是为了利便交通的修路，却成了每个乡民一听说就觉头痛的大问题。

有些农民明明知道是自己随着大家去掘毁自己的田地，却仍然闭着口不敢作声。这只是一段也许长度不过两丈初下种的麦田，把加入肥料的土壤掘发出来。明明是秋天已经定好的路线，却让出来，那都是城里或镇上有钱有势力人家的地方，应该是他们家的不敢掘动。所以这一条几十里连接中工作的农民，除了自尽力量之外，还有说不出的愤感压在他们的心头。

大有头一天病后出屋子，便随着陈庄长和徐利跑到村南边的六里地外去做这共同的劳工。他穿了妻给他早早缝下的蓝布棉袍，一顶破猫皮帽子，一根生皮腰带，在许多穿夹衣的农民中他还显得较为齐整。虽然额上不住地冒汗珠，然而他确实还怕冷。劲烈的风头不住地向他的咽喉中往下塞，他时时打着寒战，觉得周身的汗毛孔像浸在冷水里一样。陈老头不做工，笼着袖头不住地向他看，他却强咬着牙根眯也不眯，努力扛起铁器在徐利身旁下手。陈老头从村里带来将近百多人，却老跟在他与徐利的身旁。他不顾及别人的工作，只是十分在意地监视着这个病后的笨汉。徐利究竟乖巧，他老早就知道陈老头小心的意思，并不是专为大有病后的身体，这一生谨慎的老人自从上一次大有带了尖刀，率领着许多推夫从外县里跑回来，他常常发愁。这匹失了性的野马，将来也许闯下难于想象的大祸。他并没有嫌恶大有的心思，然而老实根性使他对于这缺乏经验的汉子忧虑。本来不想叫他出来，没料到仍然使出他的牛性，天还没明，他抖抖身子带了铁器来，非修路不可！这些事徐利是完全明白的。

大有自己也觉得奇怪，出力的劳动之后，他觉得比起坐在土炕上仰看屋梁还适意得多。经过初下手时的一阵剧烈的冷战，他渐渐试出汗滴沾在里衣上了。虽然时时喘着粗气，面色被冷风吹着却红了许多。劳动的兴味他自小时成了习惯，随时向外挥发，纵然干着不情愿的事，却仍会从身体中掏出力量来。

"老利，说不上这一来我倒好了病，还得谢谢这群小子！"他略略高兴些，并没管到监工人还时时从他的身旁经过。

陈老头看了他一眼。徐利道：

"你这冒失鬼，说话别那么高兴！病好了不好？应该谢谢我是真的！"他故意将话引到自己身上。

"谢你！谁也不必承情，还是吃了老婆的符子得的力吧！回头再喝他妈的一碗。"大有大声喊着。

"怎么，老大你也吞过那些玩意儿？"陈庄长略略松了一口气。

"怎么不好吃？横竖药不死人。是？陈大爷，独有你不赞成吞符子？"

"说不上赞成不赞成，吞不吞有什么。这些怪事稍微识几个字的人大约都不信。"陈庄长捻着化了冻的下胡说。

"不信这个？为什么跪在太阳里祈雨？不是也有许多认字的老头？"徐利在陈庄长左边说俏皮话。

"这你就不懂。祈雨是自古以来的大事，庄稼旱了，像咱们以食为天，诚心诚意地求雨，是大家都应该干的！不是吞符子、撒天灾的妖言。"

"好诚心诚意的！祈下来一场大战，死了两个短命的！小勃直到现在那条左腿不能动——也是灵应！陈大爷，这些还不是一样的半斤八两信也好不信也好！"徐利的反驳，又聪明又滑稽。

"听说南乡的大刀会是临上阵吞符子，还能枪刀不入呢。"大有不愿意陈老头与徐利说的话都太过分，便想起了另一件事作为谈话的资料。

旁边一个年老的邻居接着答道："别提大刀会，多会儿传过来你看看。我前年到南山里去买货，亲眼见过的。哈！练习起来像凶神，光了膀子，有的戴红兜肚，乱跳乱舞，每个人一口大刀……"

"真是枪弹不入？"徐利问。

"老远地放盒子炮——好，他们那里并不是没有手枪、快枪，当头目的更是时刻不离……谁看得清是有子弹没有？明明朝着胸口上打，一阵烟后，他却纹丝不动地站在那里。后来从地上捡起落地的子弹来，据说是穿不过装符子的兜肚，据说是……"

那做工的老人在他们前边弯着腰扬土，口里说着，并没回头。大有这时觉得出了一身的大汗，气力渐渐松懈下来，便直起脊骨倚着镢头道：

"陈大爷，你老是不信，这么说来，那和尚显然是来救命的了！你不吞可不要到后来来不及。"他有心对陈老头取笑。

"老大，你放心，我那年在直隶大道上没在鬼子的枪炮下丧了命，想来这一辈子还可无妨。"

"所以啦，陈大爷用不到再吞那怪和尚的红符子！"徐利笑着接说了一句。

"吞不吞没有别的，你总得服命，不服命乱干，白费，还得惹乱子！我从年轻时受过教训，什么事都忍得下，'得让人处且让人'！不过年纪差的，却总是茅包……"

大有向空中嘘了一口气。

陈庄长向左边踱了几步，看看监工人还在前面没走过来，又接着说："老大，你经历的还少，使性子能够抵得过命？没有那回事！这几年我看开了，本来六十开外的人，还活得几年？不能同你们小伙子比硬。哎！说句实在话，谁愿意受气？谁也愿意享福呀！无奈天生成的苦命，你有力量能够去脱胎换骨？只好受！"他的话自然是处处对准这两个年轻不服气的人说的，徐利更明白，他一面用铁锹除开坚硬的碎石土块，一面回复陈老头话里的机锋。

"我从小就服陈大爷，不必提我，连顶混账的大傻子他也不敢不听你老人家的教导。实在不错，经历多，见识广，咱这村子里谁比得上？可是现在比不了从前了！从前认命，还可对付着吃点穿点，好歹穷混下去。如今就是命又怎么样？挨人家的拳头，还得受人家的呵斥，哪样由得你？怪和尚的符子我信不信另说，可是他说的劫运怕是实情。

年纪大了怎么都好办，可是不老不小，以后的日子怎么过？无怪南乡又有了义和团……"

"干活！干活！"陈庄长一回头看见穿了黄制服青裤子的监工人大踏步走过来，他即时垂了袖子迎上了几步。

鹰鼻子、斜眼睛的这位监工员，很有点威风。他起初似乎没曾留意这群农工的老领袖，恭敬地站在一旁等待着问话。他先向左近弯腰干活的农人看了一遍，听不见大家有谈话的口音。他仿佛自己是高高地立在这些"奴隶"的项背之上，顺手将挟在腋下的鞭子丢在路旁，从衣袋里取出纸烟点火吸着，然后向陈庄长睐了一眼。

"你带来多少人？"声音是异常的冷厉。

"一百零四个，昨儿已经报知吴练长了。"

"瞎话！说不定过午我就查数，晚上对册子，错了？哼！受罚！这是公差，辛苦是没法子的事，大冷天我们还得在路上……受冻！"

最后头两个字说得分外沉重，意思显然是："我们还要受冻呢！"陈老头十分明白这位官差的意思。

"本来为的是好事，谁也得甘心帮忙。路修起来，民间也有好处。这里没敢报假数！"虽然这么说，可也怕这位官差不容易对付，别的话暂时说不上来。

"甘心吗？这就好！"这位黄制服的先生重重地看了陈老头一眼，便跨着大步到路那边去。

徐利趁工夫回过头来向陈老头偷看，他那一双很小的眼睛直直地送着"官差"的后影，脸色却不很好看。

勉强挨到吃中饭，大有已经挫失了清晨时强来的锐气了。在土地上守着，干硬的大饼一点都不能下咽。汗刚出净，受了冷风吹袭身上又抖起来。村中送来的热汤，他一口气喝了几大碗。老是不曾离开大有身旁的陈庄长，他的忧虑现在可以证明，大有还不能战胜肉体的困难。自己想来不免有点愧对这位老邻居的儿子！看他一会儿发烧，一会儿害冷，并且是的确没有力气继续土地上的工作，他把徐利叫在一边，偷偷说了几句。徐利便走过来对大有劝说，还是要他回家。陈老头已经派人去叫他的聂子来替他抬土，本来可以不用，因为下午要点工，还怕大有的愣脾气一定要来，只好这么办。

逞强的心力抵不住身体的衰弱，午后的冷风中仍旧由徐利把大有送回家去。路上正遇着那红红的腮颊的小学生，穿着破布制服到大道旁替他爹做工。

直到徐利走后，大有还是昏昏迷迷地躺在炕上睡。他的妻守在一边，大气也不敢喘。她是一个乡村中旧农妇的典型，她勤于自己应分的工作：种菜、煮饭、推豆腐、摊饼，还得做着全家的衣服鞋子，好好地伺候丈夫。她自在娘家时吃过了不少苦楚，从没有怨天咒地的狠话。近来眼看着家中的日月愈过愈坏，丈夫的脾气也不比从前，喝酒，赌气，好发狠，似乎什么都变了！她不十分明白这是为的什么，末后她只好恨自己的命运不济！这些日子大有的一场重病，她在一边陪着，熬煎得很厉害。虽然有杜妹妹托人捎与她衣料——难得的礼物，相形之下，更加重她的感叹！

一夜没得安睡，拗不过大有的执气，天刚明就把他送走，直到这时又重复守着他躺在炕上。她诚心感激陈庄长与徐利的好意，自然也不放心孩子去做工，可是她希望丈夫快快复原，好重新做人家，过庄家日子的心比什么也重要。

初时她什么活都不做，静静地守着气息很重的病人沉睡。经过一小时后，她渐渐有些熬不住了，倚在土墙上闭眼休息。

其实大有没有完全睡宁，自从倚在徐利的肩头从田野中走回，他觉得他一身的力气像是全融化在了泥土里。耳朵旁边轰轰着数不清的许多声音。一颗心如同掉在灼热的锅中，两只脚下是棉絮般柔软。直到在自己的炕上把身子放平，他什么话都不能说。徐利的身影与妻的面貌，都还看得清，却怎么也没了说话的力量。微温的席子贴着热度颇高的肌肤，他得到一时的安息，少睡一会儿，却梦见不少怪事。

仿佛先到了一个伟大的城市，数不清的行人，有种种自己没曾坐过的车辆，满街上飞着奇异的东西。地面上相隔不远便是一堆堆的血迹，不知是杀的兽类还是死孩子的红血？没人理会，也没人以为奇怪。很多的脚迹踏在上面，那些美丽的鞋底把血迹迅速地带到别处去。他所看到的地方几乎全是一片血印，自己不敢挪步，也想着学那些很华贵的男女不在意地走上去，却觉得终于没有那样的胆量。一会儿，又到一处，本来隐约中曾看见一大段树林子，阴沉沉的没有天日。现在连树影也没了，四处尽是无尽的黑暗。他不知道自己在那黑暗中待了多久，呼吸十分不顺，恰像闷在棺材里面。不过一转眼的工夫，在光明大道上看见了爹的后身，他仿佛背着一个沉重的包裹往前走，不歇脚地走去。他尽力追，脚下却老用不上十分力量，如踏着绵纸。一会儿又像是掉在松松的沙堆里，愈要向上跑，愈起不动身。空中传来很多的枪声，眼前的光明失去了，阴暗，阴暗，从四围立刻合拢过来；在晦明中伸过来一只大手向自己扑来，那大手指尖向自己的头上洒着难闻的臭水。不久，喉咙已经被那大手掐住了！

醒过来，眼光骤然与墙上所挂的煤油灯光相遇，很觉得刺痛。屋中什么人都没有，窗子外的水磨辘轳似的响动，一定是妻在推磨。自从将那匹牝驴丢给向北去的逃兵后，妻便代替了驴的工作。他听得很分明，那转过来的脚步，轻轻的，是妻的布底鞋的踏声。风还是阵阵地吹，门外风帐子上的高粱叶的响声，像吹着尖音的啸子。炕头上一只小花猫饿得咪咪直叫。他觉得黏汗湿遍了全身，又像从厚重的夹板里放下来，一动都不能动。梦中的种种景象还在目前。他在平日劳动惯了，轻易不曾做梦，除去小时候也梦过在空中飞行，在人家屋脊上跳舞，偶尔做的梦不等到醒来早已忘了。一起身就忙着出力的农家生活，来不及回想梦里趣味。然而这一次稀有的怪梦，从下午做起，直到醒后，他一切都记得分明。

妻推完了碾高粱面的磨后，恰好徐利送聂子回来，一同到里屋里。她首先看见那十三岁的孩子有些汗滴流在两个发红的小腮上。徐利这高个儿一进门并不待让，便横躺在大有的足下。

"好妈的！修路真不是玩意儿，不怕卖力，只怕出气！大嫂，你想有那么狠的事？那把式监工的，一连抽了七八个，这是头一天，幸亏大有哥早回来，气死人！"

大有的妻一边领着聂子给他用破手巾擦汗，一边却问徐利道：

"打的谁？"

"咱这村子里就有两个，萧达子和小李。"

"唉！偏偏是萧达子，没有力气偏挨打！"

"哼！"徐利一骨碌又坐起来，"为的什么？就是为他两个没力气多歇了一会儿——不长人肠子的到处有，怎么钻狗洞弄得这狗差使，却找乡下人泄气！那些东西的口音左不过这几县，他就好意思装起官差，扯下脸皮地这么凶干！连陈老头也挨着骂，不是为他早嘱咐我，我给他一镢，出出这口气！"

"徐二叔，你还没看见呢，那一段上……还罚跪呢！"聂子在一旁也帮着徐利说。

大有安安稳稳地躺在炕上，并没说话。

"你看我这份粗心，怎么大哥睡得好一点了吧？"徐利似乎到现在方记起了病人。

"亏得你二叔把他送回来。不声不响，直睡，起初我看他一脸的火烧，往下滴汗，我真怕要使力气使脱了可怎么办？到后来渐渐睡宁，到推磨子时还没醒，大约是一进来才醒的。"大有的妻急切地答复。

大有瞪着红红的眼，点点头。徐利在炕沿上看得很奇怪，他忍不住问道：

"你怪气，别要变成哑？是没有力气说话？"

"不，"大有低声道，"什么……事……什么我都知道，喘……气……不能说！"他的鼻翅微微扇动，胸腹上盖的被子起落着，足以证明他的气息很疲弱。

"没有别的，简直得叫聂子替你几天，再赌气成不了。好在这孩子也能下苦力，不像镇上的少爷学生，你倒可以放心。有我和陈老头在一边，准保不叫他吃亏。明儿有工夫大嫂还得请请先生吃药，究竟要拿身子当地种，再病得日子多了可不是玩笑。"

徐利的气还没从话里出完，却等不得了，紧紧布扎腰走出去，约好聂子明天一早到他家与他一同去做活。

他慢慢地走去，对于大有的不能说话觉得很怪，怎么昨儿还有那股硬劲，一上午却成了一条懒牛？他猜着这不仅是用多了力量，一定是看着动气，犯了旧病。他虽然粗鲁，却有一颗热烈的心。自从夏天同大有打过土匪之后，平常对大有瞧不起的心思也没了。虽然比自己大，也不像自己无拘无束，可是能领头，从防守的灰兔子群里跑出来。现在见大有病还不好，却给他添上一份心事。他盘算着，正走过陈庄长砖砌的门墙旁边，从刚上黑影的木桩上看明有一匹驮着鞍子辔头的大马拴在门口。他知道陈庄长家只有两头牛和一匹驴子，"是哪里来的生客？"一个疑问使他稍停停脚步，向门里看，仿佛有什么事故。靠大门很近的客屋里面有人低声说话。徐利一脚走向大门里去，一转念却又退出来。正在迟疑着，迎面走来一个人影，到近前，是陈庄长家的长工提着一捆东西。

"利子，"老长工对于年轻的徐利向来直叫他的小名，"又来找老头子？正和旺谷沟的人说着话呢。"

"没有事，去送聂子回家，刚走到这里。一匹好马，原来是有客，是不是旺谷沟邢家来的？"

"就是他那边，才来到，家里都吃过饭，现到杂货店打的酒。"

"这时候来，什么……"

"我方才听了点话尾巴，是离旺谷沟二十多里地，不知从哪里下来的人，有五六百，像军队？谁也不敢信！逼着那一连的几个村子糟践，住了两天还不走，情形不很对，邢家不是同老头子儿女亲家？怕突过来，急着找人送信，倒是一份好心！"

"镇上也没有消息吗？"徐利心头上动了几下。

"谁都不知道。"老长工低声道，"因为弄不清是土匪还是败兵。老天睁睁眼，可不要再叫他们突过来，刚刚送走了那一些，不是还修着路！"

徐利即时辞了老长工，怀了一肚皮的疑惑窜回家去。

像会享福的伯父正在小团屋里过鸦片瘾。徐利虽然是个愣头愣脑的年轻人，因为自小时没了爹，受着他伯父的管教，所以向来不敢违背那位教过几十年穷书的老人的命令。每天出去，任干什么活，晚上一定要到伯父的鸦片烟床前走一走。他闯进去，仅仅放得下一张高粱秸编的小床的团屋里，他伯父躺在暗淡的灯光旁边，吞喷着一种异样气味的麻醉药，并没向他问话。他知道这位怪老人的性格，在过瘾时候不愿意别人对他说什么。徐利低着头站在床边等待那一筒烟的吸完。

名叫玄和的徐老秀才，这十年以来变成一个怪人了。他从前在村子里是唯一念书多的"学问人"，直到清末改考策论，他还下过两回的大场。那时他不但是把经书背得烂熟，更爱看讲究新政的书籍，如《劝学篇》《天演论》，以至《格致入门》那些书。及至停了科举，自己空负有无穷的志愿，却连个"举人"的头衔也拿不到手。这一处那一处地教学生，又不是他的心思。所以他咬着牙不叫子侄念书，自己终天嘟囔着陶诗与苏东坡的《赤壁赋》，鸦片也在那个期间成了瘾。本来不是很多的产业，渐渐凋落下去。民国以后，他索性什么地方都不去。与陈老头还谈得来，眼看着那识时务的老朋友也逐渐办起地方事来，他便同人家疏淡了。在他的破院子中盖起了一座小团瓢，他仿着舟屋的名目叫作"瓢屋"。于是这用泥草茅根做的建筑物成了他自己的小天地。一年中全村的人很难得遇到这老秀才一次。徐利的叔伯哥哥在镇上当店伙，两个兄弟料理着给人家佃种的田地。这位老人便终天埋没在黑屋子里。时候久了，他几乎被村人忘掉。陈庄长终天乱忙，难得有工夫找他谈话，况且谈劲不大对，自然懒得去。因此这老人除去常见徐利与他的儿子以外，外面的人看不到他，他也从实忘掉了人间。一盏鸦片灯与几本破书成了他的亲密的伴侣。

直待老人的烟瘾过足，徐利才对他报告了一天的经过。老人用颤颤的尖指甲拍着大腿道："这些吗——不说也一个样！横竖我不稀罕听。你能照应着奚家那小子倒还对，奚老二是粗人，比起这下一辈来可有血性得多！咳！'英雄无用武之地'！"

伯父常说的话听不大清，所以末一句徐利也不敢追问。方要转身出去吃晚饭，他伯父将两片没血色的嘴唇努一努，又道：

"修路……造桥是好事，好事罢了！我大约还能看这些小子把村子掘成湾，扬起泥土掏金子，总有那一天……'得归乐土是桃源'！老是不死……可又来，老的死，小的受，年轻的抬轿子，找不到歇脚的凉亭，等着看吧！我说的是你……年轻，等着，等着那天翻地覆的时候，来得快……本来一治一乱……是容易的事！要瞧得真切……看吧！"

永远是乱颤的指尖，他烧起烟来更慢。徐利看他伯父的幽灵般的动作，听着奇怪的言语，暂时忘记了肚皮里的饥饿。他呆呆地从他伯父的瘦头顶的乱发上，直往下看到卷在破毛毡里的一双小脚。那如高粱秸束成的身体，如地狱画里饿鬼的面貌，在这一点微光的小团屋里，幽森，古怪，徐利虽然年轻，可也觉得与他说话的不是他幼小时见惯了穿长衫拿白摺扇迈着方步的伯父，而是在另一个世界中的精灵。

好容易一个烟泡装在乌黑的烟斗上，他偏不急着吸，忽然执着红油光亮的竹枪坐起来，正气地大声说：

"别的事都不要紧！一个人只能做一个人自己的打算。现在更管不了，除去我……别人的事。日后你得商量商量奚家那小子，我死后能与你奚二叔埋在一块地里才对劲……我清静——实在是冷静了一辈子，我不搭理人，人也不愿意搭理我，独有与你奚二叔——那位好人，还说得来，你得办一办，别人与那小子说不对……这是我现在的一件心事，你说起他就趁空……"

他重复躺下去，不管听话的还有什么回复。"去吧！"简单的两个字算是可以准许这白费了一天力气的年轻人去吃他的冷饼。

退出来，徐利添上一层新的苦闷。与奚二叔葬在一块地里？不错，是奚家还没卖出的茔地，却要葬上一个姓徐的老秀才，这简直是大大的玩笑。就是大有愿意，兄弟们却怎么说？照例没了土地的应该埋在舍田里，村南有，村北也有，虽然树木很少，是大家的公葬地处，谁也挑不出后人的不是。这样倒霉的吩咐怎么交代？他走出团瓢吁一口气，向上看，弯得如秤钩的新月刚刚从东南方上升。那薄亮的明光从远处的高白杨树上洒下来，一切都清寂得很。堂屋里听得到两三个女人谈话，他猜一定是他的娘与妹妹们打发网。这是每个冬天晚上她们的工作。每人忙一冬可以挣两三块钱，这晚上的工夫她们是不肯空过的。他走向院子东北角的草棚，那边有吃剩的干饼。

然而他悬悬于伯父的吩咐，脚步很迟慢。

一阵马蹄的快跑声从巷子外传过来，他知道是旺谷沟的秘密送信人回去了。

十六

修路的第三天的下午，天气忽然十分晴朗，劲烈的北风暂时停住威力，每个做工的人可以穿单布褂子卖力气。路上的监工员这两天已经把下马威给那些诚实的农人了，他们多数很驯顺，不敢违抗，但求将这段官差速速了结，免得自己的皮肤有时吃到皮鞭的滋味。监工人觉得他们的法子很有效力，本来不只在这一处试验过，他们奉了命令到各处去，一例这么办，没遇到显然有力的抗拒。背后的咒骂谁管得了？所以，这几位"官差"这天脸面上居然好看得多，不像初来时要吃人的样子。他们坐在粗毯子上，吸着带来的纸烟谈天，还得喝着村中特为预备的好茶。有的仰脸看着晴空的片云与这条大道上的农工，觉得很有点美丽的画图的意味。满足与自私在他们的脸上渲染着"胜利"的光彩，与农工们的满脸油汗互相映照。

徐利这个直口的汉子工作到第二天，他就当着大众把旺谷沟来了马匹的话质问陈庄长。他的老练的眼光向旁边闪了闪，没有确切的答复，徐利也明白过来，从那微微颤动的眼角缬纹与低沉的音调上，他完全了解那老长工的告语是绝不虚假，他也不再追问。扰乱着他那本无挂碍的心思的是伯父的吩咐，幸而大有的病又犯了没得痊好，否则怎么做一个明白的回答？不必与别人商量，已经是得了疯子外号的老人，何苦再给大家添些说笑的资料。徐利虽然粗鲁，却是个顶认真的青年，对于这个难做的题目，他的心像是被无情的铁器掀动的硬土地一样。这两天他总像有点心病，做起活来不及头一天出劲。

陈庄长虽也常在这未完工的路上来回巡视，与徐利相似，常是皱着稀疏的眉头，心上也有不好解答的问题。

过午的晴暖给工作者添加上轻轻的慰安，似乎天还没有把他们这群人忘记。干着沉重活，将来还可吃一顿好饭？徐利还年轻，不比年纪较他大的人们对于阳光这样爱好，可是他也不愿意在阴冷中挨时光。十一月的温暖挑拨起壮力活泼的年轻农人的心，在阳光下工作着，暂时忘记了未来的困难。一气平了一大段的硬土之后，他挂着铁器，抽出扎腰的长带抹擦脸上的汗滴。鲜明，温丽，一片云彩没有了，一丝风也不动，多远，多高，多平静的青空，郊野中的空气又是多自由、多清新。他觉得该从腋下生出两个翅子来，向那大空中飞翔一下。青年天真的幻想，从沉重的脑壳里复活出来。那干落的树木、无声的河流，已经着过严霜的衰草，盘旋在远处的野鹰，这些东西偶尔触到他的视线之内，都能给他添上为生活的快感！他向前看，向前看，突然一个人影从大路的前面晃过来。他还没来得及认清是谁，有人却在低声说：

"魏二从南边来，还挑着两个竹篓子。"

对，他看明白了，正是又有半年多见不到他下乡做工的魏二胡子。这有趣的老关东客，像是从远处回来。没等得到自己的近前，就有一些认识他的同他招呼。魏二的担子还没放下，陈庄长倒背着走上去问他：

"老魏，你这些日子躲在哪里？一夏都没见你的面。"

"唉！真是穷忙。像咱不忙还捞得着吃闲饭？不瞒人，从五月里我没干庄稼活，跑腿……"他只穿一件青粗布小棉袄，脸上油光光的。

"跑么腿？总有你的鬼古头。"

"我是无件不干！年纪老了，吃不了庄稼地里的苦头，只好跑南山。"他说着放下担子。

陈庄长一听见他说是跑南山，什么买卖他全明白了。他紧瞪了一眼道："好，那边的山茧多得很，今年的丝市还不错，你这几趟一定赚钱不少。老魏，你到我家住一天，现在还不就是到了家？"

魏二从远处来，看见这群左近村子的人在大路上做工，还不明白是一回什么事，现在他也看清楚了。树底下几个穿着异样衣服吸纸烟的外路人，那些眼睛老是对着他打转。听见陈庄长这么说，他是老走江湖的，便接口道：

"恰好今天走累了，七十里，从清早跑到现在，人老了不行，到大哥家里去歇歇脚，正对！"

即时将担子重新挑到肩上，陈庄长回头对那个监工员说：

"领我的亲戚到家去，很快，就回来……"

意思是等待他的答复，穿黄衣的年轻人点点头，却向空中喷出一口白烟。陈庄长在前，很从容地领着魏二从小道上走回村里去。

徐利在一边看得清楚，他也明白两个竹篓子里的东西比起山茧来值钱得多。南山——到那边去做买卖，没有别的，只有这一项。幸亏那几个外路人还不十分熟悉本地的情形，不然，魏二这一次逃不过去。他忽然记起他的伯父，这是个机会，同老魏晚上谈谈，可以得点便宜货，横竖他要买。

回望着那两个老人的影子，渐渐看不见了，徐利手下的铁锹也格外锄动得有力。

果然在当天晚上徐利溜到陈庄长的小客屋里。魏二正喝着从镇上买的大方茶，与陈庄长谈话。徐利买货的目的没有办不到，照南山的本处价钱。魏二很讲交情。他说：

"若不是都花了本钱来的，应该送点给师傅尝尝新。利子，你回去对师傅说：钱不用着急，年底见，头年我不再去了。愈往后路愈难走，虽然咱这穷样不招风，设若路上碰个巧翻出来，可不要了老本！这是从铺子里赊来的钱，还亏老魏的人缘好，也是吴练长保着，这一来事就顺手得多。"

"魏二叔，你这份好心我大爷他顶感激！别管他是蹲在团屋里做神仙，他老人家什么事都懂得。不过老是装聋装痴，今年的土太坏，他就是为这个不高兴。横竖是假货多，有几个像你公道？我还说，魏二叔，我大爷到现今，还是让他快乐几天吧！没有钱还吃鸦片，谁家供得起？可是他没处弄，年底我想法子还。"

徐利很兴奋地说，陈庄长一旁点点头，又倒抽了一口气，他有他的心事，也许记起了那个只会在他面前装面子的小葵。魏二将着长长的黑胡子，用手指敲着粗瓷茶碗道：

"好孩子！好孩子！论理你得这么办。师傅从你三岁时他把你教养大了，你娘一年有三百天得长病，那些年记得都是花你大爷的教书钱。别管他老来装怪样，可得各人尽各人的心！几两土算什么，我只要到时漂不了账，就完……咳！咱都是穷混，除掉陈大爷还好，谁都差不多。"

陈庄长两只手弄着大方袖马褂上的铜扣子，从鼻孔里哼了一声道：

"你看我像是一家财主？"

"说重了，那可不敢高攀。总说起来，你地还多几亩，有好孩子在城里做官，凭心说不比咱好？"

"你提谁？"老魏这一句半谐半刺的话打中了这位主人的心病，"又拿那东西来俏皮？今天救了你一驾，老魏，你这不是成心和我过不去？"

他真像动气，本是枯黄瘦削的脸上很不容易地忽然泛出血色。魏二急得端着茶碗站起来。

"多大年纪还这么固执！咱老是爱玩笑。说正话，你的家道在这村子里难道算不得第一家？可是葵园呢……说什么？我不是劝过你吗，管得了？不是白气！不，我也提不起他来。我可不会藏话，有一次在南山耽误了七八天，恰好碰到的事，不管你怎样我都要说说。就是你那葵园少爷，真了不得！他真有本事，原来是办学堂的官，不知道——真不知道还带着几个警备队下乡查烟税……"

"冬天了，没有烟苗地查什么税？"徐利说。

"怪吗！谁懂得这些道理？其实人家春天听说早缴了黑钱了。好在南山那边不比咱这里人好治，要结起群来一个钱不交，也没有办法。可究竟还是怕官差，春天下乡去查烟酒税的人员，也使过种鸦片家的黑钱不少。不过图省事，好在这东西利钱大……葵园这一去却几乎闯下大乱子！"

魏二到底比陈庄长滑得多，说到这句，他突然坐下来，从大黑泥壶口往外倒茶，一口一口地紧着喝，却没有下文。

陈庄长虽然脸上还泛出余怒未息的颜色，听到是葵园在南山里几乎闯出乱子来，他的颜色却又变了过来。他素来知道南山那一带的情形，他们有大刀会，有联庄会，有许多会拳脚枪棒的青年。高兴就不交税，也不理会衙门的告示、公文，动不动会闹乱子，并不稀奇。因此，他又将两条眉毛合拢起来，忧郁地叹一口气。

魏二这才微微笑了笑说：

"放心！到后来算完事，没动武，也没打架。小人儿吃点虚惊，说不了，自己去找的可不能怨人。我怕葵园他还不改，也许要得空去报复，那就糟！我亲眼守着的事。也巧，还当过说事人，陈大爷……啊！大哥，你还说我成心和你作对？真不敢，我救的他那一驾比犯烟土还要紧！他年轻，也是眼皮太高了，从城里出来到那些穷乡下——怎么说也许比咱这里还好吧——带上几个盒子炮做护符。查学堂？这自然是名目，谁知道几十个村庄有几个学堂？用得到查？咱可以一头午就查完。其实是到那里先按着种烟的人名要钱，卖烟得交税，与春天是另一回事。多少也没个限数,看人家去,有的怕事的大约也交了一宗。可是到了举洪练的练头上,人家可不吃这一吓。问他要公事,没有;直接利落,人家不同他讲别的,种烟地的这里没有,赶紧滚蛋,不必问第二句……事情就这么挺下去。他硬要拴练长,打地保。过了一夜,聚集了几百人,一色的木棒、单刀、大杆子,人家居心惹他,一杆快枪都不要。围起他住的那一家,要活捉。这一来那五六个盒子炮吓得都闭了音。我正在那里替他找练长,找那些头目,找土,困了一天,好歹解了围。究竟还把他的皮袍子剥了,钱不用提全留下充了公,只有盒子炮人家偏不要。说给他们队上留点面子,又说那些笨家伙并不顶用,花钱买的本地造,放不了两排子弹就得停使……谁知道真假?还是居心开玩笑?头四天的事……隔城略远的一定没听见说……"

徐利有一般年轻人高兴听说新闻的性格,立时截住魏二的话道:

"不管对不对,他总算够数,有胆量惹乱子……"

"吓!别提胆量大小,被人家围起来诚心给他难看。我进去时葵园的脸一样黄得像蜡,拿盒子炮的警备队碰到大阵仗还不是装不上子儿。他也精灵,到那时候说什么都行,可有一手,'好汉不吃眼前亏',来一个'逃之夭夭回头见'。"魏二任管说什么事,口头来得爽利,鼓儿词趁便带出。

"所以庄稼汉是不行,奚大有头年冬前就吃过眼前亏。"

"经多见广,胆气不中用,可会长心眼儿。依我看,葵园凡事做手不免狠一点——这是守着老太爷说公道话。他本来是咱这村子里最精灵的孩子,只差这一点,对不对?"他明明是对着陈庄长发问。

坐在旧竹圈椅上穿的衣服很臃肿的陈庄长,听明白魏二那段新闻的演述以后,他的头俯在胸上,右手的长竹烟管在土地上不知画些什么。黑绒方顶旧帽子在他头上微微颤动,马褂前面的几绺苍白胡子左右轻拂。一个人被自己的痛苦咬住,他内心的沸乱却不容易向外表示。这天晚上的陈庄长,仿佛自己也被许多不平的农民纠合起来,团团围困。他们用许多咒骂的言辞与鄙夷的眼光,向自己逼来。他倒没有什么恐怖，然而良心上一阵战栗，使这位凡事小心平和的老办事人眼里含着一层泪晕。

他要向谁使气呢？他想这后生的男孩子，下生不久，他大哥死在镇上的铺子里，二哥又因为夏天生急霍乱也没了，三分是顶不中用，除去守寡的儿媳与两个小孙子，葵园是他四十岁以后的宝贝！十岁那年，他娘又先埋在土里……以后是上私塾，入镇上的小学，出去入师范学堂。本来是辈辈子守着田地过日子的，随他愿意便好，自己在那时对这聪明的孩子怀着一份奢望。也许"芝草无根"吧？说不上这么动人爱的孩子将来会是一个人物？他可以一洗他的穷寒的宗族中没出息的耻辱。这老人一心一意经营着祖上传下来不够二十亩的田产，希望葵园从此以后，有更发迹阔绰的一天。青年人有他的出路，不错，毕业后居然混到县城里去站住脚。说起话来也似乎不下于镇上的吴练长。不管干哪行，有出息就有未来的收获。头三年他是怀着多大的欢欣，在一切人前面觉得有一份特别的光耀。周围一概是爬土掘泥的农家邻居，在这些靠天生存的高粱谷子中突然生长出一棵松树。他年轻，有生机，高昂着向云霄的枝头尽往上长，谁敢说没有大荫凉的一天？他又可以给那些一年一度被人家刈割的植物做伴侣，做荫蔽，何况还是自己一手培养的，这是多大的一种慰悦！然而，然而这两年来对于这棵摇头作态的小松，他不敢想到它的未来了！骄傲，恣横，原预备着成为参天大树的，现在不但看不起与它生长在同一地方的小植物，并且借着自己的枝柯，欺骗它们，戏弄它们。光荣或是祸害，谁能断定？不过那小松树如今又成了恶鸟的窠巢，它的枝叶上生出不少的害虫……陈庄长望着天空，似有诗人的感喟！实在他早已自悔从前培养爱护的多事！这时听魏二说了几句，连怒气也激发不起来。沉默在失望的悲苦中，他仿佛是没听见那些话。

魏二的问话没得到答复，他反而有点不安。想不到使人家的爹这么不高兴。又是主人家，老交情，他这位好打诨的老江湖，却觉得没法顺下去了！幸亏坐在蒲团上的徐利提出了另一种问话：

"魏大爷，咱另说一点事，你这一趟约莫可以发多少财？"

"怎么？你打听下子——再一回想跟我当小伙？"魏二也觉得应该用几句快活话打破这一时的沉寂。

"过年春天后不忙，只要生意好，咱什么都行。"

"好！只要他们那里常种，这生意准干得成。我同你讲：今年烟土贱大发了，外头来的货太多，从铁路上下来的贩子只就到县城到镇上去的几批？本地土一定得贱卖，卖不到前两年的价钱。……头年不是还叫种吗？不知怎么，咱这里没办成。有些地方人家可不管，说是不准种也种，那些话谁听？准有办法，到时候能以换得回钱来，比种高粱——那就不用提。南山的土秋天两块钱一两，你想吧，在这里不是三块多，还说不贵？这份利钱什么比得上……话说回来，事没有一想就得手的。上山里去不熟可不成，准保带了钱也拿不回黑货来。行有行规，人有人面，所以得谁去办。"

徐利也曾听说过魏胡子往往到南山贩黑货，却没听他自己说得这么地道。他接着问：

"到镇上去怎么卖？"

"哈哈！你真是雏子，有卖的就有买的，没有销路我自己还吸得下？"

"自然，吴练长家里是你的好主顾。"

"他吗？"魏二将大眼睛闪一闪，笑道，"这些事问陈大爷，他都明白。你从实是庄稼孩子，连这个不知道。吴二绅那份心思谁也比不上，他肯买土吃？那才傻！"

"他自己种得很多吗？"徐利奇异地说。

"种？他还得图这点小便宜。犯不上！人家干的什么，打猎的还没有鸟吃？每年到镇上做这份生意的谁不得去送上三五两？一个人三五两，你猜，他还有收的给人家办事的礼物，少说一年也有五几十两，用到种？还用到买？"

徐利回过头去，用他的明锐眼光对着陈庄长，似在考问这事的真假。陈老头沉浸在他自己的忧郁里，并没曾听清这两人谈的什么事。还是魏二为证明自己的话起见，又向他重说了一句：

"喂！你说是不是？咱那练长每年就有五几十两的进土——我说的是用不到花钱的呀！"

陈老头如从梦里醒过来，把早已灭了火的旱烟管挂着土地，摇摇头，叹了一口气道："自家的事还管不了，谈论人家干吗！他愿意要，再添五十两也办得到。"

这句无力的叹息话说过后，徐利才恍然明白。一个在乡间做绅士头目的有这许多进益，这是他以前料不到的事。他平常认为那不过是势力罢了。幸而他不种烟，也不贩土，用不到去向这位收现成税的"乡官"进贡！

在玻璃罩的油灯下，他们又谈些修路与乡间收成的种种话。不久，徐利便回家去向他那位怪伯父报告这段交涉的经过。

十七

又过去十多天。

一场一场的西北风中间夹着一次小雪，恰好给旧历的小雪节气加上点缀，又很容易地转入严冬。乡间的道路上减少了夏秋的行人与车辆。这一年的灾荒、过兵、匪乱，到冬天与去年比较比较，只是加重了民间的恐怖、担负、死伤，独有收获，却从田野中走了。晚豆子虽不是绝无收成，因为豆虫多，豆荚没成熟，青青的小圆叶变成玲珑的小网。收在农场里，十颗豆粒倒有七八颗是不成实的。农民又把食物的希望移到番薯上，虽然不能家家种，可在每家的坏地，沙土地里，总分出一小部分秧上番薯根，预备做过冬的食品。因为这类东西容易生长，充饥，任管如何都能吃得下去。陈家村左近还不是十分坏地，每年农民总是吃着高粱米、谷米，用番薯做补助食品。现在呢，多数的人只能依靠着这样的食物过冬了。连陈庄长家里早已没有了麦子、谷米的存粮，一天吃一顿的人家很多。饥饿与寒冷逼得走出多少人去，自然容易调查。到镇上去，城中去，是没有多少活计可干的；至于补个名字当本地的兵、警，难得很，没有空额，不是有力量的介绍、保证，便不成功。他们只好更向外走了！可究竟是冬天，各处的工作都已停止，邻近县分中也没招雇农工的地方。他们想到离家乡近的地方吃饭，无奈到处是自己家乡的情况，有的更坏。没法子，有些人勇敢地走远了，有的便强忍着这风雪的权威，预备到明年春天好去逃荒。因为冬天都不能过，春间有什么呢？即使守着田地，那几个月的生活可找不出着落来。于是下关东成了大家热心讨论的问题。路费呢？这是要坐火车与过海的火船才能去的，纵然几十块钱也没处筹划。这个冬季每一个农民焦灼、苦闷得十分厉害！

　　大有与徐利两家好坏总还有自己的一点土地，不比那些全是给人家佃地的。可是他们也有他们的困苦，就是无论灾荒如何，这不比从前了，一个紧张的时代，求情告饶没有效力。地亩的捐税不能少下分毫，反而层层加重。谁知道一亩田地应分交纳多少？这里的法律是说不到"应分"二字的，只能听从城中下来的告示，催交的警役说粮银多少就是多少。至于为什么？要做什么用？问也白费。又是一些省库税、当地附捐种种名目，他们听不懂，也不会了解的。但无论怎样，都成了地的奴隶！他得随时支付无量次数的"奴隶"的身价。一年来这一个省份里养了多少兵，打过多少仗，到处里产生出多少大小官员，又是多少的土匪，多少的青年在监狱里，在杀场里，多少人带着从各地方弄来的银圆到更大的地方去运动、花费？谁知道呢！徐利与奚大有只能眼看着他们仅有的土地发愁，幸而还有番薯充塞着饥肠，在惨淡恐慌中一点方法想不出来。

　　大有经过一场劳伤重病之后，他却不能再像他的爹能够蹲在地窖里过冬天了。编席子纵然还有材料，却是缓不济急。他仍然需要工作，去弄点农田外的收入，方能将到年底的债务还清。讲到卖地，只有二亩家乡地。他想来想去，无论如何忍心不下，何况找不到人家能要。于是他同徐利又得冒着冷风出门。

徐利比起大有的担负还要重！家中幸得有叔兄弟们，除去自己的二亩五分地外，还佃种着镇上人家的地。不过人口多，他伯父的鸦片烟消费尤其要急，即不是灾荒的年岁，每到冬天也往往十分拮据，这一年来更是想不到的困难。男人们的棉衣连拆洗另缝都来不及，小孩子有的是穿了单裤在火炕上过冬，出不得门。徐利虽然有年轻人的盛气，不像大有老是钻牛角尖似的呆想，可是现实的困苦也使他不如平常日子的高兴。他是个向来不大知道忧愁悲观的年轻农人，每到没有工作的时候，在太阳光下拉"四弦"是他唯一的嗜好。秧歌唱得顶熟，至于踢键子、耍单刀，更是他的拿手把戏，村子里没一个人能与他比赛的。他常常说些什么都不在乎的话。他不想存钱，也不会花费。他没有娶妻，因此觉得累赘少些。可是为了家中人口少吃没用，不能不出去卖力气。

他们这一次是给镇上裕庆店到靠铁路的F站上去推煤炭。向例每到冬天做杂货存粮的裕庆店就临时经营炭栈的生意。本来地方上一般用的燃料是高粱秸与木柴，不过为了利便也烧铁炉子。这几千户的大镇上，有公所，有警备队的分巡所，有保卫团的办事处，有商会和学校，这些地方多少都用煤炭。至于店铺和住家，改用铁炉的也不少。裕庆店的王经理凡是可以生利的买卖他什么都做，他在冬天开的煤炭栈成了全镇上煤炭的供给处。大有与徐利是雇给他去推百里外的煤炭。

大有家的车辆在上一回送兵差中丢掉了。徐利家还有一辆，牲口是临时租到的。他们这次去，一共有十多辆车子。裕庆店的经理对于这些事很有经验，年前就只有这一次的运煤，他也怕再遇到兵差，车辆人马有被人拿去的危险，所以乘着一时平静便发去了这些车辆。

大有从前曾到过F站，徐利还是头一回。他们推了许多豆饼送到F站去，再将大黑块的煤炭运回，来往都很沉重。并非计日工资，而是包运办法。一千斤运到裕庆店多少钱，多少依此为准，好叫推夫们自由竞争。王经理再精明不过，他对推夫们说这是大家的自由劳力，他并不加限制。既是出卖力气赚钱，谁也不肯少推，只要两条膀臂支持得来，总是尽量地搬运。不过，这一回无论去还是回，大有与徐利的车子比别人总轻一些。大有觉得很对不起他的年轻伙伴。徐利却是毫不在意。一路上迎着北风，他还是不住声地唱小调，口舌不能休息，正如他的脚力一样。他肩头上轻松，很容易地扶着车子前把往前赶着路去。

他第一次看见火车的车头，听到汽笛尖锐的鬼叫般的响声。那蒸汽的威力，大铁轮的运转，在光亮的铁道上许多轮子转起来，合成有韵律的响声。还有那些车厢里的各样衣服、打扮、言语的男女。他如同看西洋景似的感到兴味。虽然在近处，火车穿行在田野之中，究竟相隔九十里地，他以前是没去过的。他与大有在站上等着卸煤的时候，倚着小站房后的木栅问大有道：

"原来有这样的车！在铁上能走的车，比起汽车还奇怪。但是哪里来的这些终天走路的男女？"

大有笑了笑没有答复，谁晓得他们为什么不坐在家里取暖呢？

"看他们的样子，"徐利低声道，"一定不会没有钱！衣服整齐，没有补绽；不是绸缎，就是外国料子做的衣服，看女的，还围着狐狸尾巴，那样的鞋子。不像贩货，手里没东西拿……"

他口里虽提出种种问题，大有也一样呆看并不能给他答复。火车到时，那些在站上等候的人是十分忙迫，买卖食物，与上下的旅客，以及扛枪拿刀的军警，戴红帽子的短衣工人，都很奇异地映入徐利眼中。及至他看到多少包头扎裤管的乡间妇女与穿了厚重衣服的男子也纷乱地上下，他才明白像自己一样的人也可坐在上面！可是与那些穿外国衣服戴金表链的人是不能相比的。坐的车厢与吃穿的不一样，他们衔着纸烟，戴着眼镜，有的穿长袍，如演戏似的女子，都悠闲地看着这些满脸风尘的乡民，背负了沉重的东西与辛苦的运命拥挤着上下。这明明是些另一世界中的仙人了！徐利眼送着火车慢慢地移动它的拖长的身影，远去了，那蜿蜒的黑东西吐出白烟，穿过无边的田野，带着有力量的风声向更远的地方去。他回过头来寻思了一会儿道：

"多早余下钱我也要坐坐那东西！多快活，坐在上面看看！"他微笑了起来。

"你多早会有余钱？我同你一样，有钱我要去找杜烈。"大有将手拢在破棉衣的袖口里。

"有法子，有法子！过了年，天暖了，我就办得到，下南山同魏二去一趟……你说杜烈，我不大认识他，听说他在外头混得很好，曾借钱给你？"

"就是他！真是好人！他曾许下我没有法子去找他，他帮忙……他就是坐这条火车去的，到外头，他说有力气便可拿钱。镇上去的人不少，做小买卖的有，下力的也有，为什么咱老蹲在家乡里受？"大有又提起他的勇敢的精神。

"你还行，我就不容易了！"

"为什么？你不容易？你没有老婆孩子，清一身，往哪里去还不随便，怎么不行？"

"有我大爷，虽然一样他有亲生的孩子，都不小了，可是他不答应我，真不能走！多大年纪了，忍心不下！"徐利是个热心的年轻人，对于他伯父的命令从心上觉得不好抗违。

"可是，还有这一层……远近一个样。像今年，大约咱在乡间是过活不下去了。下关东那么远，除掉全卖了地没有路费，也是不好办……"大有惨然地说。

徐利眼望着木栅外的晴暖天光，沿着铁道远去，尽是两行落叶的小树，引往无尽的田野。他的思想也似乎飞到远远的地方去了。

及至他们在站上实行装炭的时候，便把在木栅后的谈话暂时忘了，他们只希望能够早早回到镇上，领了运价好还债务。

来去四五天，大有在车子的后把上虽然吃累，可幸是当天晚上就能推到镇上了。这一天天刚破晓，十几辆车子就从宿店动身。近百里的路程，他们约定用不到点灯须赶到。没有下雪，冷点免不了，要与天气硬挣。短短的旧棉袄，木把上有两只棉布套，这便是他们保护身体与两手的东西。在干硬的路上走不上一个钟头谁也出汗，纵然风大，还可以抵抗得住，不像夏天热得不能行动。冬天推脚大家都乐于干。有时遇到天暖，他们便只穿一件蓝或白色的洋布单褂。沿路互相说笑着，分外能添加用力的兴味。何况这是凭劳力能挣到彩头的事，大家虽然尽力赶路，却不同于上次当兵差时的痛苦了。

一道上很平静，田野间固然少了人迹，在大道上却遇见不少两人推的车子，还有轿式骡车，一人把的小车，载着许多货物。有的装在印字的大木箱中，有的用麻袋包起，据说都是从火车站运下来的，往各县城与各大镇集上送去的。也有赴站的豆饼、花生油、豆油的车辆，不过去的不比来的多。豆类的收成不好，影响了当地的出品的外销。而由火车上运下来的布匹、火柴、煤油、玻璃器具，仍然大量地分散到各个地方。在晴光下这条道上平添了多少行人，推夫都是农民，他们利用冬日闲暇时间去挣每日的脚价。

大有病后虽还勉强能够端起车把，终是身子过于虚怯，一路上时时呛风、咳嗽，汗出得分外多。幸而不是长道，一天能赶到。他仍然脱不了高粱酒的诱引。饭吃不多，这高粱酿成的白酒却不能不喝。好在沿道野店中到处都买得出，那里没有火酒掺兑，是纯粹的白酒。每当他喝下五六杯后，枯黄的面色映出一层红彩，像平添了许多力量。及至酒力消后，他推起车子不但两腿无力，周身又冷得厉害，颤颤地把不住车把，必须到下一站再过他的酒瘾。这是从夏天习成的癖好，病后更加重了。本来乡间的农民差不多都能喝点白酒，可不能每天喝，现在大有觉得酒的补助对于他比饭食还重要。他知道这不是好习惯，然而也不在乎，对于俭省度日与保养身子这类事，他已经与从前的思路不同了。谁知道他与他的家里人能够生活到多少日子？家中的田地，甚至自己的身体，终天像是人家寄放的东西。因此，他并不想戒酒。他有他自己的心计，失望、悲苦深深地浸透了他的灵魂，他一时没力量解脱。除去随时的鬼混之外再想不出什么方法。一年中，好好的土地有一多半以很少的价值让到别人手里去，家里人手又少，种地非找雇工不可。乡村间土地愈不值钱，雇工的工夫却愈贵，加上一场旱灾，更是重大的打击。大有推煤回来，喝过酒，在大道中有时是这样想，于是脚下的力量便松懈下去。徐利在前面虽然用力推动，却走不快。这天午尖后再上路时，前边的车子把他们这一辆丢在后面，相距总有二里多地。徐利也知道大有现在不能像从前似的推快车，只好同他慢慢地往前赶，好在早晚准能到镇上去。

太阳的余光在地上已经很淡薄了，向晚的尖风又从平野吹起。距离镇上约莫有十多里地，中间还隔着两个小村子。前后走的车辆都放缓了脚步，因为从不明天动身，是重载的车子，赶这一百里地，在冬日天短的时候容易疲劳，还觉得走不多路。无论如何，掌灯后可以到镇上喝酒，吃晚饭，他们不愿在这时尽力忙着走。人多，也不怕路上出岔子。拉车子的牛马都把身上的细毛抖动与野风作战，一个个的蹄子也不起劲地挪动。大有与徐利这一辆更慢，相隔二里地，望不见前头七八辆车子的后影。还是徐利催促着大有快点走，要赶上他们。及至到了淮水东岸的土地庙前，徐利在前却看着那些车子都停在小树行子里，没走，也不过河，一堆人集在土地庙的后头，像是议论什么事。

"怪！你看见他们没有？还等着咱一同过河。"

"一同过河？他们大约也是累乏了——不，你再看看，他们不是在那里歇脚！有点不对，大概河西又有事，怕再与土匪打对头。怕什么，就让把这几车子煤抬去吧。"

徐利不作声再向前走几步，"住下，"他说，"咱先往前探问探问什么事。"

恰好那一群推夫也看见了，在微暗的落日光中，有一人向他两位招手。大有与徐利放下车子跑上去，原来是裕庆店的小伙，跑得满头汗珠，抢过河来迎接他们。

这时大有才明白，他猜测得不错，果然是出了事。虽然不干他们

144

的事，也没有土匪等着抢煤炭，然而裕庆店来的口信，却再三嘱咐他们不要过河。原来这天下午从旺谷沟与别的地方冲过来许多南几县里败下来的省军，无纪律、无钱、无正当命令向那里去的这一大队饿兵，虽然有头领，却有几个月不支军饷了，这一来非吃定所到的地方不行！与上一次的由江北来的不同，那是比较规矩的，而且只是暂住一宿。现在这一千多人，到他们这些村庄来一点客气都没有。差不多每个兵都有家眷，小孩子略少些，女人的数目并不少于穿破灰衣的男子。除掉家眷外，还带着一些妇女和少数的没穿灰衣的男人，说是挈带来的。总之，他们都一样，衣服挡不住这样天气的寒威，没有食物，恰是一大群乞丐！他们一到那里，十分凶横，索要一切，连女人也没有平和的面目。困顿与饥饿把他们变成另一种心理。

据裕庆店的小伙向这些推夫说：这大群败兵分作三路向北退却，都经过这个县境，总头目住在县城里，虽然还向北走，可是后头没有追兵，看样子要预备在这县中过年再讲。因为再向北去，各县一样闹着兵荒，都是有所属的省军，谁的防地便是谁的财产，怎么能让外来的饥军常住。于是分到镇上来的有七八百人，余外是妇女和孩子，得叫这一带的人民奉养他们。县里忙得厉害，顾不及管乡中的事，只可就地办理。现在镇上也容不了，又向左近的小村庄分住。他偷出来的时候，这群出了窠的穷蜂正在到处螫人。加上他们想找到久住的窠巢，谁家有屋子得共同住，因为他们也有女人和孩子，不能说上人家的炕头算作无理。这唯一的理由是："咱与老百姓一个样，也得住家过日子，躲避什么呢？"于是各个乡村在昨天晚上大大纷乱，要紧是住屋的问题。同时多少人忙着给他们预备饭食。

这位小伙早跑出来在河岸上迎着车辆，是不让大家把煤推到镇上去。因为他们正需要燃料，如果知道，裕庆店这次生意得净赔。还怕扣留下这七八辆车子不给使用。所以小伙扇着打鸟帽再说一遍：

"王掌柜偷偷地叫我出来说，把车子全都送到——回路，送到叉河口的大庙里去。他也知道大家辛苦了三四天，这里我带来的是一个人一块钱！到大庙里去随便吃喝，尽够。那住持和尚和掌柜的是干亲家，一说他就明白，还有一张名片在我的袋里。"

这颇能干的伙计把袋里的大洋与一张王掌柜的名片交出来，他喘着气又说：

"好了，我交过差，以外不干我事，还得赶快跑回去。来了乱子，柜上住下两个连长，两份家眷，真乱得不可开交……打铺草堆在街上比人还高。"

他来不及答复这群推夫详细的质问，把钱与名片留下，转身便从草搭的河桥上走回去。

这时，广阔的大野已被黑影全罩住了。

推夫们不能埋怨王掌柜的命令，还十分感谢那位小眼睛稀胡子的老生意人。他们要紧的是藏住这些劫余的车辆——有的是借来的、租到的。那一回丢的牲口和车子，给农民造成一笔重大的损失。如果这次再完了，明年春天他们用什么在农田中工作？实在，他们对于农田的用具比几块钱还要紧。

虽然要回路从小道上走，还有十多里才能到叉河口东头的大庙，然而谁也不敢把车子推到镇上。赶快，并不敢大声叱呵牲口，只可用皮鞭抽它们的脊骨。

大有与徐利的车子这一回反而做了先锋，往黑暗的前路上走。风大了，愈觉得腹中饥饿。加上各人牵念着村子中的状况，说不定各家的人这一夜中没处宿卧，家中仅有的粮米等他们吃上三天怕再也供给不出！忧虑潜伏在每个推夫的心中，他们唯一的希望是各人的村子还没住兵，但谁能断定？这突来的灾害，这荒苦的年头，这一些到处作家，还挈带女人孩子的"蜂群"。徐利更是有说不出的恐怖，他的伯父，那样古怪脾气，还得终天在烟云里过活，如果同不讲理的穷兵闹起来，不须器械，一拳头就能送了他的老命！再不然气也可以气死！

大有只是想痛痛快快再喝一回烈酒，他咬着牙努力不使他的想象活动。

叉河口是在这一带风景比较清爽的村落，相传还有一些历史古迹。因为这县城所在地是古史上的重要地带，年岁太久了，古迹都消没在种种人事的纷变之中。叉河口是著名的古迹区，曾被农民发掘出几回古时的金类铸器以及古钱，又有几座古碑——据考究的先生们记载过，说是汉代与晋代的刻石。除却这些东西之外，所谓"大庙"更是全县的人民都知道的古庙。什么名字，在乡民传述中已经不晓得了，然而这伟大残破的古寺院仍然具有庄严的法力，能够引动多少农民的信仰。本来面积很广大的庙宇，现在余存了不到一半的建筑物，像是几百年前重修过的。红墙外面俱改成耕地，只有三三五五残存的佛像在地上受风雨的剥削。有些是断头、折臂，或者倒卧在地上面，也有半截石身埋在土中的。都是些身躯高大、刻画庄严的古旧的佛像。虽然没有殿宇做他们的荫护，而乡民对于这些倒下的损坏的佛像还保持着相当的尊敬观念。谁种的庙田里有段不完全的佛身，纵然是倒卧着，仰着不全的笑脸上看虚空，而佃地的农户却引为他自己的荣耀，不敢移动。庙中的和尚自然还要借重这破佛像的信力维持他们实在的利益，时时对农户宣扬佛法的灵异与不可亵侮佛像的大道理，可是他们已无意再用香花供养这些美术的石块了。

庙里有十多座佛殿，有的是种种经典和法器。和尚也有十多个。里面空地不少，有的变成菜圃、花园，还有些大院子完全是一片荒芜。因为庙上有足够应用的庙产，用不到在这些小地方求出息。古树很多，除去松、柏、枫树、柏树之外，也有櫟树，是不多见的一种大树。房屋多了，难免有些损破，除却香火较盛的两座大殿以外，别的大屋子只余下幽森的气象与陈旧的色彩了。

沿大庙走过一段陂陀，一片泥塘，有很多芦苇，下去便是河的汊口。每到夏秋水很深，没桥梁也没渡船，只有泥塘苇丛中生的一种水鸟在河边啄食，或没入水中游泳。庙的地点较高，在观音阁上可以俯瞰这一处的风景。尤其是秋天，风摇着白头的苇子穗，水鸟飞上飞下做得意的飞鸣，那一湾河流映着秋阳，放射出奇异的光丽。所以这大庙除却古老，也是旧诗人们赞赏的一个幽雅地方。但自从匪乱后，不但那些文人不敢到这样荒凉的地方，就是和尚们也预备下武器防护法地。那样的空塘，那样的弯曲河流，与唱着风中小曲的芦苇，都寂寞起来，似乎是全带着凉凄面目回念它们旧日的荣华。

因为不通大道，新修的汽车路也伸不到大庙左近，所以它在这个年代还能保存着古旧的建筑与庙里的种种东西。土匪自然对于和尚们早已注意，不过究竟是一片古董地方，相传佛法的奇伟与神圣，在无形中免除了土匪的抢掠。其实，庙中的财富较大，人也多，和尚们自己有枪支、火药，领着十多个雇工，形成了一个小小的武力集团，所以土匪没和他们出家人惹是非。这与陈家村外的龙火庙是不一样的情形。

大有与徐利在暗道上率领着后面的车辆，摸着路走。他们不点上纸灯笼，也不说话，尽着残余的足力从小路上向大庙走去。冬天的晚饭后，轻易遇不到走路的人，何况这条小路只是往叉河口去的。经过不少的柿子行，路旁尽是些丛生的荆棘与矮树，在初上升的月光下看去，像些鬼怪的毛发和手臂。有时一两声夜猫子在近处叫出惊人的怪声。这条小路只有徐利在多年前随着他伯父上庙走过一回，别的人只到过叉河口，却没曾往庙里去过。虽然风是尖利地吹着各人的头面，他们仍然从皮里向外发汗。太累了，饥饿与思虑，又有种种恐惧，赶着往大庙的门前走，谁都觉得心跳。

经过约计一点钟的努力，他们到了圆穹的砖石门前。住下车子，都疲倦得就地坐下。这时弯弯的凉月从庙里的观音阁上闪出了她的纤细的面影，风渐渐小了，冰冷的清辉映着淡红色的双掩木门。徐利想向前捶门，听听里面什么声息都没有。他方在踟蹰着，大门东面的更楼上，有几个人在小窗子里喊叫。一阵枪械的放拿声，也从上面传来。

经过详细的询问，从门缝里递进名片去，又等了多时，门还是不开。而更楼的砖墙里站上了几个短衣人的黑影。

并非庙里的和尚出来问话，仿佛也是军人在上面：

"咱们——军队住在庙里，不管是谁的片子，过不来！谁晓得你们车子上推的什么东西？"

听见这句话，大有从蹲的车子后面突然跳起来，上面的人没有看清楚，觉得大有是要动手，"预备——"两个字没说完，听见几支枪全有拉开栓的响声。

徐利与其他的推夫都呆住了，不知道碰到什么事。怕是败兵住到大庙来了，也许是被土匪占了。要跑，又怕上面飞下来的火弹，这是有月亮的时候，照着影向下打，没有一点遮蔽。怎么办？

"咦！快开门！你不是老宋？我是奚大有……陈家村的，一点不差！给镇上推煤的车子……"大有高叫，带着笑声。

"太巧了！咱同兄弟们刚刚进来吃饭，你真是大有……没有外人？"上面的头目问。

大有走到更楼下面报告了一番，他们都看清了，这时徐利也跑到前面，争着与久别的宋队长说话。

庙门开了，推夫们都喜出望外，得到这个暂时安全的避难所。

十八

大有想不到与宋大傻会在这古旧的大庙中见面。意外的欣喜使他忘了饥渴。徐利与大傻——这一对幼年时顽皮的孩子也有将近一年没见面了，于是他两个人离开别的推夫吃饭休息的空屋子，到庙里大客堂与大傻畅谈。因为究竟是城里下来办公事的警队长的势力，他们也受着和尚的特别招待。

原来大傻是奉了大队长的命令，为现在某军败退下来住在城中，下乡到没住兵的地方催供给，草料、米、面、麦子，都在数。怕乡下人不当事，带了六匹马巡严催，限他们明天送到。他与马巡跑了一天，想着赶到镇上去宿，来不及，也听说镇上住满了兵，就宿在这所大庙里，预备明天就回城销差。

"这一来可有趣！咱被人家逼得要命，还不知道家里人往哪里跑。大傻哥，你却骑着大马游行自在地催人去！"徐利感慨着说。

"官差难自由。就是大队长也不是冰做的心，过意不去是过意不去，干差可还得干差！县长前天几乎挨上军长的耳刮子，那就不用提了。我出城的时候，噢！城里真乱得够瞧。谁家都住满了兵大爷，被窝、衣服，用得着就顺手拿来。借借用？他们说是为老百姓受苦难，这点报酬还不给？真也不是好玩的，多冷的天，棉衣裳还不全，有几个不是冻破皮的？有什么法？"大傻用马鞭子打着自己的黄色裹腿，仿佛在替那些穷兵辩护。

"大傻哥，这里没有老总们，我还是老称呼，太熟了，别的说不来。"徐利精细地说，"你当了一年的小兵官，也该变变了，自然同乡下人不一样看法。这不能怪你，本来是差不多的苦头。上一回还是我同大有去送兵——那一回几乎送了命——眼看着那些老总造的那份罪，也不是人受的！这该怨谁？老百姓更不用提起——不过你在里比他们，比咱，都好得多呀！"

大傻将小黑脸摸了摸，右手的两个指头捏出一个响声来道："好吗？兄弟！"

大有半躺在大木圈椅里看见他这样滑稽态度，不禁笑道："好宋队长，你真会找乐子！"

他在这大而暗的客堂中走了一个回旋，回过脸对着坐在木凳上的徐利道：

"好是好，有的穿，冬夏两套军衣；有的吃，一个月的饷总够吃馒头的。除此之外，若是干，还有捞摸，怎么不好？再一说，出去拿土匪吓吓乡下人，都不是赔本生意。对呀，利子，你也来干，我给你补名字！"

他郑重地对着徐利的风土的脸上看。

"这可不能说着玩，我想想看。"徐利认真地答复。

"哈哈！还得把老兄弟说转了心，在这时候蹲着受人家的气，咱自家不会干……"他还有下文没说出，旧门帘动了动，庙里和尚做的饭端进来。

这两个用力赶道的农人哪里想到在这个晚间还能有这样的饭食！一盘炒菜，一碗炒鸡蛋，还有一碟小菜，大壶白干，热高粱饼子，他们来不及再讨论别的事，迅速地吃喝起来。大傻已吃过饭，只陪他们喝酒。

空空的肠胃急于容纳下这样香甜的食物，谁也不说话，酒是用大杯一气喝下，有多半是装到大有的口里去了。大傻只喝过半杯，叉着腰在地上走。过大的客堂中，一盏油灯仅仅照过方桌前的东西，四壁仍然是十分黝黑。大傻用着走常步的姿势，踏着地上的破方砖，来回踱步。整齐的深灰色棉军衣，一双半旧的皮鞋，武装带，一杆小小的手枪藏在皮匣里，虽是细瘦的身材，却显见得比从前在地窖中披着棉衣捉虱子是另一个人物了。

快要吃完饭的时候，大有还独自喝着残酒。徐利的心思比大有活动得多，这一次眼看着旧日同伴做了城里的小队长，又看他穿得整齐，想到自己，难免不甚高兴。在从前，老人们都说大傻是到底不成材的年轻人，有的还叫他作街滑子，现在能够这样威势，比起自己穿着有补缀的短袄和老笨布鞋，还得终日卖力气，担惊受骂，怎么样？他一边嚼着炒鸡蛋，心里可老在打主意。大有见过这小队长算两次了，他从没动过羡慕他的心思，他只是佩服大傻的能干与胆力！他的朴质的心中没有一点惭愧。他这时喝着酒，除去悬念家中的情形之外，觉得颇为快乐！

大傻在他们中间虽然从前是惫懒得不叫人欢喜，他可算最有心思的一个。对于大有与徐利的性格他都明白。他这时看着徐利细嚼着饭不作声，便咳嗽了一声道：

"我替你想，你将来也得干咱这一行。只要有志气，怕什么，反正种不成地，逼着走这一步。你还用愁，不愿意当小兵，找人想想法

<hr/>

子……"大傻露出得意的笑容。

徐利离开了木桌，松松腰带道：

"先不用管我干不干，你真有什么方法？"

"容易！就一口说得出？不用忙，非过年以后办不到，你要静等。"

徐利把长长的下颏擦一擦道：

"你简直像另换了一个人！说话也不像从前，吞吞吐吐，有什么鬼事值得这样？"他觉得大傻是对他玩笑。

"不，老兄弟！不是我变，你想想，我在地窖子里的样子能变到哪里去？可是话不到时候也不好说，现在多麻烦，说你不懂，你又俏皮我是摆架子，全不对！常在城里便明白与乡下不同。"大傻真诚地说。

"我多少明白点，大傻哥的话……话呀……他究竟比咱明白得多。"大有据他在城中的经验，红着脸对徐利说。

"这一说我直是什么都不懂的乡下老粗了？"年轻气盛的徐利突然地质问。

大傻把军帽摘下来，搔着光光的头皮道：

"谁还不是乡下老粗！咱是一样的人，比人家的刁钻古怪，谁够份？大有不用提，是第一号的老实人。就是我，白瞪着眼在城里鬼混，哼！不懂的事，使你糊涂的玩意儿，多啦！地道的乡下老粗！说你也许不信，不老粗，就像小葵一样，那才精灵得够数……"

"说来说去，还没问问咱村子的阔大爷，小葵，一定又有什么差事吧？"大有这时的精神很充足，他坐不惯大太师椅子，便从门后面拉过一个破蒲团来坐在上面。

"怎么不说到他！陈老头养着好儿子，老早打从上一次过大兵，他居然成了办差处的要角，不唱大花脸，却也是正生的排场了。"

"办什么差？是兵差？"

"对呀！名目上是办兵差，什么勾当办不出？上衙门，见县长，请客，下条子，终天吃喝，说官司，使黑钱，打几百块的麻将牌，包着姑娘，你想，这多乐！大洋钱不断往门上送。说一句，连房科、班役，谁不听？老爷长老爷短，简直他的公馆就是又一个县衙门。利子，你再想想，像咱这道地乡下老粗，够格不够格？"

徐利也从木凳上跳下来。

"怪得陈老头子一听有人说小葵，脸色便变成铁青。上一回镇上的魏二还提过下南山收税的事——原来真有点威风呢！"

大傻吸着纸烟，将他的红红的小眼一挤道：

"怪，真怪！仿佛离了他不能办事。想不到才几年的小学生，有那份本领，坏也得有坏的力量！使钱还要会玩花枪。我常在城里，有时也碰到他，那份和颜悦色的脸面，不知道怎么会干出那些事来？"

他向暗空中吐了一口白烟，接着说：

"那份作为，怪不得陈老头从此担上心事，究竟那老人家太有经历了！他见过多少事，等着瞧吧！小葵，看他横行到多少时候，怕也有自作自受的那一天！"

"可也好，他是咱村子的人，乡下有点难为事求求他，应该省许多事。"大有说。

"你净想世上都是善良人，他才是笑在脸上，冷在肚里的哩。乡下事，本村中的难为，干他鸟事！不使钱，不图外快，他认得谁？连老太爷也不见得留二寸眼毛。有一次，我因为一个多月没发饷，向他借三块钱，没有倒也罢了，借人家的钱原没有一定要拿到手的。可是他送出五角小票来，说是送我买纸烟吸……哈哈……"大傻笑着说。

"五角钱，真的，送你？"徐利很有兴味地追问。

"谁骗你？当打发叫花子的办法，他还觉得是老爷的人情！是一个村子里的邻居！"

"真的，他成心玩人，没有还不说没有。谁还能发赖？"大有愤愤地说。

他们暂时没往下继续谈论，徐利与大有听了，都觉得平日是非常和气见人、很有礼貌的小葵，虽然好使钱，却想不到是这么一把手。在想象中他们都能想得出大傻当时的情形。大傻把一支纸烟吸完，丢在地上，用皮鞋尽力踏着道：

"别论人家的是非了，他是他，我是我！本来就是不一样的人，两下里怎么也不对劲。可怜是我还不敢得罪他，见了面仍然是笑脸说话……"

"他还能够给你掉差？"徐利问。

"怎么？你以为他办不到？岂但是掉差，他的本事大了，真把他得罪重，什么法子他都可以使。如果不干，不吃这份饭，马上离开城圈，自然不管他；仍然想在那里混着，你说要同他翻脸？"

"这么说来，还得吃亏？"大有点点头道。

"知面不知心！小葵什么心劲儿都有，要吃他的暗亏真容易！"

大傻在城里当差一年，居然变得十分深沉了，不是从前毛包子的脾气。生活的磨炼与多方面的接触，他虽然还保持着那一份热气的心肠，却不是一任情感冲动、随便说话的乡下人。因为他吃过一些苦头，受过多少说不出的闷气，把他历练成一个心思长、会办事的能手。与徐利、大有比，大不一样。他这时淡淡地答复了大有的疑问，接着到油污的方桌上挑了挑豆油浸的灯芯。

"净谈人家有什么意思。横竖是一条冰、一块热炭，弄来弄去，各人得走各人的路。不是站在一个地处，谁分得出什么高下！现在我想开了，老是在城里吃饷也没有出息，好在我是独人，说不定早晚有机会向外跑，干吧！"

徐利脸上微微显出惊异的颜色。

"还往外跑？能够上哪里去？"

"说不准——怎么还混不上饭吃！多少知道一点现在的事，再不想当笨虫一辈子，你们不知道，这一年来我也认得了许多字。"

"啊！记起来了，大傻哥准是拜了祝先生为老师。"

大傻望着一动一动的灯光笑道：

"猜得真对。小时候认得几个字，还记得，在队里没事的时候，就当学生。你别瞧不起祝先生，他比咱还年轻，说话倒合得来。他没有那些学生的架子，他懂得很多很多的事。尽管他不是本处人，但够朋友！我就从他那里学会了许多事。"

"什么事那么多？"徐利问。

"说来你得像听天书一样，急切明白不了……"大傻显见得不愿意多谈。

徐利对于他这位老同伴歇歇螯螯的神气也大满意，他心里想："真不差，你现在不同咱们站在一个地处了！架子自然会摆，咱还是回家向地里讨饭吃，谁巴结你这份队长！"

他赌气也不再问，从怀里掏出短竹子烟管吸着自己园地里种的烟，不说话。大傻知道他的话不能使这位年轻的邻居满意，却又没有方法解释。不过一个年头，自己知道的事与祝先生传授给的好多新事，怎么敢同这冒失小伙提起。从省城里下的命令多严厉，看哪样书的人都得捉，不是玩笑，即使自己领祝先生的教，还在没人听的时候。那些讲主义的话与他说，不是吃木渣？并不是一天两日讲得清的，所以自己说话的吞吐也没法子请他原谅。

大傻沉着地想这些事，大有却是一无所觉。他仍然是抱着简单而苦闷的心牵记着家中的情形，没有徐利的多心，也想不到大傻在城中另有一份见解。这些全是大有梦外的事，他一时理会不来。

夜已深了，这两个乡间人再熬不住瞌睡，便倒在大木炕上。大傻似乎还要讲什么话，却又说不出来，末后他只说了两句：

"不定什么时候再得见面。徐利，你到底有没有意思补个名字？"

"看着去，我也不很稀罕你那一身衣服……"

大傻笑了，他知道老同伴的脾气，再也不说什么。

第二天的绝早，这两路上的人一同离开了大庙。宋队长带着马巡走大道往城中交差，大有这群像是躲猫的老鼠，将车子全存在庙里，谢了和尚的招待，分路从别道上回各人的村子去。

刚破晨的冬天的清肃，满地上的冷霜，小河湾里的薄冰，在这么广阔的大野中著上几个瑟缩的行人，恰是一幅古画。然而画中人的苦痛遮蔽了他们对自然清趣的鉴赏。冷酷的争斗，心头上的辛辣，使他们不但不去欣赏自然，也生不出什么反应，只是无情地淡视自然的变化。他们现在所感到的是旷野的空虚与凉气逼到腹中的冷战！

走不出几里路，同行的推夫渐渐少了。不是一个村庄的人，都各自拣便道走去。后来到镇上与陈家村去的只剩下五六个人。大有有上一次的经验，并不对败兵害怕。家中的穷苦，又遇上这样的横祸，他以为非"打破砂锅"不行，再不想安衣足食能好好过乡下的生活！徐利一路上老是忘不了昨日晚上大傻的口气与神情，愈想愈不对劲。一会儿又觉得自己不争气，完全成了乡下的老实孩子，受人家戏弄。他是多血质的人，想头又活动点，又不明白宋大傻现在是有什么心思，所以觉得是十分不服气。虽然他答应自己补名字，那不过是对乡下人夸嘴的好听话。

两人虽然各怀着想头，脚下却是一个劲儿。他们踏着枯草根与土块，越过一片野塘，在河边的树林子里穿行。绕了几个圈子，当温和的太阳吻着地面时，他们已经到了陈家村的木栅门外。

好容易进了村落，大有与徐利才明白他们各人家中昨夜的经过。

幸而只有一连从镇上分到他们这边来，自然人数并不足，只有五十多个枪械不全的兵士，可是也有一半的女人。像投宿客店一般的不客气，随便挑着屋子住。春天立的小学校，那只是五间新盖的土房，只一盘火炕，住了一份男女。别人都不愿意到那大空屋里挨冻。全村二百家的人家有多半是与这些突来的野客合住。陈庄长家的客屋成了连长公馆，徐利家中的人口多，幸而只住上两位太太，一位是穿着妖艳的服装，时时含着哈德门的纸烟，那一位却是很老实的乡下姑娘。大有的三间堂屋里有一个矮子兵带着他的年纪很不相称的妻，一个五六岁的孩子，变成了临时主人。大有的妻与聂子却退到存草的牛棚里去，幸而还有两扇破木门。

大有被这些新闻闹糊涂了，一进村子便遇见人同他说。他跑到家里看看，还好，他的主人是五十几岁的老兵，连兵太太也是穿戴得同乡下人一般的寒碜。显见出他们不是原来的夫妇，女的比男人看去至少小二十岁。破青布包头，粗布袄，一脸的风土，小孩子流着黄鼻涕，时时叫饿。那位兵爷并没有枪械，鬓腮胡子，没修刮，满口说着好话，不像别的穷兵一个劲儿地凶横。至于屋子中的存粮食物，毫无疑问，大家共有，临时主人的空肚子还能让它唱着饥饿的曲调？

大有问过几句话，看看妻与儿子虽是睡在干草堆里，究竟比露宿好得多。他眼看着自己的人与老兵的狼狈情形差不多，都等于叫花子，他只能在冻得发紫的嘴唇上含着苦笑。

的确，对于那样年纪与那样苦的老兵以及他的临时组织成的眷口，大有什么话也说不出。

然而全村的人家却不能够都有大有家中的幸运。年轻的带枪械的兵士总起来有多半数，连同他们的女人，也一样更不会和气，不懂得作客的道理，占房子、抢食物之外，人家的衣服，较好的被窝，鸡、鸭、猪，凡是弄得到的，该穿，该吃，丝毫不容许原主人的质问，随便过活。这一来全村中成了沸乱的两种集团：受灾害的无力的农民与在穷途不顾一切的兵客。虽然在枪托子皮带之下，主人们只好事事退避。不过情形太纷乱了，大有各处看看，觉得这恰像要点上火线的爆发物一样。

找陈老头去，到处不见，据说昨夜在吴练长家开会，还没回来。

这一晚上原是空空的地窖子里却塞满了村中的男子。

自从春天奚二叔还在着的时候，地窖早已空闲起来。每年冬天，奚二叔约集几个勤苦的邻居在里边共同做那份手工，即使农人用不到这点收入，他们也不肯白白地消磨了冬天的长夜。何况烧炕用不到的高粱秸——那是另一种的细秆的高粱秸——既然收割下来，也不忍得损坏了。所以这多年的地窖每到冬晚便变成村中的手工厂，也是大家的俱乐部。近几年已经是勉强维持着他们的工作，可是一年不如一年了，因为虽然还没有外来的东西能以代替乡村间的需要，而人手却聚拢不了几个。除去按户轮班、守夜巡更之外，有的年轻人可不愿干这样出息少的工作。甚至年老人教教他们，也觉得不爱学。劈高粱秸，刮瓢子，分条，编插成一领大席子，四五个人几晚上的工夫，卖价也不过一吊大钱，合起洋价来连两角不够。至于工作的兴趣，年轻的农人当着这年头哪一个不是心里乱腾腾的，怎么能使他们平下心，在黑焰的煤油灯下做这样细密活计？奚二叔对着这样情形早发出过不少感慨，他曾向陈庄长说过，要将地窖子填平，种果子树。奚二叔虽然有此志愿，却终于没实行，还是每到冬天在里面编席子。工作人多少，他不计较，也不管一冬能编出几领席来，他总认为这是他的冬天的职业，是从祖上传下来的农民应分勤劳的好方法。及至他死去以后，大有轻易不到这里来，这里便成了存草的厂子。又到这年冬天，大有没想继续他爹的志愿，再编草席，村里年纪较大的人也被这一年的种种事闹糊涂了，谁也不提起这件事。

然而这一回的意外事却使这冷静的土窖平添热闹。

客兵们都找有火炕的屋子住，有现成的农民被窝，用不到讲客气，谁愿意到这里边来。

村中的男子逼得在家里没处安身，他们有的是母亲、姊妹与兄弟们的女人，只是让她们并居在一间、两间或几家邻舍共同倒换出的小屋里。男人自然无处容纳。大有对于住在自己家中的老兵还觉得安心，却也不情愿与老婆孩子挤在小牛棚的草堆里过夜。因此村东头的他家的地窖便恢复了奚二叔在时的情形。

差不多有几十个男子都蹙眉叹气地蹲在里面，低声谈着一个题目：怎么度过年关前的日子？住处如何，他们还想不到。家中本来没有多值钱的物品，也还能舍得丢掉，迫在目前的是粮粒的缺少！一年收成不过五成，人工、捐税、吃、用，到这样的穷冬要饿着一半的肚皮才能混过年去。这一些"天神"的下降，只几天便把粮食扫数清出来。虽说镇上要从各村征集麦米，哪来得及？平空中添上近千口白吃的客人，这简直比夏天与土匪打架还难！

不用讨论也不用预想，明明白白的困难情形，要逃荒也没处走，又是多冷的冬天！这一地窖中的男子——几年来吃尽了苦头的农民，谁也没有主意。他们没有枪械，又没有大力的援助，即便横了心学学他们的客人榜样，也带了妻子往别的地方当吃客，怎么办得到？与这些饿鬼相争，明明不是对手，怕连村子都守不住……

大有在地窖下口的土阶旁，半躺在干草上，瞪着大眼看从上面坠下来的一条蜘蛛丝，有时飘到灯光的亮处，便看不见，又荡过来，方看清沿着那极细极软的丝来了一个土色的小蜘蛛，正好在他的脸上爬动。一指尖便可将丝弄断，使这小生物找不到它那蛰居的旧窠。无聊的气闷横在胸间，他很想着破坏了当前一切有阻碍的事物。他刚刚举起右手，一个念头又放下了。

不知为什么，他这样心粗的人忽然怜悯这拖着自己腹内的生命丝跑出来寻求食物的小东西。这么冷黑的地方，它还没蛰藏了它的活动的身体，不怕什么，也不管有无可以给它充饥的食物，在这细柔的一条丝上仍要寻求充实它的生命的东西！大有虽不会更精细地替它设想，但觉得他不应该用自己的手指毁坏了这小生物的希望。他想不出所以然，可把那份气闷消停了不少。

"怎么，徐利子没来？他家里不是也盛不开？"不知谁忽然这么说。

"他许是在家里要替他大爷保驾？他倒是个孝顺孩子。"一位弯腰的老人说。

"不，我知道。"这是那痨病鬼萧达子的声口，"他自从天明回来一趟，就到镇上去，午后我还同他打了一个照面，看他忙得满头汗，问他有什么事，他说什么什么都完了，至少他大爷与那些老总再混上两天准出乱子。他说他非想办法不行。到底不知他有什么办法，以后就没看见。"

"谁都没法子想，难道他就分外刁？"第一个说话的掷回一个冷问。

"人家有好亲戚。"又一个说。

"你说的是那老师傅的表兄？大约利子要走这条路。本来冷家集不逢大道，哪一家不是在那个村里开着油坊？"

"准对。徐老师的脾气，一定得搬。他，没有饭吃还将就，他是眼里放不下去这些老总的！闹急了，他会拼上老命！"弯腰的老人又说。

"唉！有好亲戚的投亲，好朋友的投友，都是路！苦了咱这无处投奔还是空着肚皮的人家……"萧达子哭丧着瘦瘪的黄脸，蹲在墙角里咳嗽着叹息。

大有听了这些话，他躲开那飘动的蛛丝坐起来。接着萧达子的话又道：

"我猜他准得把他大爷以及女眷送出去，他得回来看家。"

他们正在猜测着，地窖子上面填干草的木门推开，跳下来一个人影。

"说着曹操，曹操就到。徐利，是你要搬家？"另外一个年轻人抢着问。

果然是徐利，面色红红的，像喝过酒。他一步跳到土地的中央，仿佛像演说似的对大众说：

"不能过了！这一来给个'瓮走瓢飞'，非另打算不行！哭不中用，笑也不中用——为的我大爷，没法子，不把他送出去，他那个脾气非干不可！不是白送了老命？一天多没得吃烟，躺在团屋子尽着哼，好歹我向他们告饶，说是病，可怜年老，才好容易没撵他出来。不管怎么样，明天一早我得连家里的女人们送到冷家集去。知道大家是在这里蹲……"

他的神气十分兴奋，在大家灰心丧气的时候，他跳进来大声说这些话，也不怕外面有人听去。大有看着也很觉得诧异。

"少高兴！这是什么时候，搬就搬，谁叫你有好亲戚。别那么吆天喝地的，你知道老总们站了多少岗？"先前猜他要搬走的那一个农民说。

"高兴？'火烧着眉毛，且顾眼下'！我徐利就是不怕硬，送了他们去，回来，我并不是躲开，倒要看看闹个什么样？再一说，站岗，也还像样？你们不知道只是木栅子大街两头有四个老大哥，难道还站到咱这地窖子来？他们的胆量更小，夜里出村去，要他们的命！不是为了大家，看那些家伙，收拾他们不用费事！"

他喝过酒，话更多，这突来的遭遇使他十分激动。他不像别人只顾忧愁，思虑，像一群害饿的绵羊，愈在这样的时候愈能见出他对困难的争斗与强力反抗的性格。

他毫不在意地向大家高声说着那些饿兵的举动。他到镇上，问裕庆店要钱时所见的种种情形，引动了全地窖中人的注意。他们虽然害怕，可也愿意有个勇敢的人给他们许多消息。

大有始终用宽大的黄板牙咬着黑紫的下嘴唇，没说话，虽然是听徐利报告，他的眼睛却没离那一根飘来飘去的蜘蛛丝。这时他突然问道：

"你当天还赶回来？"

"我当天走黑路也要来！我不能把房子干干净净让给这群饿鬼——回来还得想法子！"

"小声点说！我的太爷！怎么还想法子？"萧达子吸着短旱烟管说。

"耳刮子打到脸上，难道硬挨着揭脸皮不成？"徐利睁大了他那双晶明的大眼。

萧达子吐了吐舌头，接连着咳嗽，摇头。

"好徐太爷！大话少说点，够用的了！"

"哈哈！放心，连累不了你这痨病鬼！"

"连累不连累说不上，你忘了头年大有哥的事？"

"除非是他……"徐利眼看着发呆的地窖主人冷笑。

"怎么样，依着你？"大有把右手向前伸一伸。

"依着我？一年更不是一年，去年的皇历现在看不得，依着我……"他像颇机警地向四下里望了望，话没说下去。

"可是你以后别说'除非是他'的话了！"大有脸上也现出决断郑重的颜色。

"静一静，听……"弯腰的老人向草门外指着，果然从远处来了一阵马蹄的蹴踏响声，似是向村子里来的。

接着有人站起来，一口气将土墙上的煤油灯吹灭，都没说什么话。

黑暗中，大有将伸出去的手用力一挥，那条柔细的蛛丝断了。

十九

这群穷兵在这些村镇中住了五六天之后，正是一个正午，吴练长的大客厅里集合了十几个乡下的首事人。穿方袖马褂的老者，戴旧呢帽穿黑绒鞋的中年人乡董，还有尖顶帽破皮鞋的小学教员，余外多半是短衣的乡下老。他们有的高踞在红木的太师椅上，有的站在粉墙前面，大张着像失了神的眼光去看墙上的古字画。他们属于一个集团，由各村中集合来，捧住了一样的心，想对他们的头领求一点困苦中的办法。幸而练长的房宅宽大，东园中虽然也住着团长的家眷和卫兵，却另走通街的小门，所以这刻砖映壁后的大门口，除去把门的两名团丁之外，还没有老总们的阻挡。他们仗着人多，又是为公事来的，就一起拥到这讲究客厅里来。他们很急闷，在这里无聊地等待，因为练长刚被团长请去谈给养，还不能即刻回来。吴练长是做过官的，识字多，儿子又在省城里当差，见过世面，有拉拢。他是地方上多年的老乡绅，什么话都会说，心思是那样的深沉老辣。纵然他是著名的手段厉害，可是大家还不能把他去掉；不但没有这份势力，去了他谁敢替代他哩？镇上是来回的大道，兵差、官差一个月不定几次；警备分队、保卫团、货捐局的分卡，牙行、商会，这许多麻烦事能不办？谁敢应承下来没有差错？而且到县上去有比他更熟，说话更有力量的吗？有这许多关系，所以这十几年来他把持着他的权威，还能够维持他的练长的局面，各村中的首事都得听他的调遣。

冷清清的大屋子中没生炉火，也没有火炕，幸而天气还好，从大木风门外射过来的阳光，稍稍觉得温暖。大厅上面高悬的"世代清华"

四个大字的木匾，已经剥退了金光，一层灰暗罩在深刻的颜鲁公式大字上，细看，却封上不少的蛛网。长木几，刻花的大椅子，四个带彩穗的玻璃灯。两山墙下各有一堆旧书，是那样高，不同的书套，破碎的白绫签子，纸色都变成枯黄，摆设在这空洞的旧屋里，不知经过多少年屋主人没曾动过。墙上的字画也有破损与虫咬的地方。向南开的两个大圆窗，虽是精工做的"卍"字窗棂，糊着很厚的桑皮纸，可与屋子中的陈设、颜色十分调和。这大厅，吴练长不大常到，他另有精致的小房，在那里出主意，商量事情，吸鸦片，请军人打牌。这大厅只是一所古旧的陈列品。

然而这一群人这天的到来，却将空虚黯然的心情充满了空虚黯然的古旧大屋。

他们都是被那些穷兵糟践得不能过活的村代表。各村中的人都强忍着饥饿，一任着他们的客人的强索，硬要；女人、孩子，都被逼得没处住，被褥抢净了，只余下各人的一身衣服还没剥去。仅有的柴草、木器，也禁不住那些饿鬼的焚烧。鸡、狗随意地宰杀，更不在话下。总之，他们本是十分有耐力的乡民，现在被逼到死路上来。突来的这么多的军队，还有许多的家眷——也可说是别地方的灾民，要住多久？要怎样过活下去？他们现在不能不问了。明知道不是容易想法子的事，然而老练的吴练长总该有个交代。眼看着那些年轻的农民，性子急的都咬不住牙根，再过下去，不是饿死也要出乱子！"狗急了跳墙"，当这急难中间，谁也有这样的预恐。因此他们不得不集中到这里来想办法。

由正午等到太阳在方砖的当地上斜过去一大段，每人都是空肚子来的，可是静静的盼望使他们暂时耐住性子，可忍不住饥饿！在檐下，在大院子中，在方砖的地上，每一个都急得叹气，有的顿着脚，向喉中强咽下酸冷的唾液。

"饱肚子的不晓得饿肚子的心！什么事！还商量不完？"一个面色枯黄指甲尖长的人低声叹气。

"事商量完了，不是还得过瘾？这一套少不了。刚才团丁又去请了一遍，就来，就来，又过了半个时辰！"一位五十多岁的小学教员说。

"还是近水的地方得到月亮，你瞧镇上也有兵，比乡间怎么样？十家里不见得住上五家，闲房子多，究竟还规矩点……做买卖的，担担的，不是一样地干活？练长家里还能摆门面，咱呢？"这一位的话很不平。

"话不能这么说，这究竟是镇上，如果也像乡下那么乱，不全完？还能办事？"

"吃完了乡间，还不一样地完！看镇上也不会有多久的安稳！"

"这么样还要从各村子要给养，没看见办公处是不闲地称面饼收草料吗？"

他们急躁地纷纷议论。忽然一位花白胡子的老人从大椅子上站起来，弯着腰道：

"我知道的比大家多。陈家村隔镇上最近，这回兵到时，我在镇上过了两整宿，把眼睛都熬坏了。乡间是乱，是没的吃，可是镇上的实情你们还不明白。别看大街上还是一样开门做买卖，八百钱的东西只给你三百，有的是强赊，若是关门一走，准得一齐下手。这是暗中办的，借着还有交易好说话，不能硬干！买卖家的赊账，后来想法子包赔！后来还不知道怎么算？住的人家自然少一点，这又是旅长的主意……他不愿意他这份人马在镇上聚集起来，怕被人家全包围了，所以要分出去住靠近镇上的小村庄。仿佛是他的一个个的小营盘，出了岔子，可以到处打接应……"

这是陈庄长的话，他倒不是有意替吴练长解释，也是一部分实情。这群胆小的饿兵的首领是时时防备暗算的。

大家听了这几句话，对吴练长的私心似乎多少原谅点，可是马上他们的话又集中到他不快来的题目上。有人说他居心躲避，也有的说他专拍团长的马屁，不理大众的困苦，甚至有人提议到东园的团长公馆去见他，不过没有人附和。那边有手提机关枪的站岗卫兵，去这么多的人，进不去，怕有是非。那个首先提议的年轻人只好咕哝着嘴不说什么。

在他们的纷嚷中，恰好一个团丁给吴练长提了水烟筒，从院门的藤萝架底下先进来，接着是那高身个儿穿了半旧狐皮袍的练长低着头走到大厅的廊下。

仿佛在阴雪的深山后射过来一线阳光，这短上胡、尖眼睛的练长走过来后，大家把刚才对他的不高兴神情先收回去，而且恭敬地围在他面前，争着述说等他过来好想法子的事。

吴练长在团长的烟榻旁早明白了这些乡下首事为什么找他，他打好了主意，并不惊惶，仍然映着似在微笑的眼睛，让他们到大厅里去。他在后面慢慢地抬动方头的丝缎棉鞋，踏过了高高的门限。

他不理会大家对他诉说的种种困苦，实在他都清楚得很。没有粮、米、被褥，甚至柴草也快要烧尽，许多农家今冬的状况他不待别人报告给他，也用不着到他们的家中，他却都十分明了。于是他用尖长的手指甲敲着水烟筒道：

"明白，明白！还用得到大家说？我在这镇上干的什么？烦你们久等！我到团长那里也为的这件事。咱们没有硬手头，却有硬舌头，再过下去，我也得逃荒……哈哈……全穷了，自然没有你的我的。可不是，谁没有家小？谁家不是'破家值万贯'？来呀！这是什么年头，我在这里一次足足吃了三天苦，一点钟也没得睡，别看这房子中还没住满兵大爷，你瞧，我家里的女眷也没敢在家。粮米量出了一大半，还不行！当这官差说不了自己先得比别人交纳得早……来呀！咱得想个好主意。你们先说……"

他的话是那么有次序，"入情入理"，爽利而又似十分同情，减轻了大家要叙述的乡村困苦，单刀直入，从"方法"上问起。这么一来，大家反而愣住了，主意？谁有更好的？怎么办？沉默起来，或者是从此便无抵抗到底？一个眼光投射到另一个人身上去，互相推让着："你先说！"似是有各人的主见，然而终没有人说得出。

末后还是陈庄长笑着说：

"练长有什么法子想，请告诉出来！大家原是没主意才到这里来求求你的……"

"对呀！"大家仿佛恢复了说话的能力，"对呀！就是想请出主意的。"

吴练长把戴着小红线结缎帽的头向左右摇了两下道：

"你们还是说不出？只有两条道：我想，硬抗与软求……"他没直说下去，把尖利的似有威光的眼向座上的首事们打了一个回旋。

谁也没敢插话。

"打了破灯笼遇见狂风，什么法子？天也不行！哼！"

仿佛说："你们成群结党就办得了吗？"这句没出口的话很沉重地击落到每一个人的心里。

"两条路：硬抗，不管来的是什么人，我的粮米，我的衣服，你凭什么来白吃白拿？干！不顾死活，不理会他们后面有多少兵，撵出去，结合起来打出去，这就有救！哼！话可说在先，那是反乱，是作反！是干得出，驮得动！谁能行谁去领头，我不能阻挡，也不怕老总们把我怎么样。大家的事，我一家就算毁得上，敢抱怨谁？可得有干的……"

说这些话的声音的抑扬轻重，他像演剧一般很有斟酌。他这时脸色由枯黄转成阴黑，额角上一片青，尖利的眼从这一个的脸看到那一个的。一屋子的人谁碰到他这可怕的眼光，谁就把头低一低。

一时是严肃的沉默。他停了声，别人都屏着气息没说什么。陈庄长的两只手在肥袖的棉袍里索索抖颤；那黑脸的小学教员紧蹙着浓密的眉毛；刚才提议到东园去找他的那位乡董对着墙上落了色旧画的孔雀尾巴直瞧，把两个有皱纹的嘴角收敛起来。

"不是吗？哈哈！哈！"

练长的烟嗓子的冷笑声音，听的人都觉得身上发毛。"来呀！人……"接着那个站在廊檐下的团丁进来，替他用火柴点着了火纸捻成的细纸筒。

仍然在沉默中，他呼噜噜吸过一筒水烟。

"不是吗……还得安本分走第二条路！""噗"的一声他将铜烟筒的水烟灰吹到地面上，还冒着余烬的青烟。

大家缓过一口气来，就有一位嗫嚅着问他：

"第二……第二条路？练长说怎么求？谁能不愿意？只要……"

"对呀！谁能不愿意？咱不能跟人家干，还有什么话说！第二条路，有前，有后，大家多约人去跪求旅团长！求他另到好地方去吃好饭！说不的，我得在暗中用劲，如果求得成，大家的福气！对吧？"他的语调柔和得多了。

果然是一条路，走得通走不通连那心思最密的吴练长也像没有把握。围绕着练长的这十几个穷迫的代表人，听了这个主意，像是从漫黑的空中坠下了一个火星，跪求，甚至每一个人挨几下打都能够。生活的破产就在目前，谁还顾得了脸面？首先求问第二条路的人道：

"能够求得他们给大家超生，多约些人去跪门，还办得到！"

"如果不答应，跪上一天？"另一位红眼皮的短衣老农人稍发疑问。

"丢脸吗……我也不能说不对，可是他们若板下脸来不准，哪怕咱跪上三天三夜！高兴一顿皮鞭轰出，走，那不是丢脸还不讨好？"小学教员话说得很周到，似乎也在顾虑到自己的身份。

"那不是没有的事！不能保得住一求就成。要明白，刀柄攥在人家手里！再不然，上刀锋上硬碰，试试谁比谁有劲！"

吴练长微笑着答复这位教员的话。不偏不倚，他像一个铁面无私的法官，要称量出这两句的言语的分量。他说着，弹着纸筒灰，多半白的眼睛向上看，等着听从大家的多数主张。

小学教员看看这位临时主席的脸色，本来舌底下还有他的话，即时压了下去。

陈庄长向来不曾对吴练长的话抗议过，这一次他觉得到底还是他有点主张。看他那样不慌不忙的态度，这是谁也不能与他相比的。又看看大家，虽然脸上急躁着，说话却怕说错了收不回来，他就大胆着说：

"大家都愿意！练长说什么时候办？"

"今天办不了，去了准碰钉子。刚才听团长说，旅长为兄弟们每人要一块钱的事冒了火。把传令兵打了两个，哪能成！我想……明天十二点，大家聚齐，不要太多；人多了容易出错。再来十几个，可是先得嘱咐一句，你们要齐声说是自己情愿来的！如果透出是我的主意，糟，该成也得散劲！明白吧？"

"大家的事哪能说是练长自己的主意！那不是给自己打嘴巴？"几个人都这么说。

"这是头一件不能不说在前头，不成不起来！挨骂，甚至打也得充劲！如果卫兵们喊一声就算了，趁早不如不去！"

这一点却是重要的，他不急着往下说。等了几分钟，看着大家虽然是蹙着眉头，却没人说反对话，他便继续谈下去：

"苦肉计！为了自己的事说不得，愿打愿挨！好，今晚上我得先用话暗中给旅长解说解说，自然不真告诉他……只要他们答应走，自然喽！过几天难道还受不了？有些别的条件，咱可得量量轻重，该承认下来的不要尽着推，激恼了他们谁敢担这份担子？是不是？"

他像一位老练的鸨母，对于生怯怯的小姑娘们先有种种告诫，真是为的那些女孩子，还是为的别人呢？吴练长接着又指点了不少话，谦虚得很，"是不是"总离不开他的口头。

在场的乡董、首事，谁都清清楚楚地记在脑子里。恰像没有出场的学戏的角儿，教得纯熟，可是喜、笑、悲、欢，要你自己做！教师当然得在后台门看火色。已经默认了这第二条路，不走不行！走起来也不是容易举步的！每一个人身背后有若干不能度日的乡民在那里催促着，哀求着，小孩子饿得不能抬步，老人们夜里冻得要死，再过十多天怕连撑着空架子的小房屋也要拆下来！这比起上场时的"苦肉计"厉害得多！况且去跪求的人要多找有年纪的老人，难道军官们没有一丝毫的良心？他们也会想得到他们的家乡，他们的爹、娘、兄、弟吧？

没有更好的方法，明知困难，只好从宽处着想。

在吴练长的切实嘱咐之后，大家捧着饿肚皮与忧惧的心，疲软无力，慢慢走出。刚出大门，正迎面，一个黄呢军服的少年兵端了两大盘菜过来，那是一盘清炖鸭，一盘烤牛肉。少年兵越过这些乡老，到送客的吴练长前面行了一个举手礼。

"旅长叫自己厨子新做的菜送给练长尝尝新，晚饭后还请你老过去——到旅部里耍牌！"

"不敢当，不敢当！里面去歇歇，我就回复……"

这样一问一答的中间，陈庄长在前面领着这群代表已经转出了有木栅门的巷子。

"看样许有九成？你瞧咱那练长的面子！"其中的一位低声说。

"他到底有一手，这份军队才来了几天，他就与旅长有多大的来往！"红眼皮的乡老似乎十分惊异。

过了中年的小学教员像另有所见，他在巷口的粪堆上用力地吐了一口唾液。

二十

刚刚打发了这大队的饿兵从镇上分批走后，已经快近黄昏了。他们预备另到别的地方去，已有三天的忙乱，每个兵如迁居一般，衣服、被褥、零用的小器具，甚至碎木柴、瓷饭碗，都从各村的农人家强取了来，放在高高堆起的行李包里。车辆经过上一次的劫掠已经很少了，听说军队要走，各村的壮年农夫早懂得了逃走的方法，没等要人夫的军令下来，都跑出村子去躲避。只有他们早看定的牲口不能藏起来，把镇上与近村的耕牛、驴子全牵了去，驮载他们的行囊。幸而各村都用高利取借了买命钱，先交付与他们的头目，没曾过于威迫。人夫、车子，算是"法外"的宽厚，没有也不多要。然而凡是经过住兵的小乡村只余下农人的空屋了，连很破很坏的什物都没有了。债务压在每一家每一个人的身上，剩余的粮米他们吃不了全行带去，只有土地还揭不动。

虽然这些小村中的人民没有衣服和食物，也没了一切的用具，但究竟兵大爷还不曾在这个地方过冬，另去寻找更丰饶的乡镇。大家已经觉得大劫过去了，损失与饥寒是比较起许多有武器的饿鬼留眼前好得多。

然而那些饿鬼也不是容易动身的，尤其是他们的女人，那些小脚、蓬头，不知从哪里带来的多少女人，饥劳与风尘早已改变了她们的柔和常性。她们虽没有拿着步枪与皮鞭，可也有一样的威风！她们对那些没有衣服穿的农民，根本看不在眼里。对于她们的同性，更容易惹她们动怒。也有像是有说不出的苦痛的年轻女人，对农妇们用红袖子抹眼泪。不过一到饿得没力气的时候，哪还去回顾已往与憧憬着未来呢！从兵士们手里拿得到粗馒头充足饥腹，这样的生活久了，似将喜乐与悲苦的界限忘掉。所以女人们在这片地方暂时安稳地待过十几天，临走的时候在街上巷口上都咒骂她们的军官；男的火气没处发泄，于是在近前的农民很容易成为他们暴怒的对象。这一日在镇上，无故被打的人都没处诉苦，有的包着头上的血迹，还得小心伺候。办公所中只有吴练长与旅长团长在一处吸鸦片、交款，吃不到一点亏。别的乡董，耳光、挨骂，算便宜事。大家都在无可奈何中忍耐着，任管什么侮辱都咬着牙受！只求他们早早离开这里！

不幸的陈庄长就在这一天受了重伤。

他在办公所门口的石阶上替人拉仗，有几个副官同两个别村子的老人为芦席吵了起来，他们正要对任何人发泄出这股没住够的愤气，两个瑟缩无力的老人正好挨着他们的拳头。已经打倒了一个，又飞来一只带铁钉的皮鞋踢在那颤动的额角上。陈庄长拉不住，横过身子去，恰好高高的胸骨代替了那位的额角，即时在石阶前倒下，磕落了他仅有的两个门牙。经过许多人劝解，副官们挥着沾有血迹的拳头走了。

陈庄长也盖着血衣被人抬回家去。

这样的纷乱直到日落方才完了，镇中虽然还有一小部分压后路的兵没走，要明天起身去追赶他们的大队。

看看那些牲口，牲口上面的妇女，一个个的行李包，光亮的刺刀尖，破灰帽，瘦弱的马匹，全在圩门外的大道中消逝了后影，所有的办事人方敢散场。满街上是瓜子皮、破棉絮与不要的盛子弹的小木箱，仿佛乡间社戏散后的匆忙光景。所有的居民都疲倦得十分厉害。

但无论如何，这些无处诉苦的居民觉得可以重新向空中吐一口自由的气息了。

太多了，受伤的人，被损毁的家具，不是新闻，也用不到同情与怜悯。大家想：即使受不到他们的踢打的，也不是另外有什么幸运！

这一晚各家都早早安歇了，像是经过一场大病，需要良好的睡眠。明天的食欲与拿什么填在胃口里，谁也不想。团丁们在这些日子里给武器更多的那群人做公共听差，做守卫，累得每个人连枪都拿不动。虽然还按规矩在巷口、圩门内站岗，时间略晚一点，都到巡更的屋子中躺下去了。有什么事？前面有大队的军队，镇上还有几十个，可以放心，不会再闹乱子的，其实，即使有什么事变也难惊醒他们疲极的甜梦。

暗中，一个高大的身影从一段街口闪过，迅疾地向吴练长的巷子走去。

没有月亮，也没有星光，尖利的北风到处吹动。黑影对于路径很熟，巷口外一个人没有。他一直奔到那砖砌的大墙下，清一色的砖墙与钉了铁叶子的大门，除非炸弹能够打得开。里面听不见什么声息，再向东去，直到东花园的木门口，那是较小而且矮的木门。用绳子搭在有铁蒺藜的墙头，这矫健的黑影从下面翻过去。

不过半个钟头，黑影又从墙头的绳子上缒下来，在暗中消逝了。

就是这一夜，吴练长家起了一场不明原因的大火。镇上的圩墙上留下了两条麻绳。

风太大，又都是大家料想不到的事。及至吴练长与他的年轻姨太太从鸦片灯旁起来喊叫时，火势已经将他的花园全部毁灭，并且延烧到那所古董的大厅，火光照耀出十几里路去，直到天明方才救熄。

第二日，这新闻很迅速地走遍了靠近镇上的乡村。在劫后，在无法过冬的忧愁中，这件事成了农人们谈话的中心。有些人猜测是镇上没走的兵士干出来的，有点心思的人都信不过，因为那几十个整齐的后队第二天走的时候一个人不少。圩墙上的麻绳是解释不开的疑团。一定是外边的人，且是很熟悉的。因为镇上的街道不少，吴练长家中的房屋又特别高大坚固，本不容易失事的。大家的口头上虽然不肯说什么，但是听见这事情谁也心里清楚地动一动！这样大的威势，也有这么一次！另有人想：就说这是天火，不过处罚也算厉害，他没做什么歹事。

"鸦片烟、小老婆，任管如何，这不是损人利己的，只是耗损他的精神。办地面事，没有薪水，招待花费，他得算开头的人。纵然不计较，这些年来给他数数，数目也可观了。人家有买卖，做生意赚钱；有土地，收租钱，这不是本分？还有他的儿子，又那样能干……像是'家有余庆'，凭什么遭这样的事？"

于是这哑谜闷住了不少老实的乡下人。

凡是在数的各村的庄长、董事，知道了这一件大事，每人心里都惊惶、跳动，人人记得头五六天在那古董大厅里的情形，吴练长领头出的主意，给大家担着这份责任。第二天他们跪在旅部住的吴家宗祠门首，任凭兵士的靴尖踢到肩头都不起来。那瘦小的旅长后来亲自出来讲价格，要送他们两万元。

"是这么办，钱到就走。不行？跪到死，在人家的宗祠前面，不干他事！"再三哀求，终于是穿花皮袍的练长从后面出来求情，一万六千元讲定。晚上又到那大厅去聚议一次，除掉镇上担任六千元外，统统归落到几十个乡村去。不用想，现钱是办不到，总有法子。吴练长的担保，每个乡村中的首事写立字据，盖上手模，由他向镇上的商家垫借。限定的日子内还钱，少一个不能成事！这样才办过去。凡是在场的乡董、庄长，他们忘记不了这个光景。卖了自己，卖了全村子的人，哪一个不是流着泪去签名，打手模？他们回到村里去，即时宣布分配的数目，按照各家财产平均分摊。一个月缴还！又是一次重大的预征！这是地方款项……他们分明记得对那些破衣饿肚的邻居在宣布时的为难光景……

然而现在吴练长家遭了这场"天火"！

恐怖，怕连累着自己的利己心时时刻刻占据着他们的意识，对于火灾，他们像是约定的，什么话都不好说。他们可十分明白，这不是"天火"，也不是兵士的后队捣乱，这责任有一半在他们身上！

陈家村中是一样的议论纷纭，距离镇上过于近了，人人怕连累到自己的身上！所以虽然有陈老头的重伤与住兵后的穷乱，都不如这个新闻使人激动。

大有现在又从地窖中回来。他昨天跑出去到野外树林子中过了一整天，冬天林子中什么可吃的东西？他只可把存在地窖里的番薯带到隐秘的地方用干枝烘着充饥，不知村中的饿鬼走完了没有？直到晚上，他踌躇着没敢回去。在冰冷的沟底走着，又靠靠大石块取暖，虽然打着冷战，他想起上一次的滋味，就算再叫他剥去一件棉衣也还情愿。就这样在昏迷中度过冷夜。脚上尽是冻裂的伤口，竭力忍着，仍然快走不动。天刚明亮，一群冻雀在干树上争吵，仿佛站在高处对他嘲笑，多日没曾刮剃的短胡子被冷霜结成一层冰花，呼吸也十分困难。全身的血液像全凝结住了，好不容易才走回村子中去。

果然是十分清静，听不到那些咒骂声与女人的哭声。全村子的人都起身得很迟，一个男人没碰到。兵士全行退出，不错，符合了自己的意愿。踏着霜花，他觉得从腰部以下平添了力气。越过无人把守的栅门，往自己的家中去。他进栅门时，忽然听得从东边来了一阵急促的脚步声，在斜路上，他刚回过脸去，一个人的后背，他看得清，直往那空地窖走去。

"谁？"迸出了一个字音。

隔着几丈远的距离，那人机警地回望了一下。

"徐……"他也放缓了脚步。

清切地急促地摆摆手，一定怕还有兵。明明是徐利，却没向村子里来。

"这东西同我一样，不晓得到哪里去受了一夜的冷罪……地窖子里准保没人还躺在那里睡觉。"他想着，急于看看家中的情形，便来不及去追问徐利了。

什么器物都没剩下，那位可怜的老兵与他的伙伴们全替大有带去了。只有两条破脏的棉被，还是那住客的留情。空空的盛米粮杂物的瓦瓮与篓子，连烧汤的柴草都用尽了。妻在屋子里躺着起不来，打熬的辛苦与对于物件的心痛，使这个诚实的梦想着过好日子的女人病倒了。大榆树下一只瘦狗虽然撑着骨头勉强起来迎着这流离冻饿的主人，它的皮毛几乎根根尖竖起来，连欢吠的力气也没有。听听左右邻居也一样的寂静。淡淡的晨光从树枝上散落下来，茅草屋角上的霜花渐渐只余下几处白点。大有看看妻的黄瘦的脸，与平薄的胸间一起一伏不很均匀的气息，他又走出，在院子中立定。正对着少了门关的黑板门，门扇上缺了半截身子的门神似仍然威武地向自己看。虽然是被日光晒淡了的红脸，却是那么和平、喜笑，仿佛是大有的老朋友。

"难道全村的人都病倒了？还是累得动不得？"他咬着牙望着，像是对与自己讲交情的门神这样说。再向屋子里看了一遍，还有什么呢？现在真是只余下不到二亩的小田地了！旧债务还扛在肩上，不用想，这新的负担又稳稳地压上来！年底要怎么过得去？还有明年的深春呢？凭什么去耕种？幸而没被他们掳了去，可是蹲在这一无所有的小屋子里能够喝西北风吗？他恍惚间记起去年冬天的事，比这个时候还晚，遇见杜烈才能够过了一个平稳年。大约他知道这里是这样纷乱，不会再回陶村去的。那雪地，爹爹的身影，风，杜烈的言语，一时都涌上心头。还记得他在温暖的炕上曾对自己说：

"乡间混不了，你去找我。"这句话，自己在当时也觉得是被人欺负后的一条大路，及至借了他的款项后，又糊涂过下去。还是想着生产的土地，想着丰富的收获与披蓑衣光身子在高粱地内出汗的工作。最大的事是爹的老病。现在什么都完了！再挨下去，连走路的盘费恐怕也要收拾到人家的手心里去！

"你去找我！"他觉得那没有到过的大地方，有人在向自己招手，那边有自己不知道的生活，还有许多新鲜的美丽的东西等待自己开眼。这残破、穷困、疾病、惊吓的乡间，还有什么依恋？于是在晨风中他重新听到了杜烈的声音！忘记了冷与饥饿，简单的心中预想着未来的快活。"也许三两年后这一切的乱子全过去了，乡间又能恢复往日的丰富，人们都能够本分地过日子。那时在外边集存下钱项，孩子大了，能够学习点能耐，重新回来，买回交与人家的地亩，另建造如同陈老头家的小房子，仍然是还我的本等。爹的教训，要后人老老实实地过庄稼生活。那也算不得是改行，如同出去逃荒一样，至少比起卖了儿女下关东的人还好！"

就在这一时大有忽然决定了他的计划。无论如何，要咬定牙根，不必后悔。现在要典出地去还债，凑路费，还得写信给杜烈。这两件事非找陈老头办不可。于是他不去叫醒睡迷的妻，也不去找聂子，而是很有兴头地跑出门去。

到了陈庄长的房子上，他才知道昨天镇上的情形与夜间练长家的大火。陈老头包了下颏，口里不时地往外喷血，左肋骨肿胀着，什么话也说不出来。他家里的人像没头的苍蝇，已经打发人去叫葵园回家。

没曾预想到的这几件事，使他在自家院子中的决定又有些游移。妻的病，陈老头的重伤，大火，连徐利的摆手不说话也像个哑谜。大有走出陈家的大门外，觉得头上痛得厉害，对于这些事不敢寻思。家是那样真实的残破，遇到几个邻居，瑟缩着肩头像失了神，谁也提不起谈话的精神。他任着迟重的脚步向西去，绕过陈家的农场，那片干净平坦的土地上什么都没了。往年这时的草垛，干树枝堆，如今全行烧净。只有那几棵垂柳拂刷着空无所有的寒枝，在冷淡的阳光下喘动。再向北转，到了一片新盖的草檐上墙的房子前面，外门卸下一扇来倒在门限上。一块剥落的粉地黑字长木牌劈作两段，丢在门外。这是秋天才成立的小学校，是被那少年绅士想方法逼出钱来筑成的教育的空壳。大有平时没工夫到这边看看，虽然他家曾付过数目不少的一笔钱。不认字的乡农本来并没有到学校闲逛的资格，他怕那由城中分派下来的教员——有黑胡的戴近视眼镜的老师。自己的寒碜样儿，很惭愧见到念书明理的。这时他无意中走过，知道里面一个人不会有，便任着脚步踏进去。方方的土院子，奇怪，掘起了两个大坑，都被柴草木片的灰烬填满。一堆灰烬中有不少的鸡爪、鸡毛、碎鸡骨，还有坑外边凝冻的血迹。五间北屋原是有几十只小书桌的，全毁坏了，仅有三五只并在一处，像是当作睡床用过。黑板还挂在东壁上，用粉笔画着粗野的男女，一边还有披发的两个鬼怪。他首先看见便吐了一口唾沫。黄土的墙壁上有的地方用报纸贴起来，在铅字的空间有很多的苍蝇屎，也有用手擦抹的血迹。从小门穿过的那间小房，他猜一定是黑胡老师的住屋。果然，还有一个煤油铁桶做成的小火炉，一个木床，墙角一个破网篮，里面还余下一双连老总们都没肯带去的破皮鞋，一部书。他捡起来，是明纸小字印的"四书"，这两个简单字，他还认得。墙上挂着没有多厚的月份牌，两面窗子上的玻璃一片完好的也没有。

大有站在南窗的前面，呆呆地望着院子中的火池子，他能够清切地看到老总们住在这学校中烧鸡、喝酒的光景。怪不得进村子来狗也看不到——除去自己家中那一只——多半是被他们一样宰割，当作了酒肴。他想：这学校不管好坏，曾经花费过自己出卖祖业的钱项，曾受过小葵的迫捐，现在大约也用不到那黑胡老师再来教小孩子"开步走"了！这不算教孩子有进益的学塾，却变成了住客的屠宰场。自己到这里来如同逛被人掘烧的坟墓。

他紧咬了咬牙根，拾起那部小字的书来扯作几段，将那些记载着先哲的议论与教化思想的纸片，用力投入那屠烧的火池子里去。自己不知道这算对谁泄气，也不计较是不是有何罪恶，他头痛得心思全乱了。

二十一

二月末的天气还脱不下冬日的棉衣，虽是一路上可看到初放青芽的草木，早晚却还是冷丝丝的。大有这一家的走，幸得萧达子帮忙，省好多事。那痨病鬼每到初春咳嗽便渐减轻，但去年冬天的饥饿与忧恐，可埋伏下长久的病根，现在走起路来还得时时向土地上一口口地吐着黄色的稠痰。他送大有到外边去是自己的情愿，不是大有的邀请。年纪固然不过三十岁，他知道很不容易等到大有从外边再回故乡。多年的邻居，又是一同患过难的朋友，这次离别在他心中感到淡薄的悲哀。明知道处在这样的世界里，乱、死、分手、不意的打击、离散，算不了什么事！何况自己今天病明天不能吃的情形，对于谁也没有过分的留恋。然而自从知道大有一家三口人决定要过海去找社烈，去找他们的命运时，萧达子觉得这便是他与大有末一次的分离了！自然不能劝人家死靠着可怜的荒凉地方，喝着风，白瞪眼，像自己一样地活受。出去嘛，不一定可以找得到好命运。他对于这件事不赞成，也不反对，不过良心上觉得非把这位老邻居送到海边不行。"大约就是这一场，病倒在路上也还值得！"于是他便牵了拉太平车的牲口在前头给大有引路。

太平车是较比两人推前后把的车子来得轻便，只要一个人推起来，前面有牲口或是人拖着拉绳便能走动。小得多，不能坐几个人，也载不了许多东西。自从去年的兵乱，乡村的大车已经很少了，大有这次全家走路非用车子不行，好不容易从别村子里借到这一辆。萧达子把他们送到海岸，住一宿便可推回空车去还人家。他们走的是到海边再坐舢板往那个大地方的路，比起坐一元几角的火车能省下不少的钱。

大有自己推，孩子随着走，时而也替萧达子拉那只毛驴。大有的妻坐在车子的一边，那一面是被窝与新买的家具和食物。

因为早决定了计划，大有在启行的时候并不觉得有什么难过。陈老头虽然可以勉强拐了拐杖稍稍走动，大有典地的事却不肯再麻烦他。刚过了年，他托人到镇上去典给裕庆店里，也仿佛是指地取钱，一共得了不过六七十元大洋。债务偿清便去了半数，添买了点零用的衣物，他计算着到杜烈那里也所余无多了。多耽延一天的日子就得多一天的花费，他现在真成了一个无产者！吃的东西都得现用钱去买。所以天气刚刚温暖些便决定出门。陈庄长还送了一袋子面食，几斤咸菜，那被世事压迫着快要到地下去的老人，说话没了从前的精神，他不留恋大有守着那几间破房子在村子中受饿，可是到外边去怕也有穷途的日子！当陈老头拐着拐杖在门口看那太平车要走的时候，从他的干枯的眼睑里流出了两滴真诚的热泪。那不止为的奚二叔的儿孙要永别他们的故居，也不是平常分离的悲感。那老人什么都明白，眼看着像"树倒猢狲散"，大家终有一个你东我西的日子来到，这多少年来不变的农村要大大变化。他的经验与感怀，自然逼出他的热泪来！

大有从那老旧的屋中往外走时，他板着呆呆的面孔不愿意同谁多说话。对于妻与孩子似分外有气，行李本来是很容易收拾，然而放上去又拿下来，不知要怎样方能合适。末后他将一大瓶从镇上装的白酒用细绳子紧紧缚住，才闷闷地推起车把。

萧达子虽然不懂事，他却能够了解大有的心情，直待这出门的主人说走，他才把那条短短的皮鞭扬起来。村中的男女自然有好些都到村口送他们远行，谁也不会说句好话，愣愣地看这辆车子碾着轻尘向大道上滚去。

就这样上路，一个上午仅仅走出五十里地去。

过午打过尖，再动身，渐渐向山道上奔。这道是通向南方几县去的通道。尽是岭、坡、柞树林子，很不平展。路上遇到不少的太平车与挑着孩子行李的人，有往南去也有向北走的。谁也知道这穷荒道上的行人都是一样的逃荒农民，虽然有几县的语音，然而是同一的命运！初春正是好做一年计划的始期，到各处去还容易找到工作。离开没法过活的故乡，往四方去做漂泊的乞人，他们脸上都罩着一层晦暗的颜色。破旧衣裤与蓬乱的头发，有的还穿着夏日的草鞋，几岁小孩坐在车子与竹篓子里淌着黄鼻涕，饿得叫哭，大人却不理会。即便有点预备的干粮也不肯随时哄孩子不哭。有的还在母亲的怀抱里，似乎也吮吸不出乳汁，那样，婴儿的啼声更加凄惨。大有在路上所遇见的逃荒群中他总算是富足的了：有食物，有酒，还有余钱，穿的衣服还比人家整齐许多。从南方来的人看着大有与他的妻，以为他们是去看亲戚的快乐人家，有人问他，大有便含糊着答复。

走过十多里，他们找到一个下坡的地方停住车子，在那里休息。萧达子烟瘾颇好，虽是咳呛，他的小旱烟管总是带在身边。他放开拉驴子的细绳，放任它在石头旁边啃干草，自己便蹲下吸烟。

"还有六十里地，今天得宿哪里？"

"黄花铺一宿，明日头午早早便到海崖。"大有的答复。

"就还有一天的在一堆儿了！大有哥。"

萧达子不会说客气话，往往有许多真纯的情感他只能用几个字音表达出来。这两句的语音有点颤动。大有用冻酸的大手指托着右腮，向那个黄瘦的戴了黑毡帽垫的同伴看一看，眼光又着落到路旁的一棵小柳树上。

"快！柳芽儿再过半月便都冒出来了！"

不对问题的谈话，他们两个都十分了然这些话的技术。"快！"匆匆的生活，几十年的流转，分解不清的痛苦与疲劳，可不是迅速地把他们从打瓦抛石头的童年逼到现在。再想下去，如同陈老头的花白胡子，到处拄着拐杖，甚至如同奚二叔被黄土埋没了他的白发，不过是光阴的飞轮多转几次，一些都迟延不得。尤其是把穷困的家计担在各人的肩头上时，一年都忙在土地上与农场里，夜夜扣枪巡守，白天闲时候拾牛粪、扫柴草，何尝觉得出时光怎么从容。一年一度的嫩柳芽儿在春天舒放，但一年一度的秋来就黄落。大有话里含有的意思，自然不只是对柳叶发感慨。

萧达子默然地又装上一袋黄烟。

"不知道杜烈那里也有柳树没有……"

"没有柳树，还没有别种树？总得生叶子，长果子，有开，有落……咱们是一棵树上的叶子，这一回可要各飞各的了……"

"我记得老魏常说'夫妻本是同林鸟，大难来时各自飞'！男人，老婆有时还得各顾各的……本来你得走……但你可别忘了咱的根子是一样的，是在一堆土上长大的！"

萧达子把竹管从薄唇间拨开，轻轻地嘘出一缕青烟，接着道："杜烈来信终究是要你去干什么活？"

"他说抓钱也不见得很难，可是得另变架子，什么活没提，到了以后再找。"

"变架子，不是咱这份衣服去不得？"

"哪里没有穷人，他的意思倒不在衣服上。你想咱这是去逃荒，去找窝窝头吃，不是去摆阔！大约得变了种田的架步……"

萧达子立起来想了想，重复蹲下："咱这样老实本等，哪里不能去？为什么变架步？又怎么变法？"

大有用大的门牙咬住下唇，急切答不出这一个疑问。他知道撒种、拌粪、推车子、收割高粱和豆子的方法，他还会看天气的好坏，真的，要怎么全变成另一样的人，他自己也没有主意。不过他明白不用力气，到外边去也换不出饭食充饥。

"没有别的，出汗卖力，可不是种田那样的事。"

"他来信不是说我还可以去当女工吗？"大有的妻在车子上掺入这句话。

"是呀！"大有接着说，"女工容易找地方，可不知道是干什么。干了干不了更说不定，她也不能白闲着。"

"我听说，不用提大嫂子可以做活，那边也有小孩子做的事，一天干的能够吃饭的。这么一去，你三口人先不用怕饿煞了！"

萧达子忽然联想到他的田地的主人——镇上的地主——家的老妈子曾同他说过这些事，说钱是好挣，比起庄农人家来不受大气，也不用捐款，只是能够出一天力就有几角钱，连小工也得五六角。于是这病人对于大有全家像是有约定的幸运，他便从愁郁的脸上露出一丝笑容。

"说不定下年柳芽再黄的时候，你们就发财还家了！"

"一点也不错！柳芽是一年一回黄……"大有没再往下说，这意思萧达子并不是不明白，可不愿意再追问。其实他对于这句话的预感比大有的心思还难过！痨病虚弱的身子，还得挨着饥饿，给主人家种地，到哪里去呢？还不如大有自由。能够等得到柳芽儿再一回发黄的时节？

不能再往下讨论那发财与重回故乡的话了。萧达子直着眼向前路上看，恰巧从微青的小柞树林子中的小路上走过来三四个男女。

"又是一些逃荒的！"找到这句眼前话对大有说。

"不到一天碰到了十多起，都是沂州那一带的，他们偏向北走！"大有的答复。

"谁也不知道上哪里去好，像苍蝇一般乱撞！"

静静着等到前路上的男女走到他们的身旁，相望之下，大家都可了然。不过来的这几个外路人境况更坏，没有车辆，也没有多少行李。一个弯腰抹着鼻涕的老人，用草绳子束着深蓝色棉袄，上面有十多个补绽，袖口上像是补的两片光铁，油污映着日光发亮。头发是花白稀少，连帽子没的戴，走道十分吃力。另有两个男子，年纪轻的挑着两个草篮，一对两三岁的小孩在那端，另一篮中有小铁锅、破碗、棉被，还有路上捡的柴草。他有高大的体格与宽阔的面目，令人一见知道他是个很好的农夫。女人穿着青布包的蒲鞋，红腿带，肩头上扛着一个小被卷。最后面的男子像是挑篮子人的哥哥，四十多岁，用两只空手时时揉着肚子。他们都很乏倦，到这些石堆前，早已看见有人休息，便不用商量也停住脚步。女人坐在小被卷上张着口直喘，一个如乱草盘成的髻子拖在肩头，黄发上还绑着褪色红绳。

"憩憩吧，也是从沂州府来的？"大有站起来问。

挑担的年轻男子从肩上卸下两个篮子来道：

"一路，和前边走的都不远。"

话没完，一个小些的婴孩呱呱地哭起来，头上戴的大人的布半帽，扣到那小耳垂上，他躺在草堆里伸动穿了破红布裤的两只小腿。

"唉！要命！小东西哭，再哭也没有奶给你吃。"女人把孩子从篮子里抱起来，解开拴的衣带，露出一个下垂的松软的乳头，堵住那不过一周岁婴孩的小口。还在篮子里瞪着眼向她妈直看的小女孩没作声，把两个脏黑的指头含在舌头底下。年轻的男子用背抵住一块大青石，伸伸膀臂。

"有孩子真是活冤家！奶不多，讨点干粮来又吃不下，多早路上丢了就完事！"

老人简直伏在树根上像没听见，揉肚子的男子还隔几十步就蹲下来。女人一面拍着孩子，眼里晕晕地道：

"早知道这样年头都打下去，也省得死了还放不下心！"她身子一动，怀中的婴孩又无力地啼哭起来。

"走！走！走下去，还不是得卖给人家！"

"果然能卖给有钱的人家还是孩子的福气！"那面目和善的年轻女人像哀求地这么说，两颗很大的泪珠落在孩子的红布裤上。

萧达子不转眼珠地向他们看，现在他再忍不住了。

"二哥，你这是一家？"

"一家，咳！"

"后头揉肚子的是？"

"我大哥，他从上年给人家做工夫，喝凉水弄出这个病，如今什么力气也没了，活受！一家人就是我和她还可以挑得动、拿得起，要不，怎么会落在别人的后头！"

他不诉苦，也像不求人知道他的困难，板着的脸上似没有悲愁与忧苦的表现，萧达子在旁边瞅着，很觉得奇异。

"两个孩子是你的？大的几岁了？"

"三生日，记得清楚，养她那天村子里正被官兵包抄着。"

"啊！那么巧？为什么包抄？"

"这个你还不懂？"男子向萧达子望了一眼，"先是被土匪占了，霸住做匪窠，过了多日老总们调了大队去，围了十几天，他妈的，单凑成一天，这小东西被炮子轰出来的！"

他说得那样直爽，大有的妻在车子上忍不住笑。

"哎呀！她娘吃惊那么大，真了不得！"萧达子郑重地说。

"人还有受不了的？两间屋炸破了一个窗子，她还没养下来。"

"好大命！这孩子大了一定有好处的！"大有的妻对那年轻的女人说。

"一下生就这么怪气，什么好命，养也捡不着好日子！大嫂，你不知道，那时谁也想着逃命，我坐在炕洞里自己把她弄下来，什么也觉不出了。连灰加土，耳朵里像是爆了火块子，眼前是一片血……"

大有的妻下了车子："好不容易！哪个女人碰到这样的事还昏不过去！"

"该受罪的命偏偏死不了，连孩子拖累到现在！"

"人不可与命争，磨难出来，还指望日后哩！"

"话总是好的，凭什么？这两年愈过愈坏，年纪老的怕连块地头子死了也捞不着，一点点血块子更不用提！那里，你没去看看……"男子接着说。

"也是荒年？"萧达子的话。

一直没说话的老人这时摇摇头，意思是这句问话与实情不对。年轻的男子将右臂一扬道：

"从前也有过荒年，那里的土地本来不好，收成在好年景的时候也有限，现在不止年荒……人荒！难道你们家里还好些？想起来差不多？一样的事，纳粮税，一回又一回，土匪更是哪里都有，怎么干？不当兵，不抢人家，这是结果……讨饭，也不比从前容易了。"

"现在要到哪里去？"

"哪里去？咱那里的人少说也走了一半。今年准保地亩贱了个没法办，不止很穷的人家，那些小财主一样是有地不见粮食，也得同大家似的抛开地滚他妈的。一开春有许多人向县衙门里去缴地契，情愿都送给官家，以后别再问地要钱，不行！朝南的衙就是化银炉，要的是大洋元、钞票，地契不收！人家有下关东的，往南省去的，也有向北来的，咱们这一路因为连盘费都凑不起，只好先到就近的县分里——好点的地方逃难！你要往关东去吗？"

"送人去，他这一家往……"

"这一条路向南到黑澜坡……上船过海。"

"要过海。"

男子对着大有与大有的妻，正在掘草根的聂子看了一遍道："一样的人不一样的命，你们好得多了。能够过海去发财，比着到各县里去当叫花强得多！"

大有在车子旁勉强笑了一笑，"发财"这两个神秘的字音，刚刚听萧达子说过，现在路遇的这个不认识的男子又向自己祝福，或者海那边有洋楼的地方里，有片银子地等待自己与老婆孩子一齐去发掘？也许有说书词里的好命？一个人穷得没有饭吃，黑夜里在破床上看见墙角里发白光，掘起来，青石板底下是一坛白花花的银块。事情说不定，这总不是坏兆……大有在一瞬中联想起这个奇异的念头。他不禁对那个陌生的男子道：

"哪里好？咱都是一路人！上哪边去也得混！碰运气，不是实在过不下谁能够抛地舍土地向外跑？你就是有老有少，格外地不好办。"

"老的老，小的小……"抱着婴孩的女人说。

弯背的老人虽然不高兴说话，耳朵可不重听，媳妇的话很刺激地打入他的耳膜里。他把倚在身旁的木条子摔了一下道：

"老……唉！老不死……这年头，就累……哼！累坏了年纪小

184

的……可惜我年小的……时……那时偏不逃难！有那……时候，把上
一辈留下……省事……"

他扬着头直喘，声音像是劈破毛竹筒子，又哑又嘶。

"爹，你还生气？她心里也不好过呀！"男子这时脸上稍稍见出一
点为难的神气。

"是呀，谁也不情愿，像我现在连老爹也没福担哩！"见景生情，
大有笃厚的真情逼出了这句安慰人，而自己心中却是很凄楚的话。

女人没作声，又是两滴热泪滚在腮旁。

憩了一会儿，他们这南北分头的同路人都各自用脚步踏着初春的
日影向前路走去。大有虽然推动车子，还不时从绊绳上回望那四个愈
去愈远的背影。从矮小的没有大叶子的树枝中间可以回望得很远，一
直到他们下了这片高沙岭的下坡，看不见了向穷荒地带里寻求命运的
漂泊者，大有才用力将车子向前推动。

这一晚他们宿在了离海口很近的黄花铺。

往海口去的逃荒人家许多没有余钱到客店住宿，村头上，野外，
勉强混过去就算了。大有因为手里的路费颇有盈余，还有萧达子一路，
便到这个小村中的店里住下。

黄花铺是沿着一片高山的小村落，因为往海边的道路一定经过这
里，每当初春与十二月中，到海边以及从海那边回故乡的人特别多，
所以小客店有三四家。不过稍微有点钱的人坐火车的多，凡是来回走
这条路的除去是离家极近的客人，便是图着省钱冒险坐舢板渡海去的。
开客店的也是种着山地的农民，并不专做这样的买卖。

大有一家人奔到店里已经是点上煤油灯的时候。用店中公共住客
的大火炕作为卧处；幸而还有一层窝铺——是用高粱秸打成吊在火炕
上面，紧靠着屋梁，当中只可容人卧下——大有的妻与聂子便从木梯
爬上去。大有与萧达子同两个孤身旅客占住了没有席子的下炕。虽然
是为客人开的店房，除掉面饼、大葱、萝卜咸菜，并没有什么蔬菜。
这边的土地很坏，青菜很难生长，至于肉类不是遇到近处有定日的市

集便买不到。大有一定要给萧达子酬劳，因为明天就得分手。找店主人出去跑了几家买到十个鸡子，用花生油煎炒过作为酒菜。好在有自己带的白酒，这样他们便吃过一顿丰美的晚餐。

因为同在一个屋子的关系，大有也将白酒分与两个客人与店主喝。他们虽然不吃他的鸡子，可是都很欢喜。

大有自从在家中将剩余的二亩地全数典出，他对还债外下余的钱项，没有从前想保存着的那样心思了。横竖留不下多少，到哪里去吃几天，现拿来糊住口，所以这晚上他格外慷慨。虽是花了三角钱买来的鸡子，他也一顿吃下去，图个酒醉饭饱。

反是萧达子觉得不对劲，在家中谁也不肯这么吃家常饭。他一边抚着胸口喝酒，却嗫嚅着说：

"太贵了！太贵了！三角，差不多要两吊多钱……吃一顿，你何苦呢？"

店主人是个有经验的中年人，他点点头道："就在这里一个样，谁那么傻——实在也吃不起！三角钱！这近处的鸡子比海那边还贵。"

"这不怪？"萧达子不明白这是什么缘故。

"怪什么？年中由各处贩卖多少去？你没听说那里有洋工场，专把鸡子打破，鲜黄装成箱运往外洋。还有那个地方消多少？我去过，谁能够算计出一天吃的数？鸡子还值得少，就是鸡，一天得宰他几千只……也好，这几年乡下有这一笔入款——卖鸡子，所以贵嘛！从前几十个钱一把蛋，还当什么，如今，好！养鸡的人家都不肯吃。"

"唉！不止鸡子，牛也是一个样。"一位穿着青布短衣、青裤子，戴圆呢灰帽的年轻人道，"每一年多少头牛？一火车一火车地载了去。那里有屠牛场，简直天天杀个几百只不奇怪，乡间的牛贵得很，就是被他们买去的缘故。"

"那也好，虽然耽误事，卖钱多呀！"在炕下小矮凳上坐的一个乡下布贩子说。

"不，不，这么说不对！贪图一时的现钱，等着用牛，卖了钱也花个净，到耕地哩？再买牛，少了钱还能行？这是和乡间鸡子比海那边还贵是一个道理。"店主人的话似乎很聪明。

"对呀，说来说去，还是当中间的人发财。"模样似是工人的那一位的答复。

大有听他们谈话，知道这个工人与店主都是到过海那边的，不像自己与萧达子的迂拙，不懂得码头地方的情形。他呷下一口冷酒，突然问那个工人道：

"你二哥往那边去做工？什么地方？"

"火柴工厂，我才去第二年，见钱有限。"

"啊，火柴工厂里面也有外国鬼子？"

"不，那是一家中国人办的，比起东洋人的差得多。"

"知道有个杜烈？他是在东洋人开的弄棉花的工厂里做工……"

"杜烈？什么名字的工厂？"

"××？是啊，真难记。我为他写信来告诉这个名字，记了少半天。"

"好大的工厂！是那里的第一号的绵纱厂。不过，杜烈——杜烈啊？这人名怪生，工人太多了，一个厂里几千个，不认得。你的亲戚吗？"

"邻居啊，我觉得在一个地方，就能认得……有几千个？一天工钱要上万地花岂不是？"大有真觉得惊奇。

"上万地花，对呀！就是那片房子盖起来也得近二百万——二百万块呀！"

"二百万块洋钱！"这个莫名其妙的数目，大有简直无从计算。究竟得算多少？平常以为千以外的数目就轻易不会有，万，还是百万，从哪里来的这些洋钱？就是县衙门里的收钱也听不到百万的数。

萧达子一碗酒举到唇边，又放下来，吐了吐舌尖。

"房子净得二百万，人工每天上万块地支，他们干什么做这么大的事业？"

那个工人连店主人、布贩子都一齐笑了。

"什么呀！有大钱才能赚大利！你想人家只图个一百八十？"

布贩子为表示他的行贩的知识，夷然地对萧达子这么说。

"真是穷的太穷，富的太富了。你们瞧见在路上的那几个逃难的人比咱还差色，许是世界就这个样？"

"是啊，少一般不成花花世界！"店主人老是好对过客们说这句惯熟的模棱话。

年轻的工人把盛酒的小黑碗用指头抠了一下道：

"照你这么说，叫花子、花姑娘、拉土车的，都是命该如此？不要怨天，也不要有什么想头，总括一句，得受！那些有钱有势的阔人是天爷给他的福气？"

"万般皆由命，我觉得差不多，你以为什么是强求得来的？"店主人黧黑的脸上得到酒力的润泽，微微发红，他捻着不长的胡子根对工人点点头。

工人哼了一声，没立刻答话，显然他是不赞同店主人的话。住了一会儿，他蹙蹙眉头道：

"一些事，你总不会明白的——许多人都不明白！"

"什么呀？这么难懂？"萧达子问。

"你更不会知道，在乡间就是镢抓、犁爬，望着天爷吃碗粗饭……"

"本来是谁不这么办？就是你，看不得每月能拿十几块大洋，难道不是吃的碗里的饭？"店主人报复似的插话。

"碗里的饭，是大家吃吧？"工人轻轻地反问。

店主人与萧达子、布贩，都不约而同地笑了。这工人的话他们听来真是取笑。谁不害饿，谁每天不要饭吃？自然是大家都有份。

"真开玩笑。要问傻子还对劲，管这些闲事！沾了这位客的光，来来，再喝两口。"店主人觉得酒还没足兴，他举起盛酒的大碗来对着大有。

独有大有没笑，他听这年轻工人的话头怎么与杜烈的议论有点相似，也许是一路？干他们这一行的总比不得安安稳稳守着土地的乡下人，不是一个派头。然而他知道这不是开玩笑的趣话，可是也不好意思再去追问其中的道理。静静地用红木筷子拨动盘中的鸡子，他说：

"好！咱这才是碗里的菜大家吃呢。"

他们在欢笑中把大有的圆瓶里的白干喝去了大半。

二十二

在这里，不容易看见薄暗朦胧的黄昏景色，只知道满街上的街灯齐明便是晚间。

大有冒着寒风从市外归来，一小时的谈话，使他明白了自己现在所处的环境。因为晚上还得提了篮子沿街叫卖菜饺子，他不能再在杜烈的家中耽误时间。杜烈教给他怎样坐长途的老虎车，到哪里下来，又亲自送他到路口的车站上替他买上车票。

然而这个对于一切陌生的人，感激杜烈的还另有所在，就是他这次跑了几十里地的马路，找到杜烈的家中，借了五块钱的一张绿色纸票。

他紧紧地攥在手里，觉得那有花纹，有字，有斜的弯曲的画纸上迸出温暖的火力来！手心里一直出汗，平常是裂了皴口的指头，现在如贴上一贴止痛药膏。在家中的时候，他也曾有时在镇上用米粮、气力，把换回来的银洋以及本处的小角票包在手巾里带回家去。也许拿的比这个数目还多，可是手里不曾出汗，而且也轻松得多。纵然乡间有难以防御的匪人，说不定抢了去，但他总觉得有平坦的道路，宽广的田野，还有无边的静谧，这些都似乎可以替他保安。现在所踏的地，所坐的东西，所见到的，是种种形状不同、打扮不同的许多人——是自己不能够同人家交谈的人。多少眼睛向他直射，一直射透过他的手掌。尤其是进入市内时，大道旁持枪站岗的警士查车，偏向他多看了两眼，意思也许是说你手里哪里来的票子？他即时觉得手心中的汗加多了。那警士却没进一步问他。及至车轮又动的时候，他暗暗咽下一口唾沫，又闻着车头上的臭油气味，忽然呕吐起来。

对面是一位穿西服的青年，光亮的黄皮鞋，鞋带拴系得非常整齐。恰巧大有忍不住的酸水进到那双漂亮的鞋尖上，青年人感觉是灵敏的，突然将皮鞋缩回去。

"干吗？这么脏！"他一手持着崭新的呢帽，向大有瞪着晶光而有威棱的眼。

有话在这众目睽睽之下大有也答复不出，急得直弯腰。车上的人都含着轻视的微笑，独有卖票的戴打鸟帽的小伙子走过来道：

"土气！坐不了汽车别花钱受罪！带累人！幸而是这位先生，如果是位太太呢？小姐呢？你不是存心叫人怄气！"

在车轮跳转中车上起了一阵笑声。那西服青年露出一脸的讨厌神色，从小口袋里取出印花的洁白手帕将鞋子擦好，也说道：

"这太不规矩了，怎么好！咳！中国人老没办法！守着外国人不叫人家说脏？同这样的人生气也没法子讲……"

算是青年自认晦气，不同大有计较。于是车中人有了谈话的资料。有的赞美青年的大度宽容，有的叹息乡下人到这地方来是毫无办法，不知规矩。然而集中点是都瞧不起这十分土气的乡下人。大有低着头只觉得脸上出汗，比起前年在镇上被兵士打的两个耳刮子还难过！如果不是在这样的车中，他真想痛痛快快地哭上一场。

强忍着到了末一站，他畏怯地随在众人后面下了汽车。那时满街上的电灯已经照耀得如同白昼。

路是那样的多，又不熟悉，好容易求问着一些生人，费力地走去。有车中的教训，他十分小心，走路时防备着擦着行人的衣服。每逢有穿光亮衣装的男女在他身旁经过，他只好住一住不敢乱闯。然而谁曾看他呢？在这么大的地方，像他的并不只是他自己。在大玻璃窗下，水门汀的坚冷地上，抱着发抖的孩子与披着破麻袋的，连他还不如！

大有虽然还穿着棉衣，有一顶破旧呢帽，手里还紧捏住一张纸票，他可不敢对沿街乞讨的人表示高傲。每每经过他们身旁时，他自然多看一眼，很奇怪，他的故乡纵然是十分贫苦，像这么可怜的叫花子还不多见。为什么在这么好看的热闹地方，就连他这样的乡下人似也不应分到街上乱撞，何况他们！可是没有这些抖颤乞喊的生物，也许显不出另一些男女的阔绰。他想，这是他们得以留在这个地方的唯一理由。更有从市外回来的年轻妇女，每一个人都有小小的布包提在手里，从小街道上拖着疲软的腿，赶紧回家。他知道她们全是从工厂中散工回来的，至少每一天她们都可以拿到几角票子。他记起杜烈安慰自己的话，不禁感到凄凉地失望！"他只是说等再一回招工，可是老婆只好张着口清吃，做小买卖自然少不了她，可是长久能够有利？"称分量，讲价钱，他是完全外行，而且要他带了东西到街上卖，他明白，轻易喊不出口。他原是扶犁下锄的出身，两只手除去会编草席之外什么都做不来。杜烈虽将本钱出借，说是在未入工厂前先卖点食品敷衍着吃饭，自己不能不应允下来。自从下了老虎车，他本能地在人丛中躲避着碰撞，心里却不住闲地盘算着。

他到这个地方五六天以来，他一个人没敢在晚间出来闲逛。幸得杜烈给他在靠海边的地方赁到半间屋子，是一片大房子入口的旁边小屋。左近是穷人多，好一点的像镇上与城中的买卖人、人力车夫、码头上扛货包的工人，还有小饭铺、纸烟店、小客栈，所以大有与他的妻子蹲在那半间木屋里还能安心。也有拖着髻子挽大袖子的女人过来与妻说话。白天他溜到通行老虎车的马路上看热闹，晚上出来这算头一次。

他奇怪那些男男女女为什么穿得很明亮整齐地到街上纷忙？各种车子上，各样的伟大建筑物的门口，和充满喊破喉咙的豁拳声音的楼上，全是鬼子衣服与绸缎装裹的，颜色、花道，已经耀得他的眼光发花。还有到处都是的强烈的灯光，与那些戏院、商铺门上的红红绿绿的彩光，一闪一灭地映照着。耳朵一时都清闲不了，分不出是什么东西的发音。街道中心的柱子，柱子下面挥着短棍的警察，看样谁都比他还忙。他想这多么幸福的人，为什么忙得比他这没有地方吃饭的苦人还厉害？他可惜没曾把这件事问问杜烈。

还有大商铺的陈设，奇异的窗饰，电影院门口的无线电发音机的怪唱，各种皮色外国人的言语，大有的神经在这样的雾围中简直有点狂乱了。

他忘了思寻，也失却判断的能力，只是任着腿直走。由于经过长途汽车中的警告，他时时提防着妨害别人。

一直求问着摸到他那临时的家，他才明白，虽然同在一个大地方里，却分出若干世界来。这条僻静脏窄的靠海街道，灯少得多；不是有特别事，老虎车也不会从此经过。全是尘土罩满了的小玻璃窗子，紧紧挨靠成堆的小屋子，街上的尖块的石子映在淡薄的灯光下，如同排列着要吃人的利齿。几个喝过酒的短衣人沿街唱着，与楼上的破留声机片子的二黄调合在一起。

大有认清了这条街，沿海边的铁栏杆走，可以看得见披了黑衣的大怪物身上有几百点帆船的小灯光。无力的退潮撞动海边石坡的响声，他听得很清晰。

由繁华的大街到这里来，大有提起的心骤然放下了。虽然不像在陈家村的清静，他却认为这是他还能够暂时安居的地方。左右有可以比较着说得上话的人，与看在眼里还不是十分奇怪的物事。没迷失在那些有香味与华美衣服的人群之中，他感觉到片时的快慰。

幸而在杜烈家喝过几杯好酒，虽然时候晚了，在海边的冷风里走还不觉得怎么畏缩。远远听见闹市的嘈杂声音，尖锐的、宏大的、低沉的、凄凉的，分别不出是什么响叫。回头看，是一团迷雾罩在那片高矗的建筑物上面，迷雾层层，弥漫着微红的光彩，仿佛是下面有了火灾。他知道在那片迷雾中有多少人的快乐去处，吃的喝的，还有种种他所不懂的玩意儿，比起这海边穷街的凄冷，是一个天上一个地下的世界。然而这比起他生长的乡村来呢？他以为那些白杨树、榆树、柳树围绕的荒村，虽然没有那片迷雾下的种种东西与他们的快乐，却比这又脏又乱的海边好得多！稀稀落落的灯火，直爽亲切的言语，炕头上的温暖，夜的沉静，无论如何，还是自己的故乡能够令人怀念！几天以来，这海边一带的情形他已经完全熟悉。不大见穿鬼子衣服与华丽绸缎的男女，可是酗酒的醉鬼，好争斗的船夫，专门乱唱与调弄妇女的青皮，臭水、鱼腥，满街上没人收拾的垃圾，还有捡煤核的穷孩子。除他们外，整齐漂亮的"上流人"谁肯从这里经过？也有像自己一样从乡间来的安分老实的农人，而在这里更多的是被这都市原有的罪恶冲刷过的贫民。他们失去了本来的面目，因环境的逼迫学会了种种方法，玩弄、欺负他们的伙伴。

大有觉得海风拂在脸上，脚步一高一低地踏着尖锐的石子，突然一股无名的悲哀在心头激动。他为什么流离到这个古怪复杂的地方？为什么舍弃了自己的好好乡村和房屋？更追念上去，他无故地卖去了祖宗的产业，领着妻子跑出来，找罪受？他又想：他空空地向大地方乱撞，还不及宋大傻能够单人独骑地找好处。又怎么自己没有杜烈那份手艺，到工厂里去……他怀念着、悔恨着，又想到那些扰乱乡村的匪人，那些征收捐税的官差，以及镇上的绅董……他是被许多人在暗中居心把他挤出来的！然而……他迷迷惑惑地乱想着，从身旁有个短小的暗影一闪，即时那个影子在他前面停住了。

"喂！你走错了路了！"

大有被这突来的细声叫住，借着电灯光看看，身前站着一个穿深蓝布袄青绸子棉裤的三十多岁的女人向自己笑。

不是灯光照着，他一定认为她是海边的女怪了。她的厚厚的面粉，涂得近乎发黑的红唇，一个松大的发髻拖在颈上，从那些头发中放出一股似香似臭的气味。他不明白天这样晚了，为什么有这样的一个女人在海边的路上走。

"路，没错！我是到元兴里旁边去的——谢谢你！"

大有觉得在这种地方他必须学着说那句自己说不惯的客气话。

"你这个人——不懂事！你跟着我走才错不了。哎！你手里拿的什么？那么紧！"女人渐渐挨近他的身旁，红晕的大眼睛里放出妖笑的光彩。

"没……有什么！"大有想着快走，可是女人靠在前面像同他开玩笑，挡住去路。

"你瞧，谁还会抢你的不成！你难道没看明白我是一个女人？一个老实的女人呀！"

大有被她的柔媚声音感动了，他便怯怯地道：

"从朋友那里借的……"

本来还有"东西"两个字没说出来，女人又笑着抢先说：

"不用说，是借的钱！一个票角子我早已看见了。"

大有听她说出来，才慌张地举起右手。女人的眼光真厉害，果然在手掌中有一角的纸纹没曾握紧。他便老实说：

"是借的钱！我家里等着下锅。这是跑了半天路的……"

"不用再说啦，你道我会抢你的？走吧，我给你领路！"

女人像很正经地热心给他引路。大有正在拿不定主意，又找不出什么话来辞她。女人毫不客气地前进一步，简直拉住他的右手。他是头一次被女人这样地困窘，即时背上发出了一阵急汗，恰巧海湾的街道转角处有几只皮靴走过来，还夹杂着枪械挂地的响声。女人死力地推他一把，转身快走，抹过一个墙角便如妖怪似的没了踪影。

大有吐了口气，更来不及寻思这是一件怎样奇突的怪事。他刚刚举起腿来，迎面走过来两个巡逻的警察。他们提着步枪不急不缓地向前，正好与大有相对。大有额上的汗珠还没擦干，脸色红红的，举止失措的神气。

"站住！哪里走？"

大有被他们的威严喊声吓住了，右手更偏向身后藏躲。惯于侦看神色的巡逻警，对于这么慌张的乡下人还用到客气？

"手里什么东西？藏！"

枪已横过来，有一个向前走一步转到他的身后，大有这时只好把右手伸出来，把紧握了多时的一张绿花纹票纸摊在掌心。柔柔的纸张被汗渍湿透。巡逻警取过来互相看了一看，又打量了大有一会儿道：

"五块，你哪里来的？怎会这样神气？"

大有吞吞吐吐地把到市外借钱以及刚才碰到要给自己引路的女人的事全告诉出来。他眼看着那张有魔术的纸币已经捏在一个警察的手中，他更说不痛快，听去仿佛是现造作的言辞。

警察哪能听他这么一个形迹可疑的人的话，横竖是得到街上去尽他们冬夜的职务，问明了大有的住处，叫他领着他们到家里去。

票子却放在一个警察的外衣口袋里。

大有这时不是被人家领路了，他得领着这两个全身武装的勇士到自己暂时的家里。最令他难过的是那张绿花纹纸币，他一边走，却啜嚅着道：

"票子……是我借来的！"

一个左颊上有红记的警察向他笑了笑道：

"谁凭空会抢你的，你明白吧，咱们干吗？夜晚出来巡逻！送到你家去，保险，还不好？你等着，到时候交代你不晚……瞧你这样儿还是雏子。"

大有低了头不敢再说什么，他明白这两位巡逻的老总对他起了疑心。这事不好办，说不定钱难到手还得吃官司。他觉得有点抖，皮肤上冻得起了冷疙瘩。

然而他也有他过去的经验，知道现在哀求是无效的，每到事情没有转圜的时候，他的蛮性也会跳出来去对付一切。他觉得对于有武装的人小心乞求并没有用。所以他虽然遇到这样的意外，却默默地在前面走去。

"还会有女人在这海边上，多冷的天。"一个警察把老羊皮外衣的领子往上提了一提。

"也许是胡混的出来找食？"在左边的一个答复道。

"那么就偏找到这五块大洋的主顾？"

"哈哈……哈哈……"这两位勇士似乎找到了开心的资料。

这时大有的汗全消失了，也觉不出冬夜的寒冷，他只觉得有一颗活热的心在胸中跳动，而周围的空气像要阻住自己的呼吸。

路不远，不久他们都到了他的小板房前面。叫开门，大有的妻因为路上坐小船头晕，又生过重感冒，卧在木板上起不来。孩子蜷睡在墙角的草窝中如一只小狗。

费了多时的工夫，两个警察问过大有的邻居，那些开小杂货店与挑水打扫街道的工人，都说他是新由乡下搬来的，别的不敢保证。幸而有一位中药店的老板，对他们说：

"你看他这个样也不是歹人。土气是有的，我记得来给他租房子的是一个姓杜的工人，最好你去打听打听他的房租先生，想来姓杜的一定跟他熟……"

这几句话很有效力，热心的警察便留下一个守在大有的小木房里，那个去了不多时，回来道：

"那位先生说他是个新上来的种地的人。姓杜的有这么个人，走吧……"

又回头对大有说："日后你也大样点，别自己找麻烦！"

就这样他们吃过药店的两口淡茶，便到别的地方去了，那张纸票早已放在大有的窗台上面。

大有始终没对这两位警察说什么话，事情过了，对门中药店的老先生戴着花眼镜在柜台里对他说：

"你这个人非学习学习不成！你应该谢谢他们！不是遇到好说话的，非追问到底这事完结不了，你可不能够说他们不是。你还太土气了，总得留心！在外是不容易混的！"

老先生是这所药店的老板，也当着中医，胡子一大把，对于一切事都有个把握似的。大有看着他便想起了死去的爹与现在不知怎样的陈庄长，所以这时听了老人的告诫，虽然自己也有自己的牛性，可十分感激！

到房子里看着妻吃过老人给开的发汗药，他方得空回想这半天的事，对着那盏五烛光的黄电灯发愣。

二十三

从樱花路的北端，大有与杜烈并排着往小路上走。杜烈的妹妹因为同一个熟识的姑娘在后面说话，没得紧追上来。天气是醉人的温暖，恰好是樱花落尽的时季。细沙的行人道上满是狼藉的粉色花片，有些便沾挂在平铺的碧草上。几树梨花还点缀着嫩白的残瓣。北面与西面小山上全罩着淡蓝色的衣帔，小燕子来回在林中穿、跳。在这里正是一年好景的残春，到处有媚丽的光景使人流连。这天是五月初旬的一个星期日，虽然过了樱花的盛开时期，而这个大公园内还有不少的游人。

"大有哥，到底这儿不错，真山真水！所以我一定拉你来看看。难的是找到个清闲的日子，可惜嫂子不能够一同来。"杜烈把一顶新买的硬胎草帽拿在手中说。

"亏得你，我总算见过了不少的世面。唉！像咱终天地愁衣愁吃，虽然有好的景致心却不在这上头。"

大有经过几个月生活的奋斗，除去还能够吃饭外，他把乡间的土气也去了不少。穿上帆布的青鞋，去了布扎腰，青对襟小夹袄，虽然脸上还有些愣气，可不至于到处受别人的侮弄了。他在乡野的大自然中看惯了种种花木的美丽，对于这些人造的艺术品，心中并没曾感到很大的兴趣。他时时想：现在的小买卖能够养活他的一家，聂子幸而有地方吃东西做学徒，他可以不用愁天天的三顿粗饭，而且还有点余钱，能添几件布衣。可是后来呢？后来呢？他那好蓄积的心并没因为移居到这大地方便完全消灭了。乡村中不能过活，拼着一切投身到这迷惑的城市，既有了生活途径，不免发生更高的希望了。所以他这时答复杜烈的话还是很淡漠的。

杜烈——那年轻的沉重而又机智的工人，用左手摸了摸头上的短发笑了。

"无论在哪里你好发愁，愁到哪一天完了？如果同你一样，我这个有妹妹的人担负更重，可不早变成少白头呢！"

"你不能同我比。"大有放缓了脚步，软胶底用力地踏着小径上的乱草。

"怪！你说出个道理来。"

"别的不提，你多能干——你能挣钱！每个月有多少进项！"大有坚决地说。

杜烈大声笑了，他也停住脚。

"等一等我妹妹来你可以问问她，我一个月除掉一切费用之外还余下多少？你别瞧一天是几角，算算：吃、穿、房子，咱虽然穷也有个人情来往；高兴工厂里出点事给你开格？你说像我这么不僧不俗的还有什么可干？"

杜烈停一停又叹口气道：

"你巴不得到工厂里来，不到一山不知路苦。论起来我还真够受呢！一天十个多钟头，在大屋子里吃棉花末，一不留神手脚就得分家，死了还有人偿命？风里雨里都得上工，哪怕病得要死，请假是照例地扣钱。这还不说，现在是什么时候？你知道铁路那一头的大城里叫矮鬼子收拾成个什么样？沿着铁路成了人家的地方，任意！咱还得上他们的工厂里做工！动不动受那些把门的黄东西的监视！唉！大有哥，你以为这口饭好吃？可是就算我单独停了工，怎么办？我同妹妹都得天天吃饭，而且我在这工厂里另外还有点打算……"

他正发着无限的感慨，眼望着前面山腰里的高石碑，他的妹妹从梨花树底下走上来。

她穿得很整齐，却十分朴素。青布短裙，月白的竹布褂，一条辫子垂到腰下，在黑发的末梢绾了一个花结。她在这里已经年半了，除学会包卷纸烟的本事，也认得不少的字。她白天到工厂里去，夜间在一个补习学校里读书。她才十九岁，平常对一切事冷静得很，无论如何，她不容易焦急与纷乱。读书，她的成绩很快地进步，她比起杜烈还聪明，一样有坚决的判断力。

"说什么，你们？"她轻盈地走到小径旁边，攀着一棵小马尾松从不高的土崖上跳下来。

杜烈蹙着眉把刚才自己说的话重述了一遍。然而他却注重在后头话里的感慨，忘记了辩驳大有说他能多拿钱的主题。

"哥哥，你说别人多愁，你还不是一个样！白操心，空口说空话，值得什么？这点事凡是在人家工厂里干活的谁觉不出？连提都用不到多提。'帝国主义'并不是说说能打得倒的！可又来，若只是混饭吃，难道不能另找路子生活？说什么，我们走着瞧吧！"

大有虽然见过杜英——她的名字——有几次，却没曾听到她有这么爽快的谈话，只知道杜烈向来称赞这女孩子的能干。这时她说的话自己有些听不清楚的地方，所以无从答复。

"我何尝不明白，不过想起来觉得难过！"杜烈长吁了一口气。

"所以啦，一难过喷口气就完了，是不是？"她微笑着说。

"又怎么样？"

"怎么样？咱得硬着头皮向前碰！谁也不是天生的贱骨头！哥哥，我不是跟你说过吗，人家书上讲的理何尝错来，岂但矮鬼子会抖威风？"

她用一排洁白整齐的上牙咬住下嘴唇，没施脂粉的嫩红双腮微微鼓起，一手按着发梢。她那双晶光美丽的大眼睛向前面凝视，似乎要在这崎岖难行的小道上找出一条好走的大路。

"是呀，我也听说过一些道理，可是咱懂得又待怎么样？现在还是得替他们做牛做马……"

她笑着摆一摆手："走吧，这不是一时说得清的。人家在那边杀人、放火，干吧！横竖现在咱得先瞧个准！奚大哥，你再听咱的话便闷坏了！"

本来大有自从到这个大地方来就感到自己的知识太少，就连在他那份小生意的交易上都不够用。一样是穿短衣服的朋友，他们谈起话来总有些刺耳的新字眼与自己不懂的事件。甚而至于自己的孩子到铁工厂去了两个月，也学会了不少新话，有时来家向大有漏出来，也给他一个闷葫芦。现在听杜英随随便便说的这几句自然不全了然。他不免有点自伤，觉得这个复杂、广大、新奇的地方，像他这样十足的庄稼人是过于老大了！

"什么道理？说得起劲，咱一点都不明白。"大有向杜英说。

"唉！咱明白什么？谁又会识字解文地懂道理？现在怎么说？哥，过几天再讲，是不是……"

后面的梨树旁边有人笑语的声音，杜英回头看看，向她哥哥使个眼色，便都不说话。沿着窄路往小山东面转，大有也跟在后头。

原来后面有一群小阔人似的游园者，刚从樱花路上走过来，花缎的夹袍男子与短袖子肥臀的女影，正在娱乐他们的无忧虑的青春。

路往上去，道旁更多了新生的植物。覆盆子、草绣球、不知名的小黄花，在大树下自由地迎风摇动它们的肢体。这五月的阳光似将它们熏醉了。小鸟成群在矮树中飞跳，时而有几个雏燕随着大燕子掠过草地上寻找食物。没有草木的土地也呈现出令人可爱的温柔。大有虽然不是诗人，他更不懂得应该怎样去作这春日收获的赞美，然而这样微茫的感触他也不是一点没有。虽然他见惯了乡村中的大自然，质朴、坚壮，没有这么人工的精细与幽雅。他踏在那经过人手的调制的草径上，他联想到刚才杜英这女孩子的摸不到头脑的话。他觉得从乡间挪移到这里来的不论是花木还是人，都有变化。到底什么力量使它们变得这么快？何以自己老是这么笨？虽然从乡下来已经五个月了，虽然也知道有汽车、电灯、电话与许多新奇的衣服，然而自己仍然是得早起晚睡，提着篮子到各处兜卖菜饺。一天天愁的是钱，吃的是粗面、萝卜干，更使他念念难忘的是自己的破败乡村与那些终日忧苦的男女面容！他回想着，却看见杜英与她哥哥比他远走了十多步，低声说话。那女孩子的声音很细，稍远一点便听不清楚。大有也不急着往上追，他总觉得杜英是个不好惹的姑娘。离开乡间不过两年，学得多外调，谁知道她那小心眼里藏着什么？"女大十八变"，自是有的，像她这样可也少，比起久在外面的杜烈来还见老练。

在后面他已经看见他们兄妹坐在那个早已望得到的大石碑的层台上，他便紧走几步，也从小路上赶到。太幽静了，这半山坡的树荫下，简直没有一点声息。连吹动柳条的微风也没有。几株落花的小树像对着这大石碑擦眼泪。阳光映照着高高的碑顶，在金黄的耀光中闪出一片白色的辉彩。地方高可以下看那片阔大的公园，杂乱颜色的小花躲藏在绿色中，起伏的波光，远处有三点两点的红色白色的楼房，像堆垛起来的，粘在那些山坡与山头之上。向西南看，一线的碧绿的海岸，蜿蜒开没入东方的山脚里。大有也有些累了，坐在下一级的白石阶上，端详高大的石碑上深刻的几个大金字。

"这就是忠魂碑？咱不是说过——现在他们大约又得在 T 城另立一个了！"杜烈说。

"打死了，立碑，偏偏得立在中国的地面上？"大有直率地回问。

"一样是受逼迫，替军阀效力的。这里就是个样子。死了，主人给他这么一点'光彩'，好叫后来的学着。"杜英轻蔑地望着这大碑。

"怎么效力？人家是来争光的！"她哥哥像居心反驳的声调。

"是啊，争光？却是给兵官们争的。一辈子当奴才有什么光？"

"依你说——就是谁也不当兵，像中国怎么办？"

"你说中国，中国被迫做奴才的才多呢。中什么用？这不是明明白白的？这是日本青年人的'忠魂碑'，铁路的那一头现在他们用大炮刚刚毁完，怎么样来？"

杜烈没答话，她用一只红嫩的手托着腮道：

"顶苦的是许多被逼的奴才！日本人，日本那些像有个劲的兵，到这里来，拿刀拿枪与中国的老百姓拼命，还不是给军阀们出傻劲？中国人，不用说，就是他们有什么荣耀？"

"你这些话说得不是在云彩眼里？"杜烈摇头，似在嘲笑妹妹的虚空理想。

"是啊，这真像云彩眼里的话！无奈老实人给人家逼着当奴才，我看也当不长久。"

她的理解力与她的环境，把她这么一个乡村女孩子，变成了一个新的思想家，在大有想来是不能了解的。他只觉得女孩子在外面学野了，连哥哥的话也得驳回。她想怎么好？谁知道？大有在这半天的闲逛里，到现在对于好发议论的杜英微微感到烦厌。他又想：年轻的男女到外头来，不定学成个什么样。聂子在将来也会比杜英变得更野。他又记起了小葵，怪不得陈老头平日对于年轻人出外，总摇着头不大高兴。他想到这里，望望杜英，她活泼地转着辫梢，略有涡痕的嘴角上现出不在意的微笑。

"有一天，"忽然她又说话了，"总得把这个石碑推倒铺马路！"

"哈哈！来了大话了。"大有忍不住了。

"也有一天，中国人都起来……都起来……"她没来得及答复大有的话，杜烈却坚决地插上这一句。

"哥，我说的是另一个意思……"

"倒是你哥哥说的还像大人话，你有点孩子气。"大有想做一个正当的评判者。

"真的吗？你还不懂。"她斜看了大有一眼。

他们正谈得高兴，前路上微微听得到皮靴铁后跟的沉重响声。他们都明白一定是住在旧德国兵营的日本兵。想起他们这些日子一批批地经过马路，或在夜间随意布岗的凶横情形，杜烈与大有便都停止了议论。独有杜英仍然转着辫梢，不在意地微笑。

渐渐地走到下层的石阶，十多个挂了刺刀的黄衣兵，都年轻，互相争辩似的高谈着。每人手里有一张纸。及至看见大有这三个下等的

"支那人"坐在上层的石阶上，有几个仿佛用力看了他们几眼，互相谈着。从大有三个身旁走上去，有的把手里的白纸展开慢慢地看着走。

杜烈面色红红的，首先立起来，大有与杜英随在后面，他们便从日本兵来的绿荫小道中走下山坡。

他们不再向公园中转弯子，里面已经有许多身穿华丽衣服的男女。杜烈引着路，从公园东面往小山上走，当中经过一条窄狭的木桥。这一带没有很多有花的植物，除却零星的几朵野杜鹃外便是各种灌木，比人高的松柏类的植物很多。愈往上去，绿荫愈密，人身上满是碧沉沉的碎影子，树下的草香被日光蒸发着散在空中，使人嗅着有一种青嫩的感觉。

"哥，下石阶时你看见他们手里拿的是什么——那张白纸。"杜英微微喘着气。

"怪气！一个人有一张……"大有表示他的疑念。

没等杜烈答复，她便抢着说："我留心看得很清楚，一张山东沿海的地图，上面有这四个中国字。不是说他们到这边来的，每人有本学中国话的本子，一张地图？可不假。"

"真厉害，什么人家不知道。"杜烈老是显出少年似的愤慨。

接着大有在山顶上申述他的经验。

"前天夜里闹得真凶。我住的隔东站不远，一夜没得睡觉。火车啸子直吹，从没黑天到下半夜。有的说是载日本兵，有的说是铁路上败下来的中国兵，人声、马叫，乱成一阵。没人敢出去看。明了天才知道真是败回来的中国兵。你说，这回乱子可闹大了！现在火车上都是日本兵押车……也怪，这里在白天就像太平世界，只看见逃难的一堆堆地从车站往马路上跑……"

"乱子大！我想这回咱那里就快全完了！"

"那里不在铁路旁边，还不要紧。"大有盼望故乡的太平比什么事都重要。

"你想错了，"杜烈扶住一棵发嫩芽的七叶枫道，"由南向北的大道，军队来回的次数多，你忘了，哪一次乱子咱那个地方不吃亏？这回出了日本人的岔子，铁路的那一头大炮还没放完，这一来在铁路这面的军队成了没头的苍蝇，随地为王，谁都管不了。那么穷、那么苦的地方也没剩……"

杜烈不像大有那样，他更有深远的思路。杜英弯腰走上来，冷然地说：

"又骂了，这能怪谁？"

"日本人！"大有简单地断定。

"你以为日本兵不来，那些东一队西一队的乱军就不敢在地方上为王？"她的问话是那样冷峭，令人听去不相信是不到二十岁的女孩子说得出的。

"你怎么知道？"大有愕然，说出这句笨话。

"这不是她的孩子话，大有哥，难道你在乡下这些年岁还不明白？不过趁火打劫，这一来无王的蜂子更可横行。那几县的兵败下来，一定要经过咱那边——说起来，唉！也不必只替咱那个小地方打算盘！哪里能够安稳？这年头老百姓吃碗苦饭简直是要命……"杜烈撕下一把微带紫色的嫩叶，用两只手挼搓着。

大有在杜烈的提醒之下，想起了陈家村的一张张的画图。他临行时一只水瓢丢在锅台上面，一段红蜡还躺在炕前的乱草里……陈老头扶着拐杖满脸病容，徐利的失踪，舍田中奚二叔的孤坟，还有那许多的破衣擦鼻涕的小孩子，瘦狗，少有的鸡声，圆场上那一行垂柳，残破的学堂中的血迹，哭号的凄惨……现在呢？怕不是变成了一片火场！尤其是他自小时候亲手种植的土地，可爱的能生产出给人饱食的庄稼土地，依他想，一切东西都不比地里的生产重要。城市里什么东西也不缺乏，穿的、玩的，种种他叫不出名字的那许多的样数，可是谁不得吃米面？没有土地生不出食物。他觉得如今这片火灾要将那些土地毁坏，把庄稼烧个精光，他的难过使他几乎掉下泪来！自然，他在这海边的地方鬼混，用不到靠土地吃饭，他的余剩地亩已经典与别人，正逢着这样坏的年月，他为什么这么想不开呢？

杜烈看着他呆立着不说话，两眼向西面望，像是骤得了神经病，便走近拍拍他的肩膀道：

"你看得见吗？海那边就是你来的路，那片小山现在成了匪窠。"

大有迟疑了一会儿，答复出几句感叹话：

"杜烈，怕咱没有回去的路了！这样弄下去，还得死在外间不成？"

"又来了笑话，怎么回不去？像咱怕什么，无有一身轻！就算回不去，我可不像你一样，哪里不是混得过的，还有什么故乡？"杜烈嘲笑而郑重地说。

"谁还想常在外少在家，祖宗坟墓——人终是有老家的……"

杜英采了一把红紫的小野花，还弯着腰到草堆里找，她并不抬头，却说：

"家？要家干吗？奚大哥，总是有些乡下气。"

"咦！怎么家都不要？不管是乡下与大地方的人谁没有家？"大有听见这小姑娘的话觉得太怪了。

"你在乡下的家难道还没受够？"她的答复。

大有总以为像她这么眼尖口利的姑娘不是正派，他索性不再同她讨论。仰头看了看那片晴暖的天空，他首先从小山顶上往下走。

杜英与她哥哥似乎也被这么暖的残春熏烘得有点倦意，懒懒地随着大有从满是枝叶披拂的山路上下去，脚下有不少的虫蚁，石角上微微冒些苔点。

他们经过半小时的时间，已从市外的小村庄转到较为繁盛的 T 市东区。这里虽然没有许多大玻璃窗子的百货店与穿得很时髦的男女，然而过往的长途汽车，放工后的男女，小贩，杂耍，地摊，却也很多。虽然是二层楼与平房多，也显见出一个城市的较偏地带的情形。

他们都抹着额上的汗滴，呼吸着没有修好的马路上的飞尘。起初沿海边种番薯的沙地，走向有矮房子的街道。海面的阳光炫耀着他们的眼睛。那淡蓝色安静的大海，远远点缀上几只布帆渔船，是一幅悦目的图画。大有对于这样美丽的景色还少见，在他心中也有一种说不出的慰悦。可是还有比乡村间并不少的光背小孩子在大道旁边，逐着煤鬼的小车沿路捡煤块。大有到 T 市以来，因为住处关系，见的这种事特别多。一样也有散学的学童，在这星期日过午，有父母兄姊牵着手，领着小洋狗，花花绿绿的衣服，似乎是往游戏场与电影院。这些孩子，白白的皮色，活泼的态度，有的看去像是些小绅士、小摩登小姐；在他们身旁就是另一群：乌黑的嘴唇，眉毛，赤脚，破裤子，手上满是煤屑与泥垢的"小流氓"。惯见的现象，在这里一点都不稀奇。然而大有在刚刚远眺海天的风景后，见到这些十字街头的孩子，他的质实的心中不由得格外纷乱。把那令人悦目的景物压在这些各一个世界的孩子的情形下面了。

大广场中长途汽车已经停放了许多辆，来往在路上的还是不断。路旁正有一辆推煤车，车夫从黑口里露出两排白牙，瞪着眼同那些"小流氓"用劲吵闹。一个巡警走过来，手中的短棍早已高高举起，那群十个多"小流氓"便争着往道旁跑。其中有两个七八岁的孩子，各人抓着一个小小的麻袋包，从广场的东角上窜，想由小道上溜走。他们没留心到道上的行人，即时撞倒了一个四五岁的红花衣服的小小姐，还把她那父亲的淡灰哔叽直缝裤子用手抓上一个黑印。人声闹起来了，喊打喊拿的包围中，这两个"小流氓"终于被巡警扣住了两个的脖颈。西装绅士走过去给了他们两记耳光，经过巡警的赔礼才算完事。他抱起啼哭的小小姐，用花手帕温和地擦了她的眼泪，然后回头叱骂着，才甘认晦气似的走了。

从人丛中，巡警将这两个含着眼泪的"小流氓"带走，路旁看热闹的人却笑成一片。杜烈跂着脚往前看，杜英不说什么话。大有忍不住回头问她道：

"这算什么，巡警还得拿孩子？"

"小贼嘛，不会同大人一样办！"

大有不禁嘘了一口气。杜英哼一声道：

"瞧见了吗？没钱的人家连孩子也是贼！"

"他不应该再打他们两巴掌！"大有只能从哀悯上着眼。

"你这个人，两巴掌算得了什么？"杜英对于他的话简直是在嗤笑了。

大有觉得这女孩子这么精明，却真不知人情！正在要同她辩论几句，忽然路那边的人丛中有人对他们喊：

"喂……喂！"

"大有……哈哈！真巧！"

大有一抬头，宋大傻的便服、面貌，恰好映现在路旁的林檎树底下。他身左边站住一个没戴帽子穿蓝大褂的青年，正是去年在警备队里认识的祝先生。

这一来连杜烈也从人丛中退回来，久别与不意的相逢，使他们十分高兴。

沿着宽广的汽车道，他们且走且谈。

在大有的惊讶疑问中，他才知道宋大傻与祝先生已经从城里到这边五六天了。没处找他们，可因为"小流氓"的滋闹遇在一起。大有问他们为什么不在城中领队伍，跑出来干什么。

"这话嘛，可不是三言两语交代得完的。总之，咱都不干了！现在成了闲人。"大傻说。

"怪，好好的事为什么丢了？又不像我——大约你这个鬼灵精又有什么打算？"

"打算自然不是没有，在路上可不能谈。再一说，你瞧这是什么时候，还混什么？！"大傻颇有意思的答复。

"什么时候？你说的是日本鬼子进兵，杀人，乱得没法办？在大树底下说风凉话，咱就不信有那回事。一天不干活一天没饭吃！问问杜烈还不是这么样？我更不用提了。像你们当小老总的，有闲手，总好办事。"

"哈哈！大有这老实人到大地方来也学坏了。看，话多俏皮！我，大傻当了一年半的营混子就剩下两身军服，不信问问祝先生。他什么都明白，话说回来，叫作'人穷志不穷'。"

大有把青布鞋用力地踏着马路上的碎沙道：

"好！好个'人穷志不穷'。怕你将来还有师长军长的运气？祝先生，你也信咱这乡亲说的不是吹大气？"

不多说话的祝先生，他那清疏的眉尖老是微微斗着，黄脸色上仿佛有一层明明的光辉，下垂的弯嘴角像包含着一些智慧。他正在马路上眺望，听见大有的问话，转过脸来道：

"你们真是'他乡遇故知'，谈得那么痛快。你别瞧不起宋队长——宋大哥，真有他的！吹大气也不是坏事的。实讲，我在县里也待过一年，一切都明白，如今也应该出来看看！他是听我劝的……"

"唉！还是祝先生劝他出来的，你们究竟要往哪里去？"

"要走海道才上这里来，明后天有船就走。"祝答复得很简洁。

"到上海还是到烟台？另去投军？"杜烈来一个进一步的质问。

祝先生微微笑着，把杜烈兄妹估量了一回道：

"都不是外人，我听宋队长说到杜老哥的为人——投军吗？也是的，可不是到上海，也不是北下……"

"那么怎么说要坐船？"杜烈的疑问。

"怕是往海州吧？"杜英久没有说话的机会，她只好静听这四个男子互相倾谈，这时她才得掺入一句。

祝先生与大傻不约而同地瞪了这活泼的女孩子一眼。祝即时另换了一种话。

"管他哩，快到街里了，这边的路我很熟。往那边去是向××公园，靠近机器场的那一个，到僻静地方歇歇脚不好？"

这显然是要把刚才说的话丢开，不愿意在行人的大道上续谈。大有很奇怪先生的神气，鬼鬼祟祟的事他平生没办过，更不知道为什么有怕人的话。这情形独有杜英明白，这伶俐的女子，她像了解这两位客人去干什么。

忽然大有记起了一件要事，他赶在问大傻道：

"怎么忘了！你该知道咱那村子的事吧？"

"怎么不知道。前一个月我还到镇上去出过一次差，见了面可没对你们说一句。咱村里现在安静得多了，因为当地匪人成总的都到南边去聚成几个大股，听说暗中编成了游击队。"

"游击队？投降了吗？"大有不相信地追问。

"有人说是南军——革命军，派下人来招的。由这里暗中去的联络，叫他们把实力聚合起来，不要乱干，等待着举事——这是真的！我在城里知道得很详细。"

"好，那么一来有平安的日子过了。"大有近乎祷祝地赞美。

杜烈摇摇头说："到头看吧，过些日子还不是一个样！"

"你这个人说话不中听，土匪里头也有好的！"大有的反驳。

杜烈没答复。他妹妹将长辫梢一甩道：

"这不在人好不好呀！奚大哥看事还与在乡下种地一样，以为没有变化……"

大有想不到自己质直的希望碰到他们兄妹俩打兴头的话，便竭力争辩道：

"你们不想回乡下，自然不往好处想。横竖乡下人好坏与你们没有关系，烧人，发火，扯不到这里来……"

祝先生听见两方的议论，便把他的左臂向空中隔一隔，替他们解释。

"别吵嘴，都说得对！乡下的太平现在讲不到，可是说将来……啊……且等着看！"

"这都是后来的话，不忙，我还没说完村子里的事。有两件一定得先说：陈老头如今成了废人了，几乎是天天吐几口血，事情也办不了。可是吴练长不许辞退！徐利……"

"啊呀！徐利——徐利究竟到哪里去了？"

自从大有冬天离开陈家村的时候，前七八天便不见这个年轻力壮的青年的踪影。虽然他伯父还得在破团瓢里等候他这善良的侄子给他买鸦片过瘾，谁知道他为什么走了哩！连大有这样的朋友都没得个确信。这是个哑谜，大有一直闷到现在。一听见大傻提到他的消息，便喜得快要跳起来。

大傻放低了声音道：

"徐利这一辈子不用回到家乡去了！吴练长家烧房子的一案轰动了全县，他有多大的势力！还不尽着量用？直到后来，去年年下才有了头绪。"

"唉！与徐利……"杜烈猜测的话还没说完。

大傻点点头道："一点不差！被镇上保卫团的侦探找到了门路，那大风的晚上爬过圩墙放火的说是他——徐利！"

这突来的消息简直把大有听呆了，他停止了脚步大声道：

"血口喷人不行啊！徐利不见能干得出……"

"咦！你还不知道咱那练长的厉害？没有证据他还不办，可是犯在他手里，没有别的，家破人亡，那才是一份哩！证据听说是挂在城墙上的绳子，又有人早上看见徐利从镇上的大路到村子里去。最厉害的是在吴练长的花园里捡得一个旱烟包。案子从这些事情上破的，可是徐利也真是个家伙，不到年底他早就溜了。总是年轻，他没想到镇上的保卫团与县里的兵会与他家里算账！全抄了！一条破裤子也没剩。幸亏许多人求着情，没把那徐老师捆起来，只把他的两个叔伯兄弟全押在监里。但可怜那老烟鬼也毁在这一抄上……"

杜烈瞪大了眼睛道："怎么样，也吓死了？"

"徐老师也是个角色，他倒没被兵士的抄抢吓倒。他硬争着去给他侄子抵罪，想放回那两个孩子——什么事不懂的年轻庄稼孩子。不行！他们说老头子是好人，老念书的，单要年轻的男子。这么一来，许多人还得颂扬吴练长的宽厚，究竟对于老人有面子！可是到底怎么来？白白地把那火性烈的老人家气死！不，简直是害死！抄家的第二天下午，他将积存的烟灰——谁知道有多少——全咽下去，这一回就过了瘾！”

“啊呀！这一家全完了不是？”杜烈问。

“不用往下说，到现在，徐利的两个兄弟在监里，隔几天得挨刑，要逼着他们献出来。”

大有没说话，黧黑的脸全发了黄，手一伸一伸地仿佛得了痉挛的急症。突然他大声叫道：

“放火，放火，也该呀！谁不知道乡下摊的兵款落在那个东西手里有一小半。该呀！可惜那把火没烧个精光……”

他像是受气，又像是失了心神，高声大胆地叫着，连轻易不肯说的骂人话都带出来。

杜烈与大傻互相递了个眼色，一边一个把大有夹起来，急急地前去。杜英脸上很冷静，她听见这么残酷的事，像刚才看见巡警捉“小流氓”似的，并没发什么议论。祝先生在后面慢慢地走着，跟着杜烈一伙往××公园的偏道上去。

二十四

“快点跑！到那里多给一角，说是多给一角啊！”大有在热气弥漫的夏夜中沿着海边的马路跑，口是合拢不上，额角上的汗滴一直流湿了那件蓝布号衣。不知道坐车的年轻太太为什么事，这么要急，一上车就催着加快，到这时才说出添一角钱的这句话。大有的脚下也勉强加了速度。他一面顺着往安乐饭店的路跑，脑子里却在设想：

“什么事？半夜三更地直窜。她家里明明有汽车，可不坐，老爷没出门——也许一会儿到俱乐部？多一角钱可以少交一角的车份，从早上到现在块把钱方凑够，除去交份还余下六角……聂子今年可以往家里交钱，一个月三块，哪怕少，只是钱就好。今儿是二十八号，明天星期六，后天他便能够把钱带回来！这一个月统算起来还不错，得预备冬天的棉衣。三块钱存起来，七月，八月，九月，到冷时还没有十多块？"

他的两条腿如同不在他身上的机械，虽然计算着许多事，有常跑的习惯却不妨事。转过一座花园里有电灯的大房子的抹角，擦过一个呆立着无聊的巡警身旁，"当"的一声车上的脚铃响了，他才从计算中醒过来。啊，不是坐车的太太的眼光快便拉过了安乐饭店。

穿着薄薄的白底小蓝花外国纱旗袍的太太，轻飘地跳下车来。嫩白的手指打开镂花小皮夹，捡出两张小角票丢到地上。她什么不说，扭着在旗袍下圆圆的屁股，走进饭店前面精铜把的大门。高底鞋踏在地板上噔噔的响声，能听得见。在车上、门口，留下的浓郁香气还没散尽。水门汀走道外静静地停放着几辆汽车。人力车有十多辆，都一字儿摆在路对面。饭店的西洋音乐正奏出都市的夜曲，楼上带宽廊的楼窗全开着，男女喧笑的欢声从窗里飘送出来。向西看，长栈桥上两列的电灯照着，愈向海里愈为明亮，形成一幅闪烁的夜画。那条黑而长伸入海里的桥上有多少年轻的跳跃，这些美丽城市中的青年，有的高歌着抑扬的二黄调，有的大声呼叫着他们的伴侣。大有放下车，从湿漉漉的肩上扯下那条粗布手巾来擦着脸上的热汗。忽然觉悟过来，又弯下腰把车子拖到对面他们那一列里去。似乎喘不动气，虽从海上时时有夜风吹来，还不能减少这快跑后的烦热。他坐在石头砌成的小道上休息，静听着同行"苦力"的谈论。

"待会儿美国兵出来，说不定谁的运气坏，拉个醉的！"

"真碰运气。我就不走运，这些醉鬼子真坏！你想从码头拉到沛沛宁路，不给钱……直到十二点——夜里的十二点！出来还是叽里呱啦一个劲儿地连唱加说，统共给了两毛钱。再要就瞪眼……他妈的！"

"一上岸就是喝酒，逛窑子，这些高个子的鬼子兵，不醉也够瞧的！"

"日本兵不用提，下地都是跑腿，坐车子，好！他们顶会算计。"

"我就不服气你这话，如果美国同日本人打仗，个照个，看不得大个子，怕不是小国的敌手？日本兵也怪，三个五个地闲溜达，就像有事。不像高个子醉而模糊地只知道乐……"

"唉！你说个照个？日本兵还打不过中国兵哩。就讲走——我当过兵，我试过，不长不短的天，从早上同着大队爬山还能走八九十里。第二天不准歇脚，又来，我跟你打赌，日本兵便办不到……"

先前称赞日本兵的小伙子突然站起来，拍着胸脯道：

"说来说去不是白费！小杨，你干过队伍，你说中国兵有本事，干什么？那一年在省城不敢同人家比试比试，一样让日本兵杀了个八开！不用提，这是个例子。别瞧着能走路，吃苦，兵大爷只能下乡给老百姓做对头。"

"你这傻小子，所以只配拉车，别的一点不在行。打仗不是个照个的把戏。枪、炮、机关枪、飞机、炸子，东西多哩，你当是你一枪我一刀就完事？"

"呸！我就不信。现在这里终天喊着打倒外国人，取消这个那个，到处喊叫，中什么用？可也好，现在这里热闹多了。新衙门添得不少，净是穿鬼子衣服的年轻老爷，还有'女老爷'。小杨，他们像都不在乎，见了人还称呼工友，工友！可是车子拉得慢了一样挨揍。"

一群汗气熏蒸的车夫听见这位带短胡子的老四说得痛快，一齐笑了。"女老爷"是他们最感兴味的题目。在笑声中另一个口音像是江北人的说：

"如今都是成双作对的，有男老爷，便有女老爷。可也怪，偏偏咱这一行里没有女的。"

他们又接着大声笑。叫小杨的小伙子道：

"就是有，可也不能挽着胳膊腕一同拉车。"

"你不懂，闲着的时候总好说说笑笑的。"

"别瞎说了！人家是讲男女平权，是一处办事咧。"

"讲平等？为什么咱老是出了力还动不动挨揍？他们可不同咱讲平等，讲他妈的臭男女！"

“你这东西，自己不照照脸子硬撑，行吗？”

“咦！谁是天生成的，我看硬撑才是好汉——才有好处！像咱当了一辈子的牛马还是吃不饱肚子。”

这个�的老四同小杨，还有一些大有不很熟识的车夫，在这凉风习习的海岸上开了辩论会。从眼前的男女讲到他们的时局观，从野鬼子扯到多少钱的车份；老婆，人家的姨太太，都是他们谈话的资料。老四最是一个话头强硬的，他斥骂着一切，闪耀在眼前的那些“上等人”都值不得他吐口唾沫。有些车夫平和得多，可是他们很乐意有他这样心直口快的人，给他们吐吐气。他们争论一阵便接着腾起一阵笑声。

大有歇着颤动的两条腿，无意中听见了这些议论。他虽然没掺言，心里却也被人家的言论激起自己一些感慨。他自从去年由码头上扛货被工头开除下来，没有别的生活路子，饺子是不能卖了，挣不出吃的。没法才学着干这赛跑的把戏，已经一个年头了。想外出挣钱与回家赎回那些土地的幻梦早已打碎了，他再也不往那上头想。几回找杜烈想进工厂去吃碗饭，因为连年的风潮多，工厂里用人可并不加多，挑选得又十分严厉。他在这地方久了，知道工厂里的生活不比满街赛跑容易干。有固定的月薪，可是在那些大屋子里，人同机器是一般使用，耳、目、手、脚，没有一霎偷闲。轻的是把头的责罚，一不留心皮肉要被机器收拾了去。他过惯了农民的生活，虽也时有过分忙劳，却不像在转着、响着的机器旁边那样的劲头，那样的一刻都偷闲不得。他知道自己没有杜烈那么多年的惯习，没有本事，又不灵巧，便死心塌地地丢开了到工厂去的想法。大有从此成了胶皮团中的朋友。这个地方的生活程度高，车钱——每天的收入也还不太坏。聂子在铁工厂做学徒，每月发零花，一家人的进项比初来时好得多了。不过仍然还得住海边的小木板屋子，闻臭鱼腥的味道，一个月能够有几元钱的储藏便不是常有的事了。

自从前年路遇宋大傻与祝先生一次以后，他便没再见这两个人的面貌。只是听说几个月后大傻从南边同着一支革命军到县城里去，很热闹了一回，还惩治了几个劣绅，那些平日作威作福的人物跑了不少。大傻还常在什么地方讲演，甚至镇上的吴练长也不敢住在他那没被烧的大房子里面。那时大有确也高兴了一起，想着问杜烈借盘费回到县里去求求老邻居，想个方法使他仍旧在陈家村过他的旧日子。不知怎的，杜烈的妹妹总摇着手不赞成。谁知道这女孩子怎么看法，杜烈也说得等等看，他如果冒失回去将来要出不来。果然过了没有三个月，这支崭新的革命军调走了，连大傻的去向也没人知道。后来在县里是接着一幕一幕地演那些循环戏。旧日的队伍都摇身变了，"党部"早已大张旗鼓地办起来，多了些新衙门……又渐渐地听说年轻人也分成几派，有的时候互相打官司，县长是一个接一个地换。于是绅士们又渐渐成了地方上的要紧人物，吴练长现在重复在镇上设立了办事处，跑走的人员重新在各处走动，一切又成了太平的天下。这多是杜烈得来的消息，告诉他的。大有对于这些事情原不明白，所以无论是新把戏或是翻旧花样，都不大能使他动心，唯有大傻随着那队革命军远远调走的事常使他想来纳闷儿。尤其奇怪的是那个学生样的祝先生，据杜烈说：革命军到县后的半年，曾见他又到这里来过，只一天的工夫，到杜烈家里去过一回。光景杜英许知道那年轻人的事与去的地方，可是对她哥哥还说不明白，大有也就没法追问了。他知道现在的年轻男女的故事，祝先生与杜英那样的女孩子有点关系，并不怎么奇怪……至于火烧吴家花园后失踪的徐利却一直没人提起。"也许他是寻了无常——可惜这小伙子！"大有每想起来就觉得鼻尖上发酸。

生活像一条链子把他捆得紧紧的，一天不学着赛跑，一天得空着肚子。半夜里回到木板屋子，甚至有现成饭也难下咽，一觉醒来，又得到车厂去拖木把子。只有春秋时在马路旁的绿荫下喝几个铜板的苦茶，吃油果，没有生意听听谈天，算是他的消遣。

独有一件事他时常忧虑，却又戒除不了的是喝酒。

从奚二叔死去后他无意中学会了吃酒，以后没曾戒掉。到这里来，因为奔跑用力，他一天都不能缺少高粱酒的刺激。至少每天总得一角钱以外的酒钱，像用饭一样的消费。他自己被生活剥削得没有更大的希望了，由败落的乡村挤到这里来，他的精力要加倍地消耗，旧日好安静与富于储藏的心理渐渐被这块地方的迫压吸收了去，所余的只是一点挥发过度的余力与"得过且过"的念头了。

不过他看着比自己年轻的杜烈虽然有时咬牙蹙眉地恨骂几句外国的走狗，却能够在机器旁边整年地混下去。每逢大有偷点闲空对他诉苦的时候，这年轻人总是微笑时多。大有知道他有一颗比自己更热的心，可老猜不透他有什么力量比自己能忍耐，能够与生活搏斗。至于在烟公司里的杜英，两年来更与从前不同。晚间的补习学校虽然已经停了，她下了工以后仿佛一个女学生，终晚上看那些小本子的新书。一样是卖力的苦工，大有常想他们都比自己快活，有希望！他们不吃酒，没有家累，又识不少的字，知道的事情多……

他与别的卖劳力的一样，明白这么卖一天吃一天不是长法。他没了可靠的土地，就觉得是断了线的鹞子，任凭半空的风吹雨打。新方法的劳力集团他挤不进，也干不了，他失却了旧的固定的信念，还没有新希望与信念把他的精神团成一股力量。他每每想起：小葵——陈老头的阔少爷，自然不能比拟；宋大傻能够带兵，出差，说漂亮的官话；杜烈是熟习应用那神奇的机器，又懂得不少新事。自己呢？自己呢？本来不想与他们比——从老地方硬往另一个世界中闯进，可是被兵、火、匪、钱、粮米、灾荒逼到这个地步！一般过惯了车夫生活的，瞧他们的神气并不像自己的不快活，闲起来斗斗纸牌，嗑嗑瓜子，唱小调……谁比自己都有福气？

然而他偶然向同行的年轻人说起，报答他的是一个轻蔑的微笑，一阵逗弄似的注视。"这还用说，谁不懂？""别想不开！看你要愁白了头发。""谁也不是一下生就先学会找快活的。"像这些莫名其妙的答复使他失了追问的勇气。有时也碰到几个年纪老的车夫，便用唏嘘口气对他说：

"现在吃口饱饭就不容易！你还想什么？"

"好得多了，没有孩子问你要钱花，没有老的要你养活——你拉车，还想要到乡下去买地吗？"

"要想得开，比起乡间一指地没得，又没有闲钱挣的怎么样？"

都是这样无法子的安分知足的老派话，大有认为搔不着自己的痛痒。独有常在一条街上拉车的老四，曾对他说过几回开胃的话。不过那些话他又怕听，觉得不知本分的痛快话，说说自然舒气，转一个念头，他便有点发抖。

因为他向来知道老四，有名的闯祸汉子。有一次曾问一个穿皮大氅的年轻衙门人要钱，不服那个人的叱骂，他同主顾对吵，厮打在一处，因此坐了几个月的监狱。出来仍旧得拉车，可是改不掉他那份强硬脾气。他与大有谈起这些事来，老是用那句话结尾：

"看，等着有一天！反过来再讲咱的。"他说的时候不是轻松的口气，真像有点气，眼睛瞪得多大，两只大手用力地握住。

大有每听到这句话，向四下里望望，抽空就拖着车子溜走了。他不能估量老四有多大的胆，在这种大地方街头上就不怕人。然而大有也常常预想那一天，谁知道是哪一天？什么光景哩？只要不这么风里雨里拉车吃饭，或者能够安安稳稳像有奚二叔的时候，到地里下力，有那样的一天，他便心满意足了！不过在这里混久了，大有也零乱地知道了不少事。他明白他所说的那一天，大约不是他想得那么简单，"还要怎么样？来一个天翻地覆？啊呀……"

于是他就不能往下想去，往往拖着空车子到小酒店里，买一杯白干，扶着车把子一口咽下去。

这时他又听见老四与许多车夫在马路旁开辩论会，他只是歇着喘气，并没掺言。听他们说到男女平等、美国兵与日本兵打仗、革命这些话。他记得在乡间就是学校里也没人谈论这些新奇事件，究竟是地方大，连车夫都能发几句议论。大有心中这样想，同时向这四层的大建筑物注视着："这里头大约可以讲讲平等吧？"

这只是一个空想，其实连较大一点的客栈他也没进去过。到底那许多男女到里边去干什么，他就茫然了。他这会儿热汗差不多擦干了，胡乱想着，同时楼上的音乐十分喧闹，一辆一辆的兜风汽车从这条通到浴场的大道上开过去。向北看，高高下下的灯光，明丽的高楼，在暗夜间分外映得好看。一会儿从那精铜把子的玻璃门中走出几个男女，车夫们便忘了适才的谈论，拖着车子拥上去争拉那一角两角的座。来回走着的巡警马上跑过来向他们喊叫，甚至用指挥棍向车上乱打。

呆坐了将近一个钟头，他看着左右的空车拉走了不少。再想等进饭店去的阔女人还不知什么时候能够出来，他懒洋洋地抬着两条腿向那条明亮的大马路走去。越是空车，越觉得两臂上的无力。夜深了，海风挟着微微的凉意。正是跳舞场与咖啡店中生意旺盛的时间，满街上是异国的与本国的男女，谑浪笑语着走来走去。女的多半光露着项背，有的连袜子也不穿，薄纱的胸前垂动着乳峰，耳边与手指上闪耀着晶光的饰物。他沿着马路边不敢快跑，时时向东面、西面远望着大玻璃窗内的陈设。如小山似的各种酒瓶，如摆花瓶似的香烟，点心，银楼中黄白光气的炫耀，钟表行橱窗的奇形异状，大肚皮外国人衔着拇指大的黑烟在洋行门口闲谈，三五个西装少年口里哼着"……在城楼"的腔调，有的还叫着"我爱你"。半空中红绿蓝的强度的钠光灯，像高闪着妖怪的大眼。

这一晚上他的运气分外坏，在大街上寻觅了半晌没找到顾主。有几个酒醉后的外国兵，他怕事不敢上去兜揽生意。时候久了，拖了空车从大马路转到西头铁路上的虹桥下面。那里没有很多的灯火了，桥下面是交互错综的铁道，有空车，也有装货物的车停在道上。汽笛时时尖叫着，火车头来回慢慢地拖动。桥下一盏大电灯高悬在白木柱子顶上，如同直立着一个瞪大眼睛的死尸。桥上有三五个行人，懒懒地来往。这里有的是铁、钢、机件的撞响，却没有柔靡音乐的伴奏。幽幽的白电光下是成堆成包的物品——木片、食粮、煤、铁。铁道中间尽是煤屑、石块，空气也特别的重浊，不似海岸上饭店门外那样清新。大有想着心事，无意中拖着车子到这边来。他向着桥上望了一会儿，知道在这里再候上半夜也没主顾，便沿着石条砌的路边一直向南去。右面可以时时看见慢慢蠕动的庞大车头，左面是一些货栈、堆房、小客店类的房屋。愈向南走，那有高高的尖钟楼的车站愈看得分明了。木栅外安放着十几辆没有灯火的汽车，站台上却很冷落。大有轻易不到车站上拉座，因为争着拉客，拖行李，还得挨警察棍子的事，他干不惯。这时因为在大街上没了生意，方随着脚步走来，抬头望望那白面的大钟，短针快要到十一点了，站外渐渐有人来回溜达，他知道夜车快要进站。"碰一回吧，实在还没有，只可少交两角钱的车份。"他想着，把车子挤到对车站的小公园一旁的车林中去。

不过半点钟，夜行车响动，一节节蠕行的长身由东边铁道拖到站内。虽然人声喧闹了一阵，究竟是时间稍晚了，旅客并没有多少。大有把自己的车拉到站门的石阶下，时时防备那条黑白短棍在头上舞动。他好容易拉到一个女座，是三十几岁的乡间女人，用红布小被包了稳睡的小孩，没有许多行李，看样子像是常住在这里的。他从人丛中把车子掉过来，因为前面正有一辆汽车开动，一时还不及迈步快跑。匆促中有两个身影从汽车旁挨过去，大有几乎要喊出来，怕有错，把到舌尖的话咽下去。

两个相并而行的人影，无疑是从车站里出来的。一男一女，女的穿件浅蓝色布旗袍，剪短了头发，从侧面看去，大有断定是杜英，虽然近来不常见她，走法与体段不会认错。男的在左手，看不很清楚，一身白色短裤褂，左手上搭着一件夏布大衫，因为没戴草帽，清癯的面形像是见过的一个人。没敢即时招呼，他们却紧挨着身子转过小公园向西南的斜路走去。及至汽车开动，一片人力车横乱着跑，早已隔断了大有注视的目力。车上的女人连声催着他走，像有急事，大有只好快快地沿着向繁华街道的马路跑去。

一个疑团沉在他的心中：她与杜烈住在市外，这么深夜，明天不是礼拜还得上工，怎么同野男人坐火车到市里来？难道杜烈就不理会？也许是偷出来的？大几岁心眼儿更多，在这地方不是乡下，说不定什么时候就学出本事来。听人说，年轻姑娘有自己的本领勾引男子，她怕不是那么一回事……

他一路上虽然拉动车子飞跑，却没忘了这件事。又懊悔早拉上座，不然倒可以拖着车子追上去，看她怎么说。大有到这里混了两年多，虽是见过不少的事情，不过他的老成保守的习性还没完全去掉。为了生活，他也赞同女人们得跑出来挣钱，却看不惯她们那样自由的神气。姑娘们无缘无故便同男子混在一处，至少他对这种事觉得担忧。想不到这夜里遇见杜英与不知什么样的青年鬼鬼祟祟地向市内跑，他认为与她哥哥的交谊分儿上也不应该把这事秘起来。

把抱孩子的女人送到住处，多挣了两角车钱，他一点不含糊，转着大弯子到车厂交了当天的车份，再往家里去。

本来太晚了，躺在妻的裸体身旁老是不能安睡，尽着想杜英的事。极想判明那个男子是谁，的确见过，却说不出来。他屡屡用手指敲着光头顶，格外烦躁，蚊子不住地在屋子里飞，初出的月光静静地映到身上。

他仿佛被一种侠义心迫压，决定明天十二点到杜烈家去一趟，虽然还没想好要怎样说法。

二十五

"你可不要发毛，咱的厚道，我看得到说得出，现在一问可糟！"大有蹲在洋灰地上，守着一把高筒的泥茶壶扬着脸说。

杜烈刚刚由工厂出来，吃过简单的午饭，只穿了一件粗夏布小马甲，挥着大黑扇子听大有把昨夜中他的视察报告一遍。杜烈脸色很平静，出乎大有的意料。

"她昨天夜里是到市内去的，早上才回来。"

"早上才回来？"大有看杜烈的从容说法，并且回复得更明白，几乎使自己接不下话去。"那不成了？还用说。"

大有像有点气愤，短胡子圈在嘴巴的周围，他用手指摸撮着，意思是说："那么我这次不是白跑腿？"

"大有哥，你到底没想起那个男的是谁？"杜烈抿着嘴，像忍不住要笑了。

"野男人，怎么我会认得？可真面熟。你这哥哥大约能够明白？"

"哈哈！我敢情明白，他是你早认得的祝先生！"

"祝……姓祝的？"大有从茶壶旁边立起来，"哦！不是你说我想不到是他。对呀，这回说破，我在汽车旁看的那个侧脸儿，高高的鼻梁，大嘴角，一点都不差。记性太坏，当时怎么也想不起……他为什么与杜英在一处混？半夜三更地瞎跑？在外边，像咱自然讲究不了那一些，可是……"

"这不干我事呀，谁家哥哥还管得了妹妹？现在……大有哥，还得找你，你忘了？不是你，我们怎么认得他呀！"杜烈高声笑着说。

"那……宋大傻也来了吗？"大有到现在明白过来，杜英的事她哥哥完全知道，自己觉得很无聊，只可另换一个题目。

"不，宋大傻现在与祝先生早拆了伙。祝先生同军队回城里后便走开了。大傻有他的干法，如今听说到南边去做革命官去了。"

"就凭他？"大有说不出这三个字以外的评论。

"当然喽，他比咱都聪明，好容易上去还肯不攀好扶手？"杜烈的话很冷峻。

"为什么祝不哩？"

"各人有各人的想法。他……"杜烈把话停了一停，没直说下去。

"年轻人就没法说。祝，我在城里认识他，能干，聪明，唉！难说……偏是聪明人办出的事……"大有还带着感叹，摇摇头。

"你还是说他同杜英……他们到市里去还有正事。"

"别贴金了，什么正事！"大有显然对杜烈有些瞧不起。

"哈哈！又来了，说，你会不信……他们要好，随便，难道现在咱还讲究家中那些鬼风俗，在外头算得什么。自从那年大傻同他到海那边去运动，不是在我这里住了三天？杜英同他谈得很对劲，后来时常通信，她不大向我提及，所以我也不便同你多说。想不到祝这回从关外跑回来……他是有志气的，也是个奇怪的人。你不要以为他是靠不住的，大有哥，你究竟在乡间时候多……"杜烈把祝的行踪约略说过一遍，大有仔细听去，知道杜烈还留下一些话没肯尽情说出，他现在才明白自己的莽撞。

"可是乡间人像咱似的也较少了。"杜烈怕大有不高兴，把话头转过来。

"乡下难道是傻人多？不过我太老诚点了……只要祝是靠得住的——你们现在比我熟。杜英同他好也不错，真有事？半夜里跑来跑去，不懂你们干什么，像些老鼠。"

"一句话，大有哥，你不懂，就连我也不行。年纪大，做工的经历不少，论起识字与想头来不如她，这女孩子哪样比咱都厉害……"

大有看样子是追问不出杜英与小祝的秘密，虽然不赞同杜烈吞吞吐吐的语气，然而他也多少有点明白，便不再叫杜烈为难。

"祝怎么又到关外去？去了多少日子？在那边他做什么事？"大有另换个质问的题目。

"他从南方到东北去了将近一年，我是头半年才知道的。因为他只给我来过一次信，据说他起先在森林公司里当职员，到过黑龙江，又在那边的铁路上办事。他像是有不少朋友，难为他这个南边人跑到多苦的地方去……"

"这一回哩，他往哪里去？"

"几天就要坐船往远处去，不晓得有什么事。"杜烈迟疑着说。

大有用脚蹬着支木板的凳子腿道："我乍见他就知道他很有心劲。"

"你能等他，晚上还许回来，人家没曾忘了你。不过他太忙，怕不能够找你闲谈。"

大有对于祝先生原是十分佩服的，经过杜烈这么解释，他对于这位年轻人的动作与杜英同他要好的事也不觉得烦厌了。虽然他受乡村中旧习惯的束缚，可是他的质直的谅解与豁达的看法，不像受了文字教导的道德奴隶那么顽固。他很想同这远来人谈一谈，只是时间来不及，过午他只好怏怏地回去。

十点钟后，大有把车子早交了。夜来的失眠觉得周身不好过。回家时路过小酒店，借一把镔铁酒壶装了一角钱的白干，提着走回木板屋子去。恰好聂子从铁工厂里放工回来，还没睡觉，同他妈在发黄光的电灯下闲谈。

"你怎么回来？明天是……"

"爹，你忘了明天正是过礼拜。"聂子光着膀臂，带着孩子气的笑容说话。

"糊里糊涂又是礼拜天，一会儿就忘了。我老是记不清，只知道按着日子混。"

大有看看聂子这两年来几乎长成大人了，十五岁，差不多到自己耳垂那么高，新剃的光头，脸上黑黑的一层油光，两条胳臂有小小突结的筋肉，证明他每天用臂力劳动的成绩。在跛腿的白木小桌上有一沓一元的钞票，大有明白这是孩子劳累了一个月的工资，黄紫色的花纹上仿佛涂印着这小人的气力。

取过一个粗瓷白底的酒杯，划着火柴，酒壶下面立即有一团微蓝火光。酒热后，便用这生酒火的杯子倒着喝。本来一角钱白干不能满足大有的酒瘾，他只好撙节着多挨点时间。一边同孩子说着话，看看黄头发的妻，近来面色不像去年那么黄肿，虽然额上多了几道皱纹，显见是微胖了。锅灶上还有半铁桶的番薯掺高粱米的稀饭，一盘粗面青菜包子，这不是居然像一个过得去的小家庭？孩子、钞票，这晚上一同进来，于是常常感到生活苦楚的这个中年农夫，精神上觉得有些畅快，不住手地把酒杯端到唇边，却不肯一气灌下去。聂子很会说话，瞧着爹从街上回来不发脾气，他便告诉近来厂里的情形以及他工作的进步。不多时，他突然记起一件事，可不愿直说，用话探问着微醺的爹。

"爹，你知道咱村的徐大叔在哪里？"

"徐大叔——你说你徐……徐利大叔！是呀？"大有从唇下把酒杯放到桌子上，注视着聂子。

"是他……"

"怎么？听见人家说他吗？"大有对于这位老邻居永远是清楚地记在脑子里，自从知道他家全被镇上的练长毁坏之后，一直探询不着他的消息。

"……嘿……"伶俐的孩子惦念着应该把事实全告诉出来，还是欺瞒着。

"说……快说！我怎么会忘了他！"

聂子把两道紧结的粗眉轻轻地斗一下道："昨儿才听见一个同乡说，他是我老师的朋友，从县里来办洋货的——老师在家里找他吃饭，我也去……"

"先说你徐大叔——回家了吗？"大有忘记了再端酒杯。

"不！他又犯了案……"

"又犯案？徐利难道是当了强盗？"大有急着追问。

"那个同乡知道咱与他住一个村子，说起话来便把徐大叔的事尽情倒出来了。他说：不知怎么有人探出来，镇上打头一个月就传说徐大叔从外边回到乡间去，有人曾碰到他，凶狠狠地要报仇！下来的不止他一个。镇上都慌了。吴宅上格外害怕。不过十几天，叉河口——不是爹到过那个大庙？就是大庙被人抢了，还是白天，抢了和尚们的五六支好盒子枪。那里有些苇荡，河边下有许多树行子。都猜着人藏在里面，却不敢去惹事。后来还是吴练长厉害，他从县里请下兵来，同乡间的联庄会黑夜里把叉河口周围堵住，小路上也设了卡子，放了一把大火，把树林和芦苇烧个精光。到天明后捉住了三个人，当场毙了一个……"

"徐大叔呢？在里头？"大有吃惊着问。

"是啊！徐大叔在三个人里。说是他把打空了膛子的枪丢到河里去，安安稳稳叫大家把他绑起来。当天吴练长把他送了县，现在还押在狱里。那个人说，要等着过几天练长进城时同县上一回办。"

大有身子往桌面一俯，差些把酒壶推倒。他急瞪着眼说：

"真是徐大叔？"

"说是他自己先叫着自己的名字，问口供果然不错。他是从外面回来要跟吴练长拼命的！乡间人都说徐大叔是条好汉子！"

大有很用力地听孩子的报告，没有什么批评。他用大黄板牙咬了咬他的下嘴唇，把小镇铁壶中的余酒嚃了两口全倒在喉咙下头，像是酒在这时并不值得顾惜了。即时他问着给孩子做布鞋底的妻道：

"木盒子里还有多少钱，一共？"

大有的妻从被窝里取出她从老家中带来的出嫁时的小红木盒，谨慎地开了锁，连零星的铜子在内，查了一遍。

"三块现洋，五吊二百铜子，还有三张角票……唉！这里还有。"

她掏摸着腰带说：

"还有人家给的八角手工钱。"

"不管是什么，三块，聂子拿来的五块，零钱，够了！给你留下木盒子这些，下余的统统拿过来。聂子，你明天找杜烈杜大叔说：我回乡下去看看，三五天吧，就回来。你和你娘有什么事，去找他……"

他吩咐完了这套话，把自己取的钱票纳在冬夏不离身的兜肚里，嘘了口气倒在木板床上。

大有的妻与孩子互相看着，一时说不出别的话。

第二天，他由车站上乘早车走了。虽然火车的行动见过不知有多少回，可是坐在上面看树木、房屋向后快跑还是第一次。究竟看惯了，并不觉得惊奇。他坐在那些小商人与回乡的农人中间，幸而得到一个靠窗的凳子，低了头可以向外看。记起那年冬初与徐利推炭在小站上的情形，话虽记不十分清，而那天从镇上起身，宿的叉河口大庙，遇见大傻……现在都似映在脸前。原来大傻那时就像有些本事，老早不是乡下人了。徐利是逼出来的，但是放火的案子他干得出？大有纷乱地在想两年前的旧事。平常无论是白天还是夜里，在街道上跑，用眼力和脚力，还得口叫着，很不容易有寻思事情的时间。早行的火车中，他一记起来，东扯西凑，那些旧影片复乱地在脑中晃映，吴练长、陈老头、小葵、大傻，甚至久不知消息的徐利都已经知道了，独有那爱说趣味唱渔鼓的魏胡子没有人提过他，萧达子大约是死了？因为自己的穷村没人到这大地方来，镇上倒有不少的买卖人以及做手艺的，可惜自己轻易见不到。大约是死了！他想着，便用粗皮的手指去擦眼角，同时懊悔不曾写封信问问。原想不久回到村里种地，谁知一出来就像迷失在这个地方的烟雾里，不是为了徐利这回事，再过两个年头怕也难于回去。

　　说不出是怎么乱想，把路程过去了多半。听见铁轮与车下面的各种东西撞磕出有力的音响，他的心也不能安闲，突突地跳动。正是末伏天气，路旁的树叶子里一片聒耳的知了鸣声，送着这蛇行的钢铁动物，用热与力去奔赴它的前程。满野中尽是绿色，高粱谷子长得多高，里面可以藏得住人。乡间的农人一早到野中工作，路边上，光膀子，戴苇笠，扶着锄头看火车经过的，时时可以看得到。尤其中看的是瓜地的草屋子，用几块木头架起来，里面铺上干草、草席，晚间一定有人在里边望着星星睡觉。久已没曾温读的农民的旧书，这时大有贪婪地沿道读去，仿佛咀嚼出特别的味道。谷类叶子的干香与土的气息，他都闻得到。甚至哪片地锄过几遍，哪片高粱的叶子生长得不很好，他心里都很关切。虽是想起那些使他不安的旧事，如同一些尖锐的东西在记忆里向他钻刺，然而这沿道可喜的光景也使他很觉安慰！

　　第二天，在初秋的黄昏前，他步行着到了故乡的镇上。

　　沿道风景并没有多大的改变，矮矮的土墙，光背的脏孩子，在人家门口粪堆旁边的瘦牛，高粱秆一捆一捆地堆在农场里，许多乡间人仍然还忙碌着他们的收获。因为刚刚落过一次小雨，大道上的尘土润湿，不很呛人，又是热天未完凉秋没到，是走道的好时间。大有虽然急着走这几十里的旱道，但沿途看见他熟习的农家光景也很容易受感。他从心底发生出惭愧与叹息！及至问问那些赶活的农人，关于乡间情形，没有不是向这位还乡的旅客摇头的。有人同他谈起来还羡慕他能够跑出去混饭吃，不像他们望着天受罪。

大有对于这样心理急切明白不了，他只可用"这山看着那山高"的话，暗地里评判乡间人欲望的增高。他自己哩，可懊悔从前慌忙地离开了熟悉的生活，在大地方里跟着人抢一点点钱维持全家的生命。

然而怎么办？离开乡村要再回去，可没有好方法。白瞪着眼在田地和农场里忍受人为的灾害，想着逃避，那能行吗？

大有一路上惦念着这个他不能解决的问题，走到镇上裕庆店的木板子门前。

他急于探听徐利的消息，只好先跑到这里来，因为那年冬天的事，他记住王经理一副笑嘻嘻的肥黑面孔。他又知道吴练长的事差不多王经理都能明白，所以他进了圩门，跑到大街，首先向裕庆店的柜台走去。

王经理很悠闲地坐在一个脱漆的大钱柜上吸着旱烟，没戴帽子。老远，大有就看清楚了他那秃了前顶的大头颅，及至近前，又看见他那嘴唇上的苍白小胡子，才记起来这似乎永远是享福的经理的面容也有些变了。从前他的肥厚腮颊已经收缩了不少。柜台上像是没有多少生意，两个学徒正互相抛弄着纸球。门外青石地上一群蝇子围在一块肉骨头上飞闹。

"怎么这么大的生意隔两年也变冷落了？"大有想着走进柜台后面。

"咦！老大——你怎么在这个时候回家哩？"王经理把纸煤儿用两个指头夹住，站起来。

大有微喘着气道：

"王老板……是徐利出了事……"他的话没说完，王经理的小小眼

227

睛眯缝了一下。

"你到里边去，歇歇再说！"

大有是第二次到那个小黑屋子去。他仰望着门额上两个落了金色的"藏珍"字的木匾仍然挂在那里，屋里的财神供轴与铜香炉也安放原处。独有墙上的字画换了，贴上不少花花绿绿有字的色纸。案头上多了三本绿面的洋书；与这三本相同样子的书他记得在 T 市书铺的窗中见过不少，确是一样，他只因认得书面上头两个字。他向来没听说这么精于做买卖的王老板还看书，而且现在居然也看像 T 市中的绿面洋书。揭开竹帘子进去还没等得坐下，他觉得这小地方也有变化了。

王经理一听大有进门时那样急促的话，他什么都明白，提着长颈的水烟筒微笑着先说：

"老大，听说你在那边混得不坏，比家乡好得多呀。你多早回来？看样你还没到村子里去……且说说徐利这件事……你一来就问他，我晓得从前你们是好邻居，论情我能够怎么说？徐利也曾给我推过不是一次的车脚，你知道的，老大，他是你那村里的好孩子，力气头来得及，人也爽快，镇上认得他的人谁不说他好……"

大有忍不住听这样的叙述。

"王老板，现在他究竟怎么样？押到城里去了？"

"是呀，谁不是要说这回怪事！不错，想来你早听见了，他在叉河口给捉了起来……因为他不学好，到本地本土来干活。你知道乡间为什么花钱看门，弄得谁也不得安宁……可是怎么？他不种地养家，安分本等的，却要闯绿林！再一说，这话长了，你不记得烧了练长宅子的那回事？就是他干的！这小子这么坏！没想到这次又要到本地来寻事，还亏得把他收拾起来……"

"王老板，现在他怎么……"大有擦擦头上的汗滴。

"怎么样？不，我要把你叫到屋子里来说……怎么样？你还想见他……救他吗？"

王经理说到这里把水烟筒放在案头上，用左手将右手的茧绸短衫肥袖口向上卷了卷，从他的小眼睛里放出射人的光芒。

"救他？谁有这么大本领？我先问问他要定什么罪，还能够见见他……"

大有局促着说，声音都变得低微了。

"哈哈！你别找事了！你怎么在外头过了两年还这么傻气？你想徐利不学好，不是本等的庄稼孩子了。一句话，他现在是土匪！好容易弄得到他，还想活命？就是练长说情，军队上也不准。你还想见他？噢！你想他是同你在一处推脚的徐利？大约这两天快办了……"

大有张着口吃吃地道：

"怎么办他？"

"怎么？还有第二个罪名？还用往上解？放火，枪伤团丁，哪样证据也出脱不了！头一件，葵园葵大爷还从外头来了一封信给县上，证明他不是好人……"

"葵园葵大爷？你说的是村里的小葵？"大有简直听糊涂了。

"哈哈！你这闯外的！什么事都不明白。还幸而先到我这边来，是呀，葵大爷就是从前同练长办事的陈老头的大少爷……"

"他怎么样？"

"唉！人家能干，现在阔起来了。两房姨太太，在城里买了一大片房子，听说外头的钱挣得不少。八成都在银行里生息着。他现在做税捐局长，谁不知道是咱县里的第一个阔人！"

这些事对于大有太生疏了，他从前只知道小葵当革命军到县城后跑出去，又另外有了差使，想不到他是这样的声势。大有听了故乡中骇人的新闻，他觉得脑子里像火灼似的纷乱。

"那么，陈老头如今呢？"

"陈老头，我刚待说你来得这么凑巧，他死了，刚刚出过七！"

"唉……"大有呆呆地望着那幅五彩鲜明的财神轴子，说不出别的话来。

"现在一切事得从简了。老头过去了，还是旧伤死的。葵大爷请不下假来，别瞧养儿子不得济——他可是守着承重孙死的。葵大爷在外边替他开吊，办理一切，家中与外边分开办。一样是老太爷，究竟是有能干儿子也得济呀……"

大有与这位巧于言辞的王经理问答了半晌，什么他都明白了。徐利或许还没有断绝他最后的呼吸。练长正在严厉搜查他的同伙。他全家早已分散了。陈庄长现在快要埋葬，小葵却在外面正走着官运……这一切事他听了简直是掉在冰窖里，全身的汗都收回去了，只觉得从心口上打抖战。

时候已经晚了，街上有了暗影。他看再留在这里不免王老板说什么，这精明狡猾的老商人曾嘱咐他以后见了人不可追问那份事。大有还明白这一点，他只好低了头往陈家村去。

临出门时他忽然记起了萧达子，又问送出他来的王经理，答语是：

"这个人我似乎见过他，可是那痨病鬼谁也不留心，你还是到村里看看去吧。"

二十六

本来要往城里去探问徐利的大有，到家后的第二天，他却只好等着给陈庄长送葬了。

他既在裕庆店听了王经理一派令人心动的话，到陈家村后，凡是与大有说得来的老邻居，没有一个不是竭力阻止他往城里去的。甚至有人说：他有常常生病的老婆，还有不过十几岁的单传孩子，要往城去探问朋友，弄出乱子来不一切都完了！更有年纪大一点的坚定地说：现在吴练长与军队的头目为这个案子气都没消，谁若是给他——徐利说话，便一律同罪！伤人放火的凶犯，这一回要结果了他给歹人做个榜样。大有又是一个从外面乍回到乡间的，去，至少得被人先押起来问话。就是镇上也不可再去，谁能保得住没有闲人到练长那里去送人情……大有在邻居的劝告下，他一点主意都没了。来时原是凭着一股义气，想无论如何，徐利要砍头也得见他一面；在预想中或者还能找找陈庄长替这位莽撞小伙子说点情。可是如今他懊悔自己回家的仓促，连杜烈也没来得及见见，如果同杜烈先谈谈，自己也许用不到跑这趟毫无意义的路。他听了大家的议论，知道徐利快完结了！一捉起来，先将脚踝骨打断，活一天，一天的苦痛！谁也说：横竖这个人完了，还不如爽快些！村中的老人这样谈起来，擦着干涩的眼睛；年轻人有的咕嘟着嘴，心里在想什么，有的却把牙咬得直响。

大有到家的头一个夜间，就借宿在陈庄长的客屋里。因为第三天陈老头的棺材要埋到村西面的松陵上，所以有几位老邻居在陈家帮忙。大有喘着惊惶的气息，隐在昏暗的烛影下面，对着那口棺木抹擦了一些眼泪。

半夜的闲谈打消了大有到城中去的决意。他与两个守夜人在冷清清的小屋子里，直到天亮没得宁睡。一会儿像是徐利披着铁链，戴着铁铐，满脸是血，向他走来；一会儿又看见镇上的大火灾，有许多赤足光背的人在火光里跳跃……火光即时没了，陈庄长那副和善憔悴的面容又在他眼前晃动，青布旧大马褂，黄竹子旱烟管，说话总是迟钝的，两道稀眉如生前一样，深深锁在一处，眉心中有几道皱纹……

第二天刚刚发亮，大有觉得眼睛痛得难过，不等到有人来便走出去，向还满着泥泞的村中各处走走。比起两年前的光景，显见得是更荒凉了。倒坍了不少的茅屋，从前的农场有的却变成了烟地，原来外国人在邻县设立着公司收买旱烟叶，制造纸烟，村子中的农民因为种地不成，便也来做这份生意。他先到村西口小巷子里萧达子的家门口张望了一回，那两扇有窟窿的灰木门虽是上着铁锁，从门板缝可一直看到后面。两行屋子，前一行门窗都没了，只有黄土墙与屋顶上塌落下来的大堆茅草。小小的院子里，鸡屋子，石臼，一小座露天石磨，还好好地摆在那里。后面的两间原没有窗子，是大有从前就知道的，还没坍塌，不过空空的四方土窗框上有一层蛛网。一棵本地产的小叶桑树上，还抖动着欲黄的簌叶。大有把脸贴在大门的宽缝上往里看，心里重复着夜来所听到的消息。萧达子前半年就迁往南山去了。因为给主人种的地交不上租粒，只差了一季，便被人家把佃地顶了去。房子本来是有地的人家的，就这样被地主锁了门，他带着老娘、妻和五个孩子，还有他的痨病，哭着走了。比起大有向外走时凄惨得多！他家在这村子住了一百多年，据说是辈辈吃着佃地的饭，历来没有蓄积，若不是逢着重大的荒歉年头，每到年底只是胡混过去。及至萧达子这一辈，日子愈过愈累，三十几岁的人，从几岁起就堕入十分苦痛的生活中，年年勉强着挣扎。他又是有善良农人的惯性，只知道好好努力于田野工作，只希望把工作剩余的出产得到些充饱一家肚皮的食物。前些年还可强忍过去，近几年并不是每年有天灾，而且也有丰收的时候，可是什么东西都一天比一天的价高；他的地主因为地丁赋税的重大征收，便把这些数目反转压在给他种地的身上。每年收的租粒随着地丁向上涨。他的地主人家，那后村的李家少爷们，曾读过书，有的还干着差事，他们对这些事计算得比一般的地主还精！而且在县上都可以说话，不怕什么反抗。其实像萧达子这样的穷人大话也不能说一个字，自是安然地听着主人的命令。直挨到去年，他便结束了他家在陈家村一百多年的穷困历史，拖着没有衣服穿的小孩子到山里讨饭去……这些话，大有在夜间已经问明，可是清早起来他说不出为什么还没去看看自己的家，便先到萧家的门前。

简直像是对着一座荒坟悼念着被野狗拖去的枯骨，反不如这个地方被一把火烧个精光，使待在门前的人心里还略为爽快。大有在那大地方每每想起这诚实的痨病鬼，早断定怕没有好结果，然而至多怕他生活不了几年，却没料到这样流落去了！谁能知道呢？前后几年，他这同村子的年轻人——小时在一块儿打瓦、叠砖、耍泥手的伙伴，都这么分散了去！最没出息——人人叫他地坯子的宋大傻，还到底有点志气，然而与徐利和萧达子的末路对照，大有便觉得现在还不知道地方的阔朋友有点令人不高兴记起他来。一个快要被人家当猪宰，一个在荒山野坡里不病死也要饿死，自己呢？那永远像走不完的马路，永远像不是自己的腿，永远要向穿大衣高跟鞋的人们喘着大气求个一角两角……与住这所破屋的穷主人有什么两样？

大有糊里糊涂地想着，忽然听见这小巷口外有一阵腷腷膊膊的声音，回过身去，看明是一位花白头发的老婆子，用一杆高粱秸叱逐着两只母鸡向巷里来。远远地，大有便认清她是萧达子的近邻——黄铁匠的老婆。约莫快近七十岁了，左腮上一个大疤，是那年过兵时受的枪把子伤痕。她的腰向下弯着，只穿了一件有补绽的二蓝褂子，并没看见巷子里的大有。

及至这两个一黑一白的小动物从大有脚边钻过去，黄老婆子才看见他一句话不说地立在破垣墙旁边。于是她也像吃惊似的立住。

"你大叔，怪道夜来晚上人家说你回来了！我还不信……"她的嘴有半边向内瘪，牙只剩了前门上的两个。

"是啊，是夜来来的……

"唉！你还不知道达子走了？叫门？没看见已经被主人家锁了！好可怜呀！走的那天，两个小黄病孩子直饿得叫，还亏得大家凑了点干粮给他带去。多小的孩子，咬着干米饼子大口大口……的！你大叔，真是呀，饿是大事！'人为饥死，鸟为食亡'……我永远记得清，看不得我这七老八十的。那正是十月的天气，去年哩，他们真是干净，一件棉套子衣服还没做起来。刚刚收割好的黄豆还没割舍得用，好，全叫主人家收了去，一个不剩。你大叔……你说像后村李家，有地，有钱，还有做大官的，就差这一点点子？唉！一点点子呀！在一处住了这些年，我没进黄家门，人家就住在这条巷子里，谁知道多少年了……干净！不愁这村子里要干净出来！你不是另到好地方去享福？徐家完了，这一家就是这么样！还有，你该知道呀，老好人陈老头子也过去了，完了……完了！就剩下咱这些不中用的……唉！还忘了，老大，你媳妇好呀，她的老毛病该没犯？聂子现在长得多高了……咳……想来我这一辈子也见不了他们啊……"

这龙钟的老婆子骤然见到大有，说不出是悲是喜地尽着自己唠叨。大有立在一旁，一时没有插话的机会。她弯下腰，拄着那段剥了皮的光滑的高粱秸，眯缝着蒙眬老眼向上看着。花白短发披拂在她的头上，如枯蜡的干手上有不少的斑点。两只小母鸡知道后面没人追赶，尽在这片空屋子前的土堆里啄取虫蚁。大有听她说完了这一大段的碎心话，才将自己与妻子的情形告诉了几句。

"黄老爹呢？我想见见他。"

"你问他，那老东西？又叫镇上拉了去修枪。三天了，还没回来……大约明儿准来，得给陈家送葬，他是庄长又是老邻居……"

"真的，老爹有这么一手的手艺，现在很时行，不比别的手艺好？"大有答复这位老婆子的话。

"再好也发不了家！你大叔，好在两个老绝户，没儿女，饿也还能挨。他常说呀，大约过几年这里走净了人，只好搬到镇上去，老了，不像你们年轻的能跑能跳……唉！向哪里跑呀！"

又立了一会儿，大有帮着她把两只鸡驱到她家里去，大有没有进门便走了。

第二天，陈家起棺材的时间是正午。虽然有不少纸锞子送来，也有两轴洋呢的帐子，却不能悬出去。一早就落小雨，外村来送葬的没有几个。因为小葵的朋友都是外头的年轻人，自然有赙仪都往他的公馆里送，陈家的人情还是照着乡间的老风俗办，哪有许多！从邻村叫了一棚吹鼓手，只有四个人，一乘抬罩，红绣花的罩面都落了色。连本村的邻居帮着，把那口薄薄的松木棺抬到大门外面。

只有在高小还没毕业的陈老头的独孙子提了纸糊的木杖在灵前哭泣，还有老人的寡媳，除此再没有几个亲眷。

大有在村子的农人后面，低着头随着很轻的抬罩走。初秋小雨把残夏的热气带了去。天空中的轻云荡动得很低，像没有大雨，可是飘落的小雨点已挟着丝丝的凉意。这一群送葬人们，穿长衣的只有从镇上来的裕庆店的王经理，他算是为了自己的人情，也代表着吴练长。

其实乡村中的穷民原不懂得代表人的意味，所以有人在一旁还说，到底陈老头与裕庆店的交情够数，不好的天气，这有身份的大老板居然亲自送葬，送到村外。那些蓬了头拖着疲腿的老妇，因为王老板来，便想到究竟是死者有能干儿子的便宜吧？虽然没回来，却有很厚的人情。

　　大有借着这个时间，差不多把全村的老小以及女人们都看见了。没曾详细问过，可是二百多家的人口他估计着在这两年间去了三分之一。年轻的男子比以前更少，独有满街淘气的孩子还看不出稀来。光了屁股，凸出大肚子的样子，几乎像都有点病，成群地在灵罩前后闹。陈庄长在这个荒村做首事不下三十年，他小心了一辈子，如今带了皮鞋的伤痕要安息在土底下，自然惹起全村子中的哀悼。他们不会作文字，也没有巧妙的言语来赞美，敬重这位旧生活迫压下的"好人"，从他们的面色与诚实的眼睛里，流露出他们的嗟叹神情，就像这老人死去是他们的村子快到了"大变"时候一般。人人被失望的忧愁笼罩住，像这日的天气，纵然现在没有冲洗一切的骤雨，而冷冷的雨意与黯淡凄凉的景色，表示秋来了，一切都快到一个肃杀时季的预兆。对着这样的葬仪，大家不免时时地互相注视一下，谁也说不出什么话来。吹手的凄厉的长喇叭向空中高高扬起，吹出乡间人一听就知是送灵的又高亢又低咽的调子。此外，便是村中的瘦狗在巷口吠着嗥嗥的声音。

　　出了村子的西栅门，现在早已没有了守门的扛枪少年了，镇上的王老板拱一拱手，又对抬罩似乎做了一个周旋，便回路往镇中去了。这时并没有别村的朋友，大家都静默地随着往陵阜上去。距离陈家老墓地不过三里，因为是向上走，便分外迟缓起来。天气一点不热，可是抬罩的赤脚走这条上陵的沙路，每个人都挣得满脸汗。后来大有看见一个穿得很不像样的五十多岁的抬夫直张着口喘，他自动地要替他抬这一段路，于是，在那人的感谢中，扁圆红色的木杠便移到这位重回故乡的新客肩上。

　　虽是久已没干磨肩背的农家生活，究竟是自幼小时的习惯，又有为死者的一份心思，不止一个人出气力，大有把杠子压到右肩上并没觉得十分沉重。陵上路旁的小松树着了雨，从一堆堆针形叶中散发出自然的香气。松树中间的高白杨，唰唰地响，像是替死者奏着欢迎的音乐。有些久已没人管顾的荒坟，在崖头上塌落出些碎砖和破木片，有几只兔子从里面跑出来。

大有与他的肩抬伙伴一齐用力，抬着棺材向上去，走完了沙路要踏着石缝走。陵虽然不很高，愈往上去愈难走，简直成了山路。有时抬夫须扶着松树干一步步地往上挪动。大有没理会脚底下怎样吃力，在陵头上却勾起他不少的回想。

他记起十二三岁时，差不多天天在这陵上放牛，有时骑在牛背上看松树空里的落日。那精灵的宋大傻更是常常到陵头上闹玩；徐利那时还小，不容易爬上来；萧达子比自己大，已经能够背了大筐子上来拾草。二十多年的时间，已经把这村中的老少变成现在的情形。他低着头更记起那年在陵坡上听大傻的话……在陵那边沟底中受冻的一夜，就是那个第二天见过徐利，也许……他迷乱地想着，脚下被一块尖石绊了一跤，几乎跌倒。肩上的杠子向一边歪动，前面一个黑脸络腮胡子的人回过脸来道：

"伙计，小心点！要大家都用力呀！"

大有恍然，如从睡梦里醒过来，只好把一切的悲感抛在心外，换了肩头与抬夫一齐用劲。他们向一边转的小路上走去。

快要下葬了，天气变得更坏，雨像麻杆似的湿透了各人的单衣。虽然连同送葬的人都下手，也来不及即刻把棺木放到土圹里去。正在大家纷忙时候，从陵下面跑上一个老人，跑得气都喘不过来。到小松树旁边倚着树根蹲下去，大家喊着"魏胡子来得这么巧"……

大有想不到在这里会遇到这位令人欢喜的"老江湖"。

只有他的浓密的上胡由黑色变成苍白，并且连腮上也满生着这样的短刺，骤然一见，确是老了许多。脸上天然的滑稽趣味也减少了。他在雨丝中张着口说：

"哎呀！从早上到现在，只喝了一口开水，赶了三十里的路，到镇上才知道他老人家是拣了今天的好日子！死了——这死是早晚的事。咱这老朋友，头一个月我来看他，没有几天的活力。我冒着雨跑，还好，棺还没下去……"

他断续说着，两颗凄凉的老泪从络腮胡子上掉下来。

"倒遇着这样的天气，真像老陈一辈子就是阴阴沉沉地混……那不是奚老大，从外头跑回来送葬吗？"

大有走近了一步。

"也是遇得巧，我到家两天了。魏二爷，你还结实！想不到年岁差不多，陈庄长却熬不过你呀。"

"唉！你怎么了，又回来？哦！待会儿我告诉你，没有好事。我这两天心绪坏极了，连听说的，没件使人好过的事！老的应该死，还有年轻的哩？唉！"

这素来活泼的老人这时真像一个泪人了，尽着用布衣袖子揩眼泪和鼻涕，连脸上的雨点，把衣袖全湿透了。大有虽也陪他难过，却奇怪他哭得这么厉害！从前只见过魏胡子惹人发笑的开口，谁也不容易看他皱皱眉头，哪里想到这老人在陈庄长的坟圹前这样难过。

雨落成大点了，由松、柏、白杨叶子上流下来的水声像奏着凄清的音乐。送葬的人们来不及再说闲话，在潇潇飒飒的山雨声中一齐用力。大有也背起下棺的粗绳子，把那轻轻的黑色棺木，连起大家的手力，送埋在深黑的地底。盖坟顶的时候，阴云愈厚，陵上的杂树太多，映罩得四周渐渐有了黑影。于是凄厉的铜喇叭重复吹起。工作，工作，合力地工作，埋葬了这个过去的老迈的辛苦郁痛的老人尸骨。雨声中清冽的秋风从地下直往上卷，打着抖抖动摇的树叶，夹杂着众人的凄叹，把这个原是荒冷的陵顶点缀出不少生气。喇叭声还没止住，坟已盖好。在土堆旁焚化了一些纸锞，虽只有一团明暖的火焰，却能抵抗住风雨的压迫。那一突突的光明跳跃，映着每个人的幽凉面色，都现出葬埋工作后的慰安！大有歇一歇，退出这一片杂树丛，向阴阴的空中吐口气。往东看，在一瞬间，一道弧形的半明的彩虹浮现在暗云中间，雨脚在那方一道道地下垂着，像是彩虹边倒挂的匹练。淡褐色，黄色，微红的重环，若隐若现。他本无意看这样因天气而来的空中变化，可是这风雨声中黄昏时的东方虹影，却仿佛在凄凉的葬礼后，引起他心底的一线期望！

然而他是不能解说的，他只觉得这是昏暗中难得的微光！

他们在黑影模糊中走下陵来，大有才听见魏二颤抖着声音诉说昨天也是徐利的好日子！因为他到城里做买卖，眼看着许多有枪的人把他押到东沙场去，并且还贴了满街的白纸告示。就这样，魏二在一家小客店里喝了一夜的冷酒。

大家在崎岖的石子路上打着冷战，然而他们的心却似黏合成一个了！

有风有雨的这一晚上谁都不会忘记。

二十七

大有自从故乡像逃囚似的再跑回 T 地，心里清凉凉的，像是把一切的牵挂全行割断了。自然，他的简单的心中蕴藏着深重的苦闷，而所有的破坏、所有的崩溃，使他完全明白，在他从小时生长的一片土地上已起了重大变化，那里如今是一片凄惨、纷乱的战场。临走头一天，他到他爹的土堆前洒下几滴泪，又去村北的乱坟堆里找着了徐老师的坟看了一回，他的心上方觉得安帖。因为他知道，再一次到那个繁华复杂的地方中去，怕轻易难得有重回的一日！说不出为什么，有这个预先的断定，而依恋故乡的一种心理，可在那两个死去的老人坟前渐渐淡了下去。他这次回来想不到是为那些老旧的人送葬、凭吊，更没料到那活跳的年轻邻居给人家做了牺牲！

他怀着这么一个沉重决断的心，重复到那大地方去营干他的生活。

他曾把自己说不清的意念向杜家兄妹说过，杜烈听了并不惊奇，他像演说似的，在那个小屋的黄电灯底下也告诉大有没曾听过的许多话。

于是这原是很老实的农人也获得不少的新知识。他却不像杜烈一样。他虽然还不会从大道理上去评判一件事或一种议论的对与不对，可是他也不轻易听人说，凡事他自己要有点老实的酌量。

杜烈很知道这位奚大哥的性格，他不深说，然而大有的精神却平添上一种新异的激动。

就在他由乡下回来的一个月里，每天的酒量渐渐减少，却老是好在住工的时候，吸着旱烟像想什么事。有时虽然拉着座儿飞跑，一到人车不很拥挤的街道上，那种引起他寻思的各种话就蓦地逗上心来。

他有时在自己心里想："这些话——这新鲜的道理，不应该对我这等人说？自己与杜家兄妹究竟不是一种模子的人，他们在外边久了，什么像都在行，又识得字，会看报，听懂人家的许多话。而且他们是正在给东洋人干活，对呀！他们应该抖起点劲来，预备着！他是从小便靠着工钱吃饭的呀……"这样寻思是要把他自己比较出与杜烈不同的地方，也想要把自己的心意开拓到那些新鲜的议论之外。一时想：自己不是杜烈那样的人，原是靠着田地吃碗粗饭的农人，会听他这些话？年轻、不老成……他起初暗地里给杜烈这些批评，奇怪的是他这么想的信念可坚持不了许久。因为在这边既有时时的触动，又加上在故乡时记忆上的刺激……他的田地在哪里？他的力气用到哪个地方去？他所获得的是什么？于是，听到杜烈扬着眉毛说的那些道理，便一层层在他的心中搅动起来。

他的精神扰动得厉害，虽有上好的白干也不能像从前时容易替他把心事打出去。

自从回来后，他明白自己的浅陋和迂拙。从杜烈与他的妹子以前不肯多说的许多话里，他才渐渐知道：为什么日本工厂肯花一天万把块大洋的工钱；为什么自家的乡村是那样的衰落；为什么抵抗不了外国货，与外国人老是欺负自己人……一经稍稍说开，便是大有也得点头的事实——这等事实，大有在从前却是想不到的。

日子延下去，他本要努力把自己开拓到杜家兄妹的议论外的希望渐渐消灭了。所以，每当杜烈同他说起这类话，他总是注意听。

新鲜的理论使他渐渐忘了自己的年龄与旧日的事情。

正是深秋的一个下午，马路两旁的树木上已有好多病叶飘到地上作凄惨的呻吟，行人道上有些穿种种新样衣服的男女，有的还披上毛绒长巾，显见出这匆匆时光已渐逼近冬令了。海岸上早没有多少闲人，只有些小孩子爬到浅滩的石堆上挖石蟹、找贝壳。沿海岸走去渐渐出了市外。沙滩上才几天还是青年男女裸露身子互相追逐的地方，现在只是几间木屋与破划子，冷静地在听着吞吐的浪声。海水再向东南方曲折流动，干秃秃的一个山顶下面，有几堆被海浪蚀缺的大石头。这是个十分冷静的地处，尤其是在这样清冷时候。不过有那日夜不息的银浪喷薄着，坐在那些大石上面可以听到永恒在动的打击的起伏涨落的潮音，可以向远处看那无尽的空间色彩的变幻。这四围的景色是壮烈的美丽，并不是静止的悠闲。

大石堆的海岸上，有一条绕山马路，路边上是半枯的黄草。一阵冷风吹过，连着山顶上的干树枝子唰唰地响。太阳光薄薄地在深蓝色的海衣上掠动。大有与杜家兄妹急促地从马路上奔来。因为这是个礼拜日，各工厂里没有工作。大有拉了半天的车，把车子送回车厂，在汽车站上等待着他们来赴这个约会。及至他们同到海岸下的石堆上面，只有澎湃潮声单调的弄响。

"他不会失约的，怎么还不来？"杜英向海岸上望着说。

"他近来太忙了，跑来跑去，我看他的身子有点来不及！"杜烈微微忧虑地答复道。

杜英并没穿裙子，蓝布袄，裤，就打扮上看，完全像个乡间女子。也许是秋天将尽的缘故，她脸上已没了夏日的丰润。短短的头发从中间向两边分开，颇有点年轻的清俊男子的面型。她俏利地跳过一个石尖，更往靠水的石尖上绕过去，鞋子已踏在有盐质的蜂窝石上。她把两只圆红的手交叉在臂腋下面，迎着海面挺身立住，短发在头上飘飘拂动。她不答哥哥的忧虑话，只是用两个灵活的眼睛向远方眺望。

大有在三个人的最后头，现在也走下海岸。

"祝先生，真有他的能干，到底不像咱这么笨。一年到头这里去，那里去，不是前几天你告诉我，谁猜得透他忙些什么。你不用替他愁，人是苦虫——受点苦不见得没有好处。我可没得见他，这一次不是你招呼，我简直就不明白他从这里路过。"

"现在你可不对他说什么话了？"

"你们别笑话，我是粗人。头一次我就认得他是个好人——可不是忠厚老实人。咳！我知道忠厚老实是无用的，乡间哪一个不是老实人吃亏，'哑巴吃黄连'。杜烈，我总算够数，讲老实，可是怎么样……"

杜烈蹲在一块平坦的大青石上注视着大有道：

"不老实也得吃亏呀！像徐利还不是样子。讲不得吃亏，占便宜，很难说，但看心地公道不公道……"

"咦！如今还讲公道？没看见公道在哪里摆着。"大有的论调也与以前不一样了。

杜烈把一双青帆布鞋子在石堆上擦着夏日的青苔，皱皱眉毛。

"公道！只是会讲也不好做什么。你没见耶稣教里的人也像教人做好事？还有劝善的和尚——除去讲讲之外还得去做，往公道处脚踏实地，不讲空话。这一来小祝是比咱有力量了……"

他的话没完结，交叉着两臂向海面挺立的杜英微微偏过脸来接着说：

"可是这要都去做才有真公道！大家的事，不是几个想打抱不平的人能把真正的公道从天空里拿下来的！是不是，哥哥？"

"来晚了一步，来晚了一步。"后面有轻轻的拍掌声音，他们一齐回看，果然是穿了蓝布夹袍的祝先生骑一辆自行车转到了海岸上。

互相点点头，祝已经跳下车子走到他们的中间。

"刚刚在××谈过一会儿，借辆车子来赴你们的约……奚大哥，好久没见到，但是我早知道你要来，英前天同我说的。好吧，奚大哥，自从在城里的医院见过你，到如今想不到都成了熟人……啊！想起那个时候觉着宋队长也像在眼前。"

祝先生仍然是瘦瘦的面庞，黑了些，他那明活的像含有威力的眼光却一点没有改变。

杜烈微微感喟地说：

"宋队长现在是另一路的人了！人家有本领——看不得原是一个街滑子，偏有官运。说不定见了咱还不认识！"

"不认识倒是小事，如果他真是变了，也许……"杜英仍然面海立着说。

"好不明白，在什么情形里他自然有什么态度。假如，我早从那里向上钻，做官，说几句门面话也许会。也好，我究竟打了退回，如今连小事也干不成。哈哈……"

他们说着，便一同在石堆上坐下。杜烈与祝先生吸着纸烟，大有向着海水发愣，同时觉得胸口里不知为了什么突突地跳得怪难过。独有杜英虽回过身子来，却仍然立着。

就这样，这僻静壮丽的地方成了他们的谈话室。祝先生说得最多，不过他的声音低些，在海岸上是听不清楚的。虽然不是激昂的声调，然而短劲，有力量，有次序，如同石堆下时时撞过来的飞涛，有自然的节奏。他的话——他的道理，大有惊异地留心听去，纵然有些地方仿佛对于自己的理解很费事，总括的意思他还知道。其次，杜烈也说了不少。大有只向着那一蓝无际的大海点点头，自己是没有什么可说的。独独杜英今天说得很少，她似乎不愿发表什么议论。这是大有料想不到的，因为平常总是这女孩子的话多。往往她哥哥与人讨论什么，不易有插话的时间，她的锋利舌尖却来判断一切。然而在这秋阳明耀的海边，她一直沉默着若有所思。

他们原想借这个假日的下午到海边给祝先生送行，因为这里只有海水可以倾听他们的自由交谈，故预先约在这里。晚间或明晨便是祝启行的时间，这晚先上轮船。他这一去据说至少要几个月方得回来，也说不定就没有定日子再来同他们聚谈。这是难得的时候，大有也情愿消费这半天的光阴。

大有刚由乡间捧了一颗伤残的心重回到这边时，他的精神坏极了，一天半斤白酒并不足消解他的苦闷。闲下来跑到杜家去喝茶，眼睛红红地说醉话，甚至对杜烈说一些不愿意生活的怪话。几年中，他这样一个的乡间农人，想不到被种种刺激搅动了他的心波。在故乡眼见耳闻的事实，使他再不能安然地混下去，杜烈与他的妹子就趁这个机会给了他一种精神上的提撕。那些话与理想的事实多半是从祝先生那里得来的。杜烈又在他们的团体中有过短时间的训练，对什么事的看法自然与大有不同。因此，大有便另转入一个境界，渐渐地酒喝得少了，也渐渐有了自己的信心。这一个下午的聚谈，无论如何他是要来的。

经过祝的一番议论以后，大有方才对于他的想法有点把握。虽然觉得其中还有许多事自己不大明了，可是，实在没有道理反驳祝先生的话。

一会儿，向晚的凉风从海面掠来，石堆下的重叠浪头愈激愈高。一个有力的雪堆从那无边的整个的一片中突送上来，撞到峻嶒的石块上，散开，一层层的银花马上退落下去。后面的卷浪却很迅速地赶过这片退落的飞沫，重复向上做更有力的展动。这正是永远在冲动的不息的自由的波浪，也是宇宙中永远的力的表现。祝先生在说完正话后，忽而望着挺立的杜英说：

"你记着吧，这真是我们离别的一个记号——这样的浪，去了，重新卷回来，分散开又即刻合拢起来！我看你今天不大说话，难道你还存着女孩子的心事？"

他虽然这么庄重地说着，从他的清澈眼光中也微微现出一点温情，但即时便在杜英的注视中收敛回去，仍然是很快乐地向无限的远处凝望着。这样的眼光变化，杜烈与大有坐在一边都觉察不出，独有杜英看得清楚。她把叉着腰的左手向空中抬起，慢慢地抚着额角道：

"我想，若说是柔弱的话，岂止是女孩子；谁原来就是铁打的，金铸的？反过来呢，女孩子的心有时许比刀还厉害！嘿……"

她忽而放声笑起来，同时把踏在脚下的一块碎石用力一蹴，蹴到下面的白浪中去。

"对，这才是你的聪明。不管认得多少字，说出话来……"祝也立起来，伸了伸腰。

"少说这些无聊的话！"杜英赶急加上这一句。

"……赞美就近于无聊？哈哈！"

祝就在这一笑中跳上海岸，大有与杜家兄妹也一起上来。祝扶着自行车与他们顺着绕山的马路同走回去。

海西面一轮滚圆的落日正在一片血色的晚霞中荡动。霞光上面，片片断断地轻浮着些淡褐色、乌色、轻黄色的柔云。海水被这向晚的日彩炫耀着，浮泛出一层层的金波，装在深碧的玻璃镜里。他们转过山脚，听见马场中啵啵的汽车声音争着乱响。

"刚刚是赛马完了的时候。"大有因为拉人力车所以有这样的经验。

"这怎么说？因为东三省的事各地方都很紧，日本兵在那里杀人，放火，占地方，祝，你想这边还看得出一点点……来？"杜烈不自禁地说出这几句话。

"你就想扭了！他们根本上就不管这些闲事。本来那边是那边，他们是他们，天坍了有地接着，到了时候吃亏的也没他们的份儿！何苦替'古人'担忧？"杜英冷冷地答复。

"别大惊小怪了，我拉车也时常听见那些穿洋服、长袍子的人说上两句——连时式的女人也在内，说尽说，叹口气是好的，一样拿着火急的号外到跳舞场。赛马还有外国人，什么稀奇？"大有现在很平静。

祝在前头回看了大有一眼道："奚大哥人虽然老实，话真对。老杜，你未免对他们想得过分了。"

他们说着，沿海岸经过那片草已经枯了的赛马地南边。一辆一辆的美国新式摩托车，载着种种画长眉，丝长袍的女人，与各样的男子向市内飞送。几十匹披着马衣，颜色不同的马在大路上被人牵着缓缓地遛步。台上的"青天白日"旗子，夹在日本与美国的国旗中间，迎着猎猎晚风像是得意地招展。在这片地方上，各种人都十分融洽。没有国别，也没有种族的分隔，大家彼此都向着一个共同的目的——钱！在开赛与赛中间甚至完了，一切景象也像"大同"的表征。他们都低首在他们的命运之下，对于别人只有贪婪的羡慕，没有爱也没有憎恶。

祝住一住脚步，向那些来往如织的汽车群注视了一下。相隔虽然不过几十步，那些怀着各样心情从马场中回去的人，却没有向他们这样几个人留意的。

因为这一晚上祝得早早上船，他们在小酒馆里早早吃了一顿晚饭，饭后，三个人将祝送到小轮船上，在大舱里找到一个可以躺的地方。大有与杜烈先回到小码头上等待杜英，她还在船上与将要远行的祝先生说话。码头上人语嘈乱，一阵阵的鱼腥与海水边的潮湿气味相合。昏黄的电灯光下，大有与杜烈来回踱着步，一边有披麻袋的小乞儿，守着破簸箩时时向行人叩头的老人……不久，远来的火车从悬空铁桥上飞跑过去，他们知道这时已快近晚七点了。

二十八

杜烈与他的妹妹本来要沿海边的道路回去，因为这是他们情绪紧张的一天，由大有提议，时候已经晚了，谁也不能再干活，不如趁便在街道上走走，回来也许赶得上送轮船开行。因为小轮船开船的时刻不能预定，所以他们便不再约祝一同上来。

杜英听了大有的提议，在那黑脏的小码头上站住，凝思一会儿，像要说什么话，终于没说出来，静默地在前边走去。杜烈也觉得有点心事排除不下，虽然渐渐走到繁华的地段，却没感到怎么热闹，反倒有点冷清。

的确，这一晚上在那些红灯明窗之下减少了许多时装的男女，车辆也很疏落，有几个走路的人匆匆忙忙的，都像急着跑回家去。每一岗位上添了双岗，店铺中的小伙计眼光冷冷地在预备着赶紧上门。杜烈首先看出街上的事情有点蹊跷，因为晚饭前他们没到大街上，尽在海边的小巷中喝闷酒。现在才晓得这一晚上像是要出乱子。

"看街上的情形怕有事？"杜烈口快，低声说。

杜英很灵敏地回过头来："什么？"

"日本人，说不定要闹！有后台，领事馆……后海里这两天不是又到了几艘军舰？"

"难道咱就凭人家从关外闹到关里，老不还手，老不抵抗？"

大有说出这几句，即时记起了白天他们所谈的事，心头上微微跳动。

向东转，再往南去，经过一片跳舞与卖性的房子。在红绿的窗绸后面，开着淫荡的留声片，有一对对肥裤管与高底皮鞋纵跳的脚步从门下时时闪出。喝醉了的西洋水兵，歪斜着走，高声喊着不成调的歌曲。唯有这一带里像还有点生气，卖性的，买欢的，放纵的外国男女各自做着他们的好梦。也有十多辆的人力车在街头上等着买卖，从这条路上走，大有觉得可以找到熟人问问这奇怪的疑团了。果然在一群面容都很焦急的车夫中间，他找到了一个打过交谈的同行，他便装着借火先走上去。

"你好自在！今儿自己放了假？也许你知道有砸报馆的事？用不到拉车。"

大有这时才明白杜烈的话猜得不错。

"不，我另有事——不知道砸报馆，怎么？砸了哪一个？"

"唉！你这个人。吃饭前闹了一大阵。××报，咱不懂，因为登了日本人什么，便去了一些……捣打了……"

旁边一个更年轻的车夫道：

"不是日本人能动那报馆？瞧着吧。说是今儿晚上还要烧×部······全中国早应该跟日本拼了，要不，净等着挨打！"

大有听后，又结结巴巴地问了一些，才知道不但捣毁了报馆，就是要烧×部的话像也不是虚传。他便跑回来拉着杜烈在一家跳舞的酒馆墙角上，把听到的话告诉出来。

杜烈听了倒不像大有般惊异，他的两条长眉可也加紧一些。杜英在一旁向他们招招手道：

"来来，今儿晚上果然有这么一场大火，不回去了！走，走，就到前海岸上去看一看他们的本事······"

很奇怪，一直是沉郁着的她，就像马上注射了兴奋药针，不等她哥哥的答复，已经先往南边走去。

大有还迟疑着，看看杜烈随着这轻捷矫健的女孩子去了，他也只好跟在后面。指尖上夹住的纸烟究竟没有吸着，心里十分纷乱，并不全是对于听说的事实的惊惶。因为这异常的生活，异常的言语的激动，以及自己想不到的异常的新闻，把他一颗原是朴实的心压碎了！

晚上的风特别大，本来少有尘土的街道上这时也有些昏茫了。愈往大街上走行人愈少，间或有一两辆汽车飞驰过去，即时把车尾的小红灯灭了。唯有大酒楼上时而还有豁拳的笑声，那妇女的尖音与胡琴声比往常少得多。站岗的警士有时向他们一行人看一眼，似乎留意，也似乎是不留意。

从大街上愈往南去，巡行的、站岗的军警愈见得多，他们的脸上都很森严，明亮的刺刀尖在电灯下面晶莹闪动。也许不久以后这个绮靡的街道上会被尸首与血迹填满，也许这好多高楼与店铺内美丽的货物都成了火山？街道两旁的日本铺子都一例上了门。

杜英知道再往前去要通不过，大有刚刚趑趄着想折回去，杜英偏向一条小街走去。

"跟着我！"并不多说话，她像下命令似的，引导着杜烈与大有走。

静默中两个男子都说不出什么话，谁也不想反抗这个勇敢女孩子的命令。及至他们走到 K 山的绕山马路上时，已经听见前海岸上偏西一带有阵阵高喊的人声。

到这里，杜烈与大有都明白杜英的意思，是要往哪里去。在这高处一听到异常喊叫的噪闹，他们都感到热血在身上要逃流出来一般！绕山马路上好在没有遇到巡逻的警士，从一家家闭严的门旁快蹓过去，找到上山的那条斜坡道。仍然是杜英在头里，他们踏着细碎的沙石爬到山顶。

"火！"先到瞰海台下的杜英从口里迸出这个字。她毫不停留地摸着朽腐的木梯走上去。

杜烈与大有先来不及看下面的火焰，从后面直迫上来。

在这高处，在这全市中的高处，他们相依着，站在台上的木栏中，什么都看得清楚。那不是吗？当初有名的 ×× 大房子，是这个美丽的历经困难的城市中的大建筑物，已经在烈焰的回旋中了。像是从楼顶上焚烧起的，相隔一里多远，便已听到木材、砖瓦崩裂腾掷的声响。几簇的红光，炫目的火头，上冒几冒又缩下去，立即又向上烧起。先是腾起一片黑烟，急烈喷薄的火头接着跃上。一片奇丽的火彩，把全市中平静白亮的电灯耀得没了光辉。火前面是一片强造作出的喧嚷，似乎要助着这样火威，烧毁了全市。各处呢，却异常寂静，没了车声，也听不到一声子弹在空中飞响，任凭这火灾的纵横！

扰动的人叫声与狂烈的火焰在这一时形成了一个特异的空闻！隐约中他们都可以看见海岸下的水影，也有些微红。一会儿，远远地听见消防队的铜铃车急速地去了，像是并不曾工作，又当当地跑回来。在这昏黑山顶上的三个人，猜不透这是怎么一回事。

他们再不能互相说什么话，眼看着这像从地狱中喷射出来的毒火要毁灭了一切。大有止不住心头上的跳动，然而这是惊愤，却不是由于恐怖。杜烈咬紧嘴唇，跂着脚，把两只有力的手握紧了木栏杆。杜英，她瞪着有威棱的两只大眼，迎望着吸引她与激动她的火焰，似乎要把她的身体投到烈火中去！

过了几乎半小时，火力并没衰退，那些狂叫声却渐渐消落下去。火力更旺起来，突动的散漫的烟，焰，愈来愈有劲，看不出那四五层的大建筑物到现在已经烧毁了多少。映着黑空的红光，方在那无碍的空间继续增长它的力量。

除了火光之外，四处仍然是十分静寂，甚至听不到一只狗叫，唯有风声吹动松树上的松铃子飒飒作响。

"嘘——"杜烈到这时才把逼住的一口气吐了出来。

"有本事，叫大火毁灭了全中国！"每个字音说得简劲有力，像是从火焰的炉中迸跃出的。

"不！烧吧，烧吧，烧遍了全世界！"杜英只回答了这一句。即时，那明丽跃动的火光加劲地向上冒了几冒，像是欢迎她这句颂词。

一九三二年十二月十二日写完